大魔經

화마경

FANTASTIC ORIENTAL HEROES

허담 新무협 판타지 소설

화마경 9

허담 新무협 판타지 소설

초판 1쇄 찍은 날 § 2011년 3월 3일
초판 1쇄 펴낸 날 § 2011년 3월 10일

지은이 § 허담
펴낸이 § 서경석

총괄팀장 § 유경화
편집책임 § 어정원
편집 § 주소영

펴낸곳 § 도서출판 청어람
등록번호 § 제1081-1-89호
등록일자 § 1999. 5. 31
어람번호 § 제2-2057호

주소 § 경기도 부천시 원미구 심곡2동 163-2 서경B/D 3F (우) 420-822
전화 § 032-656-4452팩스 § 032-656-4453
http://www.chungeoram.com
E-mail § chungeoram@chungeoram.com

ⓒ 허담, 2010

ISBN 978-89-251-2451-3 04810
ISBN 978-89-251-2263-2 (세트)

FANTASTIC ORIENTAL HEROES

허담 新무협 판타지 소설

화마경

火魔經

청어람

目次

第一章
미로

화마경

뜨거운 기운이 동굴을 가득 채우고 있었다. 동굴은 어둡지만 빛은 있었다. 철문이 닫힘으로써 외부에서 들어오는 빛은 완벽하게 차단되었지만 동굴 곳곳에 이름 모를 야광석들이 삐죽이 눈을 내밀고 있어 희미하게나마 동굴을 밝히고 있었다.

길은 다섯 갈래, 그 앞에 송추월과 세 친구, 그리고 고부와 환약중이 서 있었다.

"어디로 가야 하지?"

대일이 난감한 표정으로 중얼거렸다.

"먼저 하나로 갈지, 아니면 흩어질지 그걸 결정해야 할 것 같군."

고부가 송추월과 환약중을 번갈아 보며 말했다.

"사형의 생각은 어떠십니까?"

환약중이 물었다.

"글쎄, 나야 아무래도 좋네만……."

"저들이 이 동굴에 들어와서도 여전히 동행하고 있을까요?"

다시 환약중이 물었다.

"셋째 사제의 성정으로 보았을 때 함께 갔을 리가 없네. 그는 분명 관문을 통과하는 순간 어린 사제를 제거하려 했을 거야."

"시신이 없다는 것은 어린 사제가 셋째 사형의 독수에 목숨을 잃지 않았다는 의미군요. 그럼 결국 길을 달리했을 가능성이 크군요. 그럼… 우리도 달리 가죠."

환약중의 말에 고부가 고개를 끄덕였다.

"그러세. 사실 우리도 서로 신뢰할 만한 사이는 아니니까. 서로를 견제하느라 심력을 허비하느니 차라리 각자의 길을 가는 게 낫겠지. 결과는 운명에 맡기세."

"좋습니다, 사형. 그럼 사형께서 먼저 길을 정하십시오."

"아니. 자네가 먼저 가게."

고부의 표정에 경계의 빛이 떠올랐다. 아마도 누군가 자신의 뒤를 밟을까 그걸 걱정하는 모양이었다. 그러자 환약중이 씁쓸한 미소를 짓고는 다섯 개의 동굴 중 한 곳으로 들어가며 송추월 등에게 작별을 고했다.

"사제들, 다시 보길 바라네."

"잘 가시우, 사형. 흐흐흐!"

곽풍산이 넙죽 환약중의 인사를 받았다. 그러자 환약중이 가볍게 손을 흔들고는 어두운 동굴 속으로 사라졌다.

"어디로 가시겠수?"

환약중이 사라지자 곽풍산이 대담하게 고부를 보고 물었다. 그러자 냉정한 목소리로 대답했다.

"자네들이 가고 남은 길을 가겠네."

"흐흐, 먼저 가시우, 대사형! 우린 대사형 뒤를 밟을 만큼 야비한 놈들이 아니우. 비록 마기에 절어 살지만 말이우. 우린… 길을 정하려면 시간이 걸릴 겁니다. 우리가 길을 정하길 기다리다간 아마 다른 사형제들에게 너무 뒤처질 것이우."

곽풍산의 말에 고부가 잠시 망설이는 빛을 보이다가 이내 결심한 듯 고개를 끄덕였다.

"좋네. 그럼 먼저 가지. 왠지 사제들은 믿을 수 있을 것 같아. 난 가운데 길로 가겠네. 그럼 또 보세!"

고부가 짧은 작별 인사를 남기고 서둘러 신형을 날렸다.

"자, 모두 갔군. 이제 우린 어쩌지?"

고부가 사라지자 곽풍산이 송추월을 보며 물었다. 그러자 송추월이 되물었다.

"너희 생각을 말해봐라. 함께 갈까, 달리 갈까?"

"난 함께 가는 게 좋을 것 같은데……."

대일이 신중한 표정을 지으며 말했다.

"하지만 그렇게 되면 일이 잘못될 경우 우리 모두가 신전에 도달하지 못하게 돼. 나눠 가는 게 좋지 않을까?"

원무극이 말했다.

"나도 무극이 생각에 찬성이다. 추월 너는?"

곽풍산이 다시 송추월에게 물었다. 그러자 송추월이 잠시 생각에 잠겼다가 입을 열었다.

"둘씩 가자. 난 부루가 오원지와 길을 달리했을 것이라고 생각하지 않는다."

"둘이 함께 갔을 거라고?"

대일이 놀란 듯 되물었다.

"그래."

"왜 그렇게 생각하지?"

"부루는 오원지의 몸이 성치 않다는 걸 확인했을 거야. 손을 나누어보면 그거야 금세 알 수 있는 일이니까. 덕분에 거래도 성사되었겠지. 부루는 오원지가 이 철문을 열 수 있는 방법을 찾았다는 걸 알고 있었으니까. 그렇게 함께 문을 열자고 합의를 봤을 거야."

"그거하고 두 사람이 같은 길을 갔을 거란 것하고 무슨 상관이지?"

다시 대일이 물었다.

"부루는 자신하고 있을 거다, 자신이 오원지를 제압할 수 있다는 것을. 그러니 오원지는 부루에게 두려운 적일 수 없다, 이용할 수 있는 도구가 될지언정. 부루가 쓸 만한 칼을 버리겠냐?"

"그렇게 되는 건가?"

대일이 고개를 갸웃했다.

"어쨌든 그래서 둘로 나눠서 가자는 거야?"

곽풍산이 물었다.

"그래. 그 둘이라면 우리 중 누구도 홀로 상대할 수 없으니까."

"좋아, 그럼 그러지, 뭐. 그럼 어떻게 나눌까?"

곽풍산의 말에 원무극이 재빨리 입을 열었다.

"내가 추월이와 갈게. 너희 두 놈은 못 믿겠다."

"뭐? 우리가 널 죽이기라도 할 것 같으냐?"

곽풍산이 눈에 쌍심지를 켜고 소리쳤다.

"흐흐, 아니라고는 말 못하지. 당장 화마경이 앞에 있으면 날 죽이고도 남을걸."

"허허, 이 자식이 사람을 뭐로 보고!"

곽풍산이 당장에라도 주먹을 날릴 듯 손을 들어 올렸다. 그러자 원무극이 손을 저으며 말했다.

"그만해. 너희를 못 믿는 게 아니야. 단지 사람의 욕망을 못 믿는 거지. 우리 중 누구도 화마경을 욕심내지 않을 사람은 없으니까. 그런데 추월은 달라. 추월은 그 유혹 앞에서도 이성을 잃지 않을 것 같거든."

"나도 사람이야."

추월이 냉정하게 말했다.

"물론 그렇지. 하지만 네놈은 반골이지."

"그게 뭐?"

"모든 일에 삐딱한 네 녀석 성정이 그 화마경의 유혹도 삐딱하게 흘려보낼 것 같아서."

원무극의 말에 대일이 맞장구를 쳤다.

"그건 무극이 말이 맞다. 추월 네 녀석은 조금 다르니까. 어쨌든 그래서 무극이가 추월이와 가겠다면… 결국 난 이 산적 두목 놈과 함께 가야 하는 거군."

"흐흐, 나도 표두 놈과 함께 가긴 싫다."

곽풍산이 능글맞은 웃음을 흘렸다.

"가자. 너무 늦었다."

송추월이 친구들의 말을 끊으며 말했다.

"어느 쪽으로 갈래?"

원무극이 송추월에게 물었다.

"가장 왼쪽!"

"그럼 우린 그 옆! 가자, 산적 놈아!"

대일이 곽풍산의 어깨를 툭 치고는 먼저 신형을 날려 동굴 안으로 들어갔다.

"흐흐, 조심해. 본래 산적은 뒤에서 공격하는 법이라고! 간다! 나중에 보자!"

곽풍산이 신형을 날리며 송추월과 원무극에게 소리쳤다.

"괜찮을까?"

두 사람이 동굴 안으로 사라지자 원무극이 걱정스런 표정으로 중얼거렸다.

"뭐가?"

"저 두 녀석 말이야."

"둘 사이를 말하는 거냐?"

"그것도 걱정이지만… 둘 다 너무 성급한 편이라서……."

"걱정 마라. 둘만 서로 싸우지 않는다면 천하에 저 둘을 위험에 빠뜨릴 인물은 거의 없다. 마효 그 늙은이가 나타나지 않는 이상. 가자!"

송추월이 말이 끝나기도 전에 신형을 날렸다. 그러자 원무극이 재빨리 그 뒤를 따랐다. 두 사람의 모습이 순식간에 어두운 동굴 속으로 사라졌다.

"이… 이건 도대체 뭐야?"

송추월의 뒤에서 원무극의 당혹스런 음성이 들려왔다. 송추월 역시 난감하기는 마찬가지였다. 철문의 입구에서 다섯 개의 동굴 중 하나를 택해 들어온 지 이각여. 두 사람 앞에 다시 다섯 갈래의 동굴이 모습을 드러냈다.

"도대체 이 동굴이 얼마나 넓은 거지? 다른 쪽도 이렇다면 스물다섯 개의 동굴이 있다는 말인데……."

원무극이 혀를 내두르며 말했다.

"동굴끼리 연결되어 있을 수도 있다."

"미로란 말이야?"

"이곳은 인수로야!"

"인수로가 왜?"

"오직 한 사람만이 살아남아야 인수로가 열린다고 했잖아.

그러니… 미로로 동굴을 엮어놓으면 다른 사람을 만나게 될 거고, 서로 싸우게 될 테지."

송추월의 말에 원무극이 천천히 고개를 끄덕였다.

"듣고 보니 그렇구나. 어차피 기회가 되면 서로를 죽이려 할 테니까. 위험한 곳이었군."

"그래도 안 갈 수는 없으니 가야지."

"그래. 그래도 더 조심해야겠어."

원무극이 송추월의 뒤로 이동했다. 그러자 그의 신형이 사라지고 장내에는 오직 송추월 한 사람만이 남았다. 송추월은 눈앞에 나타난 다섯 개의 동굴 중 이번에는 중앙에 있는 동굴로 들어섰다.

문득 송추월이 걸음을 멈췄다. 야광석에서 흘러나오는 빛이 도달하지 못하는 곳, 희미하지만 잔뜩 웅크린 존재가 있었다. 흘러나오는 기운으로 보아 살아 있는 생명체가 분명했다. 그렇다면 앞서 동굴 안으로 들어온 사람 중 하나일 가능성이 컸다.

스르릉!

송추월이 검을 빼 들었다. 화마경을 원하는 자들은 모두 적. 언제 어느 때 상대가 공격을 해올지 몰랐다.

"살아 있소?"

송추월이 검을 앞에 세우고 어둠 속에 웅크리고 있는 존재에게 물었다.

"크으윽!"

그러자 어둠 속에서 대답 대신 신음성이 흘러나왔다.

"누구요?"

다시 송추월이 물었다.

"사, 살려줘……."

살려달라고 말하고 있지만 목소리에선 생명력이 느껴지지 않았다. 송추월이 성큼성큼 걸음을 옮겨 목소리의 주인 앞으로 다가갔다.

"누, 누구지?"

짐승처럼 웅크린 자가 고개를 들어 송추월을 보았다.

"당신이군."

삶의 빛이 사라진 눈으로 자신을 바라보는 자의 정체를 송추월은 금세 알 수 있었다. 그는 부루와 함께 사라진 오원지였다.

"너… 였군."

오원지도 송추월을 알아봤다. 그러면서 한편으로 그의 눈에 원망과 살기가 감돌았다. 송추월은 죽어가면서까지 자신에게 이런 눈빛을 흘리는 오원지가 이해되지 않았다. 여전히 화마경에 대한 욕심이 남아 있는 것일까?

"누가 이렇게 만들었소?"

송추월이 차갑게 물었다. 적의를 드러낸 자에게 동정심 같은 것은 필요없다, 물론 애초에 누굴 동정할 성정도 아닌 송추월이었지만.

"너희 어린놈들이 결국 날 죽음으로 모는구나."

"부루요?"

"크크, 물론 그 영악한 놈이 마지막을 장식했지. 하지만 시작이 너였음을 모르지는 않겠지?"

"춘봉산에서의 일을 말하는 것이오?"

"그렇다."

"그게 언제 일인데 이제 와서 그 일을 말하는 거요?"

"후후, 너에겐 오래전의 일이겠지. 그러나 나로선 절대 잊을 수 없는 일이다. 넌 혹시 이걸 아느냐? 너의 그 친구가 나에게 네 목숨을 주기로 약속했다는 것을?"

순간 송추월의 표정이 차갑게 변했다. 오원지가 말한 친구가 부루임을 모르지 않기 때문이었다.

"부루가 그런 약속을 했었소?"

"그랬지. 예전에 처음 만난 그 순간부터."

순간 송추월의 표정이 살짝 변했다.

"예전?"

"크크, 우리가 만난 것이 신마계라고 생각하느냐?"

"이미 오래전부터 당신과 부루가 알고 지냈다는 말이군."

"꽤 오래됐지. 한 오 년쯤 됐나?"

순간 침착한 송추월도 놀라지 않을 수 없었다. 부루와 오원지의 인연이 오 년이라니……. 그건 상상도 하지 못한 일이었다. 도대체 이 두 사람은 오 년 동안 어떤 인연을 맺어온 것일까?

"도대체 당신들 사이에 무슨 일이 있었던 거요?"

묻지 않을 수 없는 질문이었다.

"크크, 이게 다 네놈이 만들어준 인연이다."

"나? 왜 나란 말이오?"

"네놈 덕분에 난 벗어날 수 없는 병마에 빠졌으니까."

순간 송추월의 눈빛이 반짝였다.

"그때… 설죽암의 스님께 당한 부상에서 완전히 회복되지 않았단 말이구려."

"오냐. 그건… 결코 회복될 수 없는 부상이었다. 이렇게 살아 있는 것이 기적일 정도지. 그때 태산오룡의 도움으로 위험에서 벗어난 나는 내 몸이 결코 예전으로 돌아가지 못할 거란 걸 알았다. 사부의 후계자가 되어 신경의 진전을 얻기 전에는 말이다."

오원지가 숨을 골랐다. 부상으로 인한 고통이 힘겨운 것인지 아니면 송추월에 대한 노기가 치솟았기 때문인지는 모르지만.

"그래서 난 남아 있는 모든 진기를 모아 네놈을 죽이기로 했지. 설죽암의 비구니들은… 그 당시의 내 몸으로는 상대할 수 없는 존재들이었으니까. 그래서 널 찾았다. 결국 임황 벽산에서 네놈을 찾았지. 그런데 내가 널 찾았을 땐 이미 네놈은 임황을 떠난 후였다. 대신 그곳에서 놈을 만났지. 후욱! 후욱!"

오원지가 다시 숨을 몰아쉬었다. 그가 웅크린 몸을 펴 등을 동굴 벽에 기댔다. 그의 얼굴은 파랗게 사색으로 물들어 있었고, 가슴에선 검은 피가 계속해서 흘러나오고 있었다.

"난 놈이 화수유천을 익히고 있다는 걸 알아냈다. 화수유천이라니… 후후, 그런 일은 오직 한 경우에만 가능하지. 사부가다른 제자를 거뒀을 경우에만. 그런데 신기하게도 놈은 사부나 신경에 대해 전혀 모르고 있었다. 그래서 난 녀석과 거래를했지. 날 도와주는 대가로 내가 알고 있는 것을 녀석에게 주기로. 더불어 너의 목숨까지 거래했지. 녀석은 야망이 큰 놈이더군. 냉혹하고 교활하며… 후… 그래도 어린놈이라 놈을 내가원하는 대로 움직이는 것은 여반장이라고 생각했는데 결국 내가 당했어."

오원지의 말이 끝나는 순간 송추월은 이미 부루와 오원지사이에 있었던 일 모두를 짐작할 수 있었다. 그들은 서로를 이용하며 신마봉까지 왔을 것이다, 둘 모두 화마경을 목표로. 물론 마지막에는 서로가 서로를 배신했을 테지만.

"난 녀석이 날 이렇게 일찍 공격할 거라고는 생각지 못했다. 적어도 경쟁자들을 모두 제거할 때까지는 날 살려둘 것이라고생각했지. 그래서… 놈을 그냥 놓아둔 것인데… 크크, 역시 놈은 영악하더군. 그런 내 계산을 읽고 선수를 쳐서 날 공격했지. 그리고 하는 말이, 자신은 등 뒤에 비수를 꽂을 사람과 함께 다니는 성격이 아니라더군. 크크크, 정말 영악한 놈이 아닌가."

오원지가 삐뚤어진 웃음을 흘리다가 송추월을 노려보며 말했다.

"내가 그때 춘봉산에서 네놈의 방해를 받지 않았다면… 난 아마도 이 싸움에서 최후의 승자가 되었을 것이다. 그리고 이 따위로 죽을 리도 없었… 쿠쿡!"

오원지가 한 모금 피를 토했다.

"설마 내가 사죄라도 하길 바라는 것이오?"

"크… 크… 네놈이… 사과를 할 놈은… 아니지. 대신 부탁 하나 하자."

"……?"

송추월이 침묵을 지키자 오원지가 힘겨운 눈으로 송추월을 보며 말했다.

"그놈… 그놈을 죽여다오."

"부루 말이오?"

"그래."

"약속은 못하겠소."

"설마… 여전히 친구라는 거냐?"

"녀석이 영악한 수를 쓰기는 하지만 친구는 친구요. 수십 년 함께해 온 정이 어디 쉽게 끊어지겠소?"

"놈은… 널 죽일 거야."

"…그렇다면 그땐 당신의 부탁을 들어주겠소."

송추월이 차가운 음성으로 말했다. 그러자 오원지가 희미한 미소를 지었다.

"넌… 반드시 내 부탁을 들어주게… 될 거다. 흐흐흐… 흐 흐……."

이어질 것 같던 오원지의 웃음이 한순간 멎었다. 그리고 그 순간 오원지에게서 흘러나오던 모든 기운이 소멸했다.

"죽은 거냐?"

귀신처럼 모습을 드러낸 원무극이 물었다.

"죽었어."

"부루 녀석. 휴……."

원무극이 한숨을 내쉬었다. 어둠 속에서 그도 오원지와 송추월이 나누는 모든 이야기를 들었다. 그러니 그로서도 더 이상 부루가 그들의 친구이기 어렵다는 걸 알고 있었다. 살수이긴 하지만 대호산 다섯 친구 중 가장 마음이 여린 원무극으로선 받아들이기 힘든 일이었다.

"가자."

송추월이 오원지의 시신을 스쳐 지나며 말했다.

"추월, 부루를 어쩔 거냐?"

원무극이 급히 물었다.

"…녀석이 원하는 대로 되겠지."

"부루를 죽이기라도 하겠다는 거야?"

원무극이 재차 물었다. 그러나 송추월은 더 이상 원무극의 질문에 답을 하지 않았다.

쩌저정!

오원지의 죽음을 뒤로하고 이각여를 이동했을 때, 동굴을 뒤흔드는 굉음이 송추월의 귀에 들려왔다. 송추월이 걸음을 멈췄다.

"누가 싸우는 모양인데?"

모습은 보이지 않고 원무극의 목소리만 들렸다.

"출구가 가까운 모양이다."

"그래 봐야 또다시 여러 갈래로 갈라진 동굴이 나오겠지. 지금까지 네 번이나 그랬잖아. 어쩌면 아예 이곳에 갇힌 걸지도 모르겠어."

차차창!

여전히 강렬한 격돌음은 끊이지 않고 두 사람의 귀를 어지럽혔다.

"이번엔 좀 다른 것 같다."

"뭐가?"

"공기가 달라."

"응?"

원무극이 의혹 어린 음성을 흘려내더니 잠시 침묵을 지켰다. 그리곤 잠시 후,

"네 말이 맞아. 공기가 다르군. 내가 왜 그걸 몰랐을까? 살수라는 놈이."

원무극이 스스로를 자책했다.

"가보자."

송추월이 조심스런 발걸음으로 전진하기 시작했다.

차창!

두 사내가 치열한 싸움을 벌이고 있었다. 한 사람은 검을, 다른 한 사람은 적수공권으로 상대하고 있었는데, 검을 든 사내가 조금 유리한 듯해도 적수공권의 사내가 보여주는 신기의 신법에 싸움은 팽팽한 균형을 유지하고 있었다.

"뭐야? 왜 저 둘이 싸우고 있는 거지?"

송추월의 뒤에서 원무극의 나직한 목소리가 들렸다. 싸움을 하고 있는 자들은 예상외로 마혼 고부와 풍귀 환약중이었다. 이 두 사형제는 비록 화마경을 두고 다투는 사이지만 지금 이곳에서 싸움을 벌이기에는 너무 이른 감이 있었다. 경쟁자들은 둘 말고도 아직 여럿이 남아 있지 않는가.

"여전히 우릴 한 수 아래로 보고 있다는 뜻이겠지."

송추월이 대답했다.

"서로 상대만 제압하면 우리는 충분히 이겨낼 수 있다는 거지?"

"그런 마음이겠지."

"후후, 삼관문을 통과하기 전에 우리 실력을 보고도 그런 생각을 하다니 서로 힘을 합쳐도 우릴 상대하기 버거울 텐데……."

"우리도… 좋은 상태는 아니지."

"무슨 소리야?"

"이젠 우리도 힘을 합쳐 누굴 상대할 시기는 아니니까."

"부루 얘기를 하는 거냐?"

"부루뿐이겠냐? 화마경이 눈앞이다. 이젠… 각자의 운을 시험할 때다. 그러니 저들의 싸움은 사실 그리 빠른 게 아닐지도 모르겠다."

"난 널 믿어."

"나도 화마경을 원한다."

"알아. 하지만 그렇다고 우리에게 살수를 쓰진 않을 거잖아?"

"그건 모르는 일이지. 사람을 어찌 믿누. 그나저나 저길 봐라."

송추월이 치열하게 싸우고 있는 두 사람의 뒤쪽을 가리켰다. 원무극이 송추월이 가리키는 곳을 바라보니 기이한 지형이 펼쳐져 있었다.

"저건… 출구로 이어진 걸까?"

"모르겠다."

고부와 환약중이 싸움을 벌이고 있는 뒤편으로는 끝을 알 수 없는 천 길 낭떠러지 계곡이 검은 입을 벌리고 있었다. 어찌 보면 화산의 분화구처럼 생긴 낭떠러지는 폭이 족히 십여 장이 넘었는데, 횡으로 크게 원을 그리며 형성되어 있어서 동굴 이쪽 편과 저쪽 편을 완벽하게 분리하고 있었다.

사람이 쉽게 건너갈 수 없는 낭떠러지는 그 위에 위태롭게 이어진 좁은 석교로 이어져 있었는데, 석교는 사람이 깎아 만든 것이 아닌 자연적으로 형성된 것인 듯 보였다. 누군가 낭떠러지의 이쪽에서 저쪽으로 이동하려면 반드시 석교를 건너야 하는 상황. 아마도 고부와 환약중은 석교를 앞에 두고 길의 끝에 왔다고 판단해 서로를 향해 살심을 드러낸 모양이었다.

석교 건너편에는 다시 하나의 동굴이 입구를 벌리고 있었는데, 그 동굴이 출구인지, 아니면 또 다른 길의 시작인지는 알 수 없었다.

"저들의 싸움이 끝나기 전에는 건너기 어렵겠는데?"

원무극이 송추월을 보며 말했다.

"그러게 말이다. 싸움이 좀체 끝날 것 같지 않은데……."

"그냥 날아 넘어볼까? 가능할 것도 같은데……."

원무극의 말에 송추월이 고개를 저었다.

"그건 어려울 것 같다. 자세히 봐. 낭떠러지 아래에서 강한 바람이 소용돌이치고 있어. 거리로 보자면 날아 넘지 못할 것도 아니지만 바람에 휩싸이면 위험할 거다. 그래서 저들도 석교를 두고 싸우고 있는 것이겠지."

"그런가?"

원무극이 고개를 갸웃하며 다시 길게 계곡을 이루고 있는 낭떠러지를 바라봤다. 그러자 끝을 알 수 없는 지저에서부터 불어 올라오는 바람의 소리가 낮고 소름 끼치게 들려왔다.

"제길, 듣고 보니 정말 무섭네."

원무극이 고개를 저었다.

"일단 기다려 보자."

송추월이 고부와 환약중이 싸우고 있는 곳으로 서너 걸음 더 다가가 동굴 벽면에 몸을 숨겼다.

"사형, 정말 끝을 보자는 거요?"

강호에서 흔히 볼 수 없는 고수들 간의 싸움에선 입을 열 여유조차 내기 어렵다. 이미 지하 동굴의 여러 곳을 파괴해 버린 두 사람의 싸움은 끝을 모르고 이어지고 있었다. 그 와중에 환약중이 다섯 줄기의 지력을 발출해 고부와 거리를 만든 후 잠시 공격을 멈추며 물었다.

"시작한 것은 너다!"

"물론 그렇긴 하오. 하지만 이대로라면 우리 둘 다 이곳에서 한 걸음도 앞으로 나가지 못할 것이오. 그리되면 그 영악한 놈만 좋은 일 아니오?"

"네가 물러나면 된다."

"사형, 그건 나보고 죽으라는 말이지 않소?"

"신경의 경주가 된다 해도 널 죽이진 않겠다."

"흐흐, 사숙처럼 신마계의 문지기라도 시키시려오?"

"세상에 할 일은 많지."

고부의 냉정한 말에 환약중이 고개를 흔들었다.

"그렇게는 못하겠수."

"그럼 죽어야겠지."

고부가 다시 검을 들어 올렸다. 그러자 환약중이 다시 서너 걸음 뒤로 물러나며 손을 들어 고부의 행동을 말렸다.

"잠시만 진정하시오, 사형. 사실 내가 사형을 공격한 것은 모두 부루라는 그 어린 녀석의 농간 때문이 아니오. 사형이 셋째 사형을 죽이고 그에게서 신전에 이르는 비도를 얻었다는 말 때문에."

"세상에 신전에 이르는 비도 같은 것은 없다. 있었다면 당연히 사부께서 말씀해 주셨겠지. 네가 그걸 모를 리는 없지. 넌 단지 날 제거하고 싶었을 뿐이야. 그래서 녀석이 나를 상대하는 동안 숨어서 날 기습한 것 아니냐?"

"그게 아니란 말이오. 난 정말로 녀석의 말을 믿었소. 혹시 압니까? 정말 그런 비도가 있어 먼저 들어온 셋째 사형과 녀석이 손에 넣었을지. 만약 그렇다면 우리가 지금 이렇게 싸우고 있는 것은 커다란 실수입니다."

환약중의 말에 고부의 표정도 살짝 변했다. 그러자 환약중이 힘을 얻었는지 다시 입을 열었다.

"사형의 노기는 모르는 바 아니지만 그 어린 녀석이 신경의 주인이 되는 것을 두고 볼 수는 없지 않습니까?"

환약중의 말에 고부가 대답없이 환약중을 노려보다 한순간 신형을 날렸다. 하지만 고부가 향한 곳은 환약중이 있는 곳이 아니었다. 그는 번개처럼 신형을 날려 지하 계곡을 가로지르고 있는 좁은 석교에 이르더니 바람처럼 석교를 건너 동굴의 저편에 닿았다. 그리고는 검을 높이 들어 환약중을 보며 소리쳤다.

"사제 네 말이 맞다! 너에 대한 노기로 신경을 포기할 순 없지! 네 충고를 고맙게 생각한다! 그 보답으로 내가 신경을 얻게 되면 널 나의 종복으로 삼아주마! 넌 죽지 않을 게다!"

고부의 말에 환약중이 히쭉 웃음을 흘리며 소리쳤다.

"사형, 고맙소이다! 이 사제의 충고를 받아주셔서! 하지만 신경의 주인이 누가 될지는 아직 결정되지 않았지요!"

"아니, 이젠 거의 결정되었다고 할 수 있다! 왜냐하면… 이젠 누구도 이 죽음의 계곡을 건너지 못할 테니까!"

꾸룽!

고부가 말이 끝나자마자 자신의 검을 휘둘렀다. 그러자 그의 검에서 만들어진 묵 빛 검기가 외줄기 석교에 강하게 부딪쳤다.

쿠르릉!

고부의 검기가 석교를 강타하자 석교가 마치 살아 있는 생물처럼 신음성을 흘려내기 시작했다.

"뭣 하는 것이오?"

환약중이 고부의 행동에 놀라 바람처럼 석교를 향해 몸을 날리며 소리쳤다.

"능력이 있다면 이 죽음의 계곡에서 불어대는 바람을 타고 계곡을 건너라! 그렇지 않다면 이곳에서 내가 신경의 경주가 되어 돌아올 때까지 기다리든지!"

고부가 재차 검을 휘둘렀다. 그러자 다시 한 번 일어난 묵 빛 검기가 흔들리는 석교를 단번에 끊어버렸다.

쿠르르릉!

거대한 소음을 일으키며 석교가 무너져 내렸다. 석교의 돌 덩어리들이 끝이 없는 계곡 아래로 떨어져 내렸는데, 계곡의 깊이가 너무 깊어서인지 돌 더미가 바닥에 부딪치는 소리조차 들려오지 않았다.

"사형!"

무너져 내린 석교 앞에서 환약중이 노기를 담은 눈으로 고부를 노려봤다.

"왜 그러느냐?"

고부가 아무 일 없다는 듯 환약중을 바라봤다.

"정말 내 인내심의 한계를 시험하시는 거요?"

"하하하, 사제의 인내심이란 날 기습했을 때 이미 바닥난 것 아닌가?"

"석교를 무너뜨린다고 내가 이 계곡을 건너지 못할 것 같소?"

"물론 자네의 별호가 풍귀이니 이 죽음의 바람을 탈 수도 있겠지. 하지만 시간은 꽤 걸릴 걸세. 그때쯤이면 난 이미 신전에 닿아 있을 거야. 약속한 대로 자네의 목숨은 살려주겠네. 그럼 나중에 보세."

고부가 가볍게 손을 들어 보이고는 이내 석교와 맞닿아 있는 동굴 속으로 사라졌다.

"좋은 기횐데?"

문득 원무극이 송추월에게 속삭였다.

"그렇군."

송추월도 고개를 끄덕였다.

"지금 공격할까?"

"아니. 기다려."

"왜?"

"그는 분명 저 계곡을 날아 넘으려 할 테니까."

"아, 그렇구나."

원무극이 낮게 탄성을 자아냈다. 송추월의 예상처럼 환약중은 금세 계곡을 날아 넘을 준비를 하기 시작했다. 그는 먼저 입고 있던 옷자락을 조금 잘라 검은 계곡 위로 던졌다.

휘이잉!

환약중의 옷자락이 계곡에 날아들자마자 한줄기 강풍이 불어와 한순간에 옷자락을 계곡 아래로 끌고 내려갔다. 그 모습을 본 환약중이 고개를 저으며 이번에는 바닥에서 주먹만 한 돌덩이를 들어 올리더니 계곡 반대편을 향해 던졌다.

우웅!

그러자 이번에는 조금 더 강한 바람이 불어 마치 돌덩이가 종잇조각이라도 되는 듯 허공에서 둥실 휘감더니 앞서 빨려 들어간 옷자락과 마찬가지로 계곡 아래로 빨아들이는 것이었다.

"정말 쉽지 않군."

환약중이 난감한 표정으로 중얼거렸다.

"하지만 포기할 순 없지. 사형의 종복으로 평생을 살 수야 없는 일 아닌가?"

환약중이 이내 다부진 음성을 흘려내며 다시 옷에서 몇 개의 천 조각을 뜯어냈다. 그리고는 조금씩 자리를 옮기며 계곡 위로 천 조각을 던져 넣기 시작했다.

휘이잉!

옷자락들이 계곡 위로 날아들자 다시 광풍이 불기 시작했다. 그리고는 하나의 예외도 없이 옷자락들을 계곡 아래로 빨아들였다.

"젠장!"

환약중의 입에서 계속해서 욕설이 흘러나왔다. 그러나 환약중은 옷자락을 계곡에 집어 던지는 것을 멈추지 않았다. 그렇게 시간이 흘러 환약중이 자신의 몸을 싸고 있던 장삼을 모두 뜯어 넣고 이젠 장삼 안에 입었던 옷을 뜯기 시작했다.

"저러다간 알몸이 되겠다."

원무극이 혀를 찼다.

"하지만 그래도 저 방법이 유일할 거다. 하나라도 건너편에 도달한다면 그 길을 따라 몸을 날리면 될 테니까. 사실 거리가 아주 먼 것은 아니거든."

"그렇지만 지금으로선 그럴 가능성이 없어 보이는데? 시간은 가고. 이러다가 부루와 고부 두 사람이 신전에 먼저 도달하겠어."

"둘 중 하나만 신전에 도달해야 한다면 둘은 쉽게 신전의 문을 열지 못할 거야. 누구도 서로에게 양보 같은 것은 하지 않을 테니까."

"그렇지만 너무 늦어지고 있어."

원무극이 걱정스레 말하는 순간 환약중의 손을 떠난 천 조각 하나가 둥실 허공으로 떠오르더니 마치 꽃을 찾아드는 나

비처럼 허공을 날아 계곡의 건너편에 내려앉았다.

"됐어!"

득의한 환약중의 목소리가 송추월과 원무극의 귀에 들렸다.

"준비해."

송추월이 나직하게 말했다. 그러자 송추월로부터 그림자 하나가 벗어나더니 환약중 쪽으로 이동했다.

"흐흐, 사형, 내가 어찌 사형을 혼자 보내겠소. 사형은 결코 날 살려두고는 신전에 들지 못할 거요."

환약중이 한줄기 미소를 흘려내며 다시 하나의 천 조각을 허공에 띄웠다. 그러자 앞서와 마찬가지로 천 조각이 둥실 허공을 날아 계곡 반대편에 도달했다.

"후후후, 어디나 찾아보면 길이 있게 마련이지. 더군다나 난 풍귀라 불리는 사람. 바람은 내게 친구와 같다."

환약중의 신형이 한순간 둥실 떠올랐다. 그리고는 천 조각이 날아간 길을 따라 계곡을 넘기 시작했다. 그런데 환약중의 몸이 계곡의 이편으로부터 이삼 장 앞으로 나갔을 때 갑자기 그가 서 있던 자리에 불쑥 원무극의 모습이 나타났다.

원무극은 모습을 드러내자마자 환약중을 향해 검을 뻗어냈다.

팟!

강하고 날카롭기 그지없는 검기가 원무극의 검을 벗어나 환약중을 향해 뻗어나갔다.

"누구냐?"

뒤늦게 자신을 향해 닥쳐오는 기운를 눈치챈 환약중이 허공에서 신형을 돌리며 날카롭게 소리쳤다.

"잘 가시오, 사형."

원무극이 미소를 지은 채 나직하게 속삭였다.

깡!

환약중의 오른손이 번개처럼 움직여 자신을 향해 뻗어오는 원무극의 검기를 향해 장력을 내쳤다. 검기와 장력이 충돌하면서 강력한 파공음이 일어났다. 순간 환약중의 신형이 크게 흔들렸다. 아무리 고수라도 허공에 몸을 띄운 채 원무극과 같은 고수의 검기를 막아내는 것은 쉬운 일이 아니다.

휘이잉!

환약중의 몸이 흔들리자 잠자고 있던 계곡의 바람이 한순간 그의 몸을 휘감았다.

"이익!"

환약중이 저승사자처럼 자신의 몸을 옥죄어오는 바람에 저항해 공력을 일으켰다. 그러자 일순간 그의 몸이 본래의 자리로 돌아오는 듯했다. 그러나 다음 순간,

"애쓰지 마시오. 당신이 죽을 자리는 여기요!"

어둠 속에서 송추월이 뛰어나오며 번개처럼 검을 휘둘렀다.

쩌어엉!

송추월의 검에서 흘러나온 검기가 사오 장으로 늘어나며 그와 환약중 사이의 공기를 반으로 갈랐다.

"놈!"

환약중의 입에서 노성이 터져 나왔다. 그의 손이 벼락처럼 떨어져 내리는 송추월의 검기를 향해 움직였다.

쾅!

다시금 허공에서 천둥 치는 격돌음이 일어났다.

"읏!"

연이어 환약중의 신음성이 흘러나왔다. 어느새 그의 신형은 그가 본래 가고자 하던 방향에서 이 장 정도 옆으로 비켜나 있었다.

휘이잉!

뒤이어 묵 빛 계곡 아래서 강력한 바람이 불어 올라왔다. 그리고는 한순간에 환약중의 몸을 휘감았다.

"핫!"

환약중의 입에서 다시 기합성이 터져 나왔다. 그러자 그의 몸이 계곡의 바람을 뚫고 반대편을 향해 날아올랐다. 그러나 그도 잠시, 환약중이 채 일이 장 앞으로 날아가기도 전에 그의 몸이 급격하게 계곡 아래로 빨려 들어가기 시작했다.

"안 돼!"

환약중의 입에서 다급한 비명성이 터져 나왔다. 그러나 그의 간절한 바람과는 달리 그의 몸은 순식간에 계곡의 심연 속으로 사라졌다.

"으아아!"

분노에 찬 환약중의 고함 소리가 아련하게 송추월의 귓가에 들려왔다. 그러나 이후 앞서 무너져 내린 석교의 돌덩어리들과 마찬가지로 환약중이 만들어내는 그 어떤 소리도 송추월과 원무극의 귀에 들려오지 않았다.

"죽은 걸까?"

"아마도."

"이 아래는 뭐가 있을까?"

"글쎄… 인수로에서 죽은 자들의 공동묘지?"

송추월이 홀리듯 말하고는 옷자락 몇 개를 뜯어냈다. 그리곤 환약중이 했던 것처럼 계곡을 향해 뜯어낸 옷자락을 던져냈다.

第二章
흑마전

화마경

"풍산과 대일은 어쩌지?"

환약중이 찾은 바람의 길을 타고 묵 빛 계곡을 넘은 원무극이 앞서 계곡을 넘은 송추월에게 물었다. 그러자 송추월이 고개를 돌려 계곡 건너편을 응시하며 말했다.

"언제까지 기다려 줄 수는 없다. 그들이… 신전에 든다면 만사는 끝이니까."

"그럼?"

"일단 여기서 헤어지자."

"뭐, 혼자 가겠다는 말이야?"

원무극이 놀란 눈으로 송추월을 보며 물었다.

"아니면 지금 나와 같이 가야 해. 풍산과 대일은 그들의 운명에 맡겨두고."

송추월이 냉정하게 말했다. 그러자 원무극이 잠시 망설이더니 이내 고개를 끄덕였다.

"이 길에 들어섰을 때 우린 모두 각자의 목숨을 운명에 맡긴 거지. 애초에 마효 그를 만난 것도 그렇고. 가자."

대답을 한 원무극이 오히려 앞장서서 동굴 속으로 걸어 들어갔다. 그 모습을 본 송추월이 어두운 표정으로 중얼거렸다.

"우리 모두는 확실히 변했군. 다신… 예전으로 돌아가지 못할 것이다."

＊　　　　＊　　　　＊

"하하하! 사제, 정말 놀랍군. 이런 대단한 무공을 지니고 있는 줄은 몰랐어."

고부의 입에서 호탕한 목소리가 흘러나왔다. 사방이 삼십여 장에 이르는 거대한 지하 광장. 벽과 천장이 모두 암벽으로 막혀 있고 출구라고는 북쪽 벽에 있는 석문이 유일했다. 광장은 어떤 장식도 배제되어 있어 그 공간이 더욱 넓어 보였다. 특이한 것이라면 광장 바닥에 지름이 근 이 장에 이르는 일곱 개의 거대한 무저갱이 뚫려 있다는 것이다.

그 위태로운 무저갱들을 아래에 두고 고부와 부루가 서로를 마주 보고 있었다.

"저도 의외군요. 대사형께서 이곳까지 오실 줄은 몰랐습니다."

"어린 사제가 오는 곳을 어찌 내가 못 오겠나? 하지만… 다른 사람들은 못 올 걸세."

"설마 대사형께서 그들을 모두 제거하셨다는 겁니까?"

부루가 믿을 수 없다는 듯 물었다.

"물론 그들을 내 손으로 제거한 것은 아니네. 하지만 그들은 결코 이곳에 올 수 없을 거야. 내가 계곡을 건너는 석교를 없애 버렸거든."

순간 부루의 눈빛이 반짝였다.

"석교라면……?"

"자네도 지나 왔을 것 아닌가?"

고부가 물었다.

"아뇨. 전 석교 같은 것은 건너지 않았습니다만. 전 목교를 건넜지요."

그러자 고부의 표정이 어두워졌다.

"길이 하나가 아니었던가?"

"아마도 그런 모양이군요. 그렇다면 아쉬운 일이군요. 저 또한 목교를 무너뜨렸는데 두 개의 다리 말고도 또 다른 길이 있을 수 있다는 말이 되니까 말입니다."

"그렇군. 하지만 어쨌든 목교를 무너뜨렸다니 다른 길이 없다면 이곳에 올 수 있는 사람은 더 이상 없다는 말이군. 하지만 그렇다고 해도 우리의 승부를 서둘 필요가 있다는 건 자네도 알겠지?"

"물론 그렇지요. 다른 길이 존재할 가능성은 충분하니까요. 그래서 대사형을 보자마자 손을 쓴 것 아닙니까?"

부루가 아무렇지도 않은 표정으로 말했다. 그러자 고부가 다시 호탕한 웃음을 터뜨렸다.

"하하하, 역시 보통이 아냐. 자네 같은 수하를 데리고 있고 싶군."

"후후, 강호에서 만난 누군가도 그런 말을 하더군요. 하지만 결국 그는 절 수하로 거둘 수 없었지요."

"강호에 나와 견줄 인물은 없지."

고부가 오만한 표정으로 말했다.

"물론 대사형과 같은 고수는 본 적이 없습니다. 아, 우리의 대단하신 사부를 제외하고는 말입니다. 하지만 그 역시 만만찮은 인물이었습니다. 대사형과도 능히 일천 초를 겨룰 인물이었지요."

부루의 말에 고부의 얼굴에 호기심이 드러났다.

"그래? 그런 인물을 만났다고? 그런 인물이라면… 오직 오신경의 후예들밖에 없을 텐데?"

"오신경은 또 뭡니까? 화마경 말고 다른 신경이 있다는 겁니까?"

"모르고 있었나?"

부루가 오신경에 대해 묻자 오히려 고부가 의외라는 듯 되물었다.

"자세히 알고 싶군요."

부루의 눈에 욕망이 떠올랐다. 부루가 알고 있는 화마경은 천하제일의 무경이다. 그 화마경의 한 자락만으로도 부루와 그의 친구들은 강호의 절정고수가 되지 않았던가. 그런데 그런 무경이 네 개가 더 있다니 이 어찌 놀라운 일이 아니겠는가. 이건 오원지도 말해주지 않은 사실이다. 다른 신경이 존재한다면 무척 중요한 문제였다.

"자네들은… 정말 사부의 제자로 키워진 사람들이 아닐지도 모르겠군. 사부의 정식 제자라면 오신경에 대한 것을 모를 리 없을 텐데……."

"우리야 노인네의 필요에 의해 잠시 거두어졌던 사람들이지요."

"후후, 그런 자네들을 이곳으로 부르다니 사부의 생각을 모르겠군."

"어쨌든 오신경에 대해 자세히 듣고 싶군요."

부루가 여전히 오신경에 대한 욕망을 드러내며 물었다.

"하하하, 지금이 어디 오신경에 대해 이야기나 나누고 있을 때인가? 그런 것은 한가한 시간에나 하는 일일세. 지금은 저 석문을 통과해 신전으로 가는 것이 급한 때이네. 뭐, 자네가 나에게 양보를 한다면 나중에라도 오신경에 대해 자세히 이야기해 주지."

고부의 말에 부루가 빙긋 미소를 지었다.

"대사형의 말이 옳습니다. 오신경에 대한 이야기는 화마경을 손에 쥐고 난 뒤 들어도 되겠지요. 그리고… 전 사형께 신전에 들 기회를 양보할 생각은 없습니다. 더군다나 사형께선 더욱 서둘러야 할 겁니다. 만에 하나 내 친구들이 도착하면 대사형은 더 이상 화마경의 주인이 될 기회를 얻지 못할 겁니다."

"그렇군. 깨우쳐 줘서 고맙네. 하지만 덕분에 자네 목숨은 풍전등화가 되었군."

콰아앙!

채 말이 끝나기도 전에 고부의 검이 부루의 목에 떨어져 내렸다. 묵 빛 검기가 한순간에 장내를 가득 채웠다. 그러자 부루의 신형이 훌쩍 허공으로 떠오르더니 일곱 개의 무저갱 중 하나를 가볍게 날아 넘으며 고부의 공격을 피해냈다. 그리고는 번개처럼 광장의 가장 안쪽에 있는 석문을 향해 달려갔다.

"섰게! 승부를 내기 전에는 문을 열 수 없네!"

고부가 부루의 뒤를 따라붙으며 소리쳤다.

콰콰쾅!

부루를 추격하며 휘두른 고부의 검에 광장의 벽과 천장들이 천둥소리를 내며 부수어져 내렸다. 그러나 부루는 표홀한 신법으로 그런 고부의 공격을 막아내며 순식간에 석문 앞에 도달했다.

화신전(火神殿).

석벽 앞에 도착하자 석벽에 음각으로 새겨진 화신전이라는 글씨가 선명하게 눈에 들어왔다. 부루의 얼굴에 홍분이 일었다. 드디어 그가 화마경의 경주가 될 수 있는 최후의 단계에 도달해 있었다. 그가 아는 한 화경을 손에 넣는 것은 곧 천하를 손에 넣는 것이나 마찬가지였다.

"화마경은 내 것이다. 천하를 얻을 것이다. 네 개의 신경이 더 있다면 그 또한 나의 차지가 될 것이다. 누구도! 날 막을 수 없다!"

부루가 강력한 기운을 흘려내며 석문을 밀었다. 그러나 부루의 고강한 공력에도 석문은 꿈쩍도 하지 않았다. 오히려 그를 추격한 고부가 뿌려댄 강력한 검기가 그의 등을 향해 폭사했다.

"제길!"

부루가 분기를 토해내며 슬쩍 옆으로 몸을 피했다.

쾅!

고부가 뻗어낸 검기가 석문에 부딪치며 강력한 격돌음을 일으켰다. 그 충격에 지하 광장이 뒤흔들렸다. 그러나 신기하게도 강력한 고부의 검기에도 석문과 석문에 새겨진 글씨는 아무런 상처도 입지 않았다.

"사제 혼자 갈 수는 없다니까?"

어느새 석문 앞에 도착한 고부가 빙긋 미소를 지으며 부루를 바라봤다.

그러자 부루가 고개를 끄덕이며 말했다.

"그렇군요. 역시 신전에 드는 일은 쉬운 일이 아니군요. 그런데… 사형 역시 신전에 들기는 힘들겠군요."

"무슨 말인가? 날 이길 자신이 있다는 말이냐?"

"그런 말이 아니라, 사형의 검기에도 끄떡없는 이 문을 도대체 어떻게 열 생각이십니까?"

부루의 말에 그제야 고부가 석문으로 시선을 돌렸다. 그리곤 이내 의혹 어린 표정을 지었다. 그의 검기에는 천 근의 힘이 실려 있다. 그런데 그런 검기에 격중되고도 아무런 흔적이 남지 않은 석문이 그의 눈앞에 있다.

"이게… 어찌 된 일인가?"

고부가 혼잣말처럼 중얼거렸다. 그러자 부루가 대답했다.

"이 문을 열려면 또 한 번 고민이 필요할 것 같습니다, 앞서 철문에서처럼."

"그렇게 되는 건가? 후우! 난 이렇게 골치 아픈 건 질색인데……."

고부가 얼굴을 찌푸리며 말했다. 그런데 그때 갑자기 광장의 천장에서 한줄기 목소리가 들려왔다.

"걱정 마라. 석문을 여는 것은 머리 쓸 일이 아니니."

순간 부루와 고부가 화들짝 놀란 표정으로 목소리가 들려온 천장으로 시선을 주었다.

"사부, 사부께서 오셨습니까?"

고부가 경직된 음성으로 물었다. 그의 목소리에선 은은한 두려움이 느껴지고 있었다.

"오냐. 오랜만에 보는구나."

"사부, 문안드립니다."

고부가 재빨리 그 자리에 무릎을 꿇었다.

"껄껄껄! 역시 큰놈이 다르군. 예의를 알아. 그런데⋯ 네놈은 왜 인사도 없는 거냐?"

뻣뻣이 서서 천장을 바라보고 있는 부루에게 한 말인 듯싶었다. 그러자 부루가 긴장한 목소리로 입을 열었다.

"오랜만에 뵙습니다."

부루가 허리를 숙이는 것으로 인사를 대신했다.

"흐흐, 젊은 놈이라 역시 예절을 모르는구나. 그나저나⋯ 네놈들은 언제까지 거기 숨어 있을 생각이더냐?"

문득 천장에서 들려오던 목소리가 한층 높아지며 광장을 뒤흔들었다. 그러자 지하 광장의 남쪽 끝 입구에 두 사람의 신형이 나타났다. 송추월과 원무극이었다.

"껄껄, 역시 네 녀석들이었군. 특히 추월 네 녀석은 반드시 이곳까지 올 줄 알았지. 이리 오너라."

천장에서 들려온 목소리에 송추월과 원무극이 바람처럼 신형을 날려 부루와 고부가 서 있는 석문 앞에 당도했다.

"왔구나."

송추월이 도착하자 부루가 무심한 어조로 말했다.

"널 혼자 보낼 수야 없지."

송추월의 목소리가 차다.

"또 왜 화가 난 거냐?"

송추월의 목소리에서 심상찮은 기운을 느꼈는지 부루가 눈살을 찌푸리며 물었다.

"그를 만났다."

"그?"

"오윈지 말이야."

순간 부루의 표정이 살짝 변했다.

"죽지 않았던가?"

"실낱같은 목숨이 붙어 있더군."

"날 속였군."

부루가 혀를 찼다.

"덕분에 너와 그의 관계를 들을 수 있었지. 너와 그의 거래 또한."

"우린 그저… 서로를 이용하는 관계였을 뿐이야."

"후후, 그야 당연한 거고. 문제는 네가 그와의 거래에 내 목숨을 걸었단 거지."

송추월의 눈에서 붉은 기운이 넘실거렸다. 순간 부루가 흠칫하며 한 걸음 뒤로 물러섰다.

"그건 단지 그를 속이려 한 말일 뿐이야!"

"그래?"

"그럼 넌 정말 내가 그에게 네 목숨을 넘겨주기라도 할 거라 생각한 거냐?"

"그 답은 네가 알고 있겠지."

"너, 정말!"

"네가 그의 존재를 우리에게 숨긴 그 순간 넌 더 이상 우리의 친구가 되길 포기한 거야. 이젠… 네 마음껏 욕심을 채워도 된다. 물론 나도 그럴 테지만 말이야."

"추월 너!"

부루가 노기를 담아 송추월을 바라봤다. 그러자 송추월이 차게 말했다.

"조심해라. 친구라면 몰라도 적이라면 난 무척 곤란한 상대야. 그건 너도 잘 알거다. 그러니… 최선을 다해야 할 거야."

송추월의 경고에 부루가 아무 말 없이 그저 송추월을 노려보기만 했다. 그러자 다시 천장 위에서 마효의 목소리가 들려왔다.

"낄낄낄, 좋아, 좋아. 아주 마음에 들어. 네 녀석들은 정말 내 바람대로 커주었구나. 화마경의 주인이 되려면 당연히 친구쯤은 포기할 줄 알아야지. 아암, 그런 독심 없이 어찌 신경의 주인이 될 수 있겠느냐? 크하하!"

마효의 웃음소리가 다시 지하 광장을 뒤흔들었다.

"오랜만인데… 얼굴 한번 안 보여주실 겁니까?"

송추월이 천장을 보며 소리쳤다.

"하하하, 놈, 많이 컸구나. 대호산에선 고양이 앞의 쥐 꼴이더니……. 날 보고 싶으냐?"

"얼마나 늙으셨는지 확인하고 싶군요."

"후후, 네가 원하는 만큼 충분히 늙었다면?"

"그럼… 뭐, 각오를 하셔야겠지요."

"하하하, 좋아, 좋아. 그 배포는 여전하구나. 하지만 아쉽게도 아직 네놈들 손에 죽을 만큼 늙지는 않았다. 그리고 내 얼굴을 보고 싶으면 석문을 열고 신전에 들어라. 신전에 든 자만

이 내 얼굴을 볼 수 있을 게다."

"그럼 신전에서 조용히 기다리실 일이지 왜 이곳엔 오셨습니까?"

"하하, 너도 알다시피 내 성미가 좀 급한 편이거든. 어떻게들 싸우나 보고 싶더구나. 그리고… 한 가지 말해줄 것도 있고."

"말해줄 것이 뭡니까?"

"아직은 말해줄 수 없다. 오지 않은 녀석들이 있으니까. 오, 마침 오는구나."

마효의 말에 장내의 사람들이 고개를 돌렸다. 그러자 갑자기 거대한 광장의 동쪽 석벽이 부르르 몸을 떨더니 엄청난 폭음과 함께 부서져 내렸다.

쿠쿠쿵!

부서져 내린 석벽의 잔재가 광장 한쪽에 수북이 쌓였다. 그러자 그 안에서 먼지투성이의 거한 둘이 모습을 드러냈다. 곽풍산과 대일이었다.

"봐. 뚫으면 될 거라고 했잖아."

광장으로 들어서며 곽풍산이 말했다.

"그래, 너 잘났다, 이 무식한 놈아!"

대일이 곽풍산을 흘겨보며 소리쳤다.

"이놈들아, 모두 조용히 하고 이리 오너라!"

곽풍산과 대일이 광장에 들어서자 마효가 큰 목소리로 두 사람을 불렀다.

"이건 또 뭐 하는 작자야?"

곽풍산이 눈을 부라리며 소리가 흘러나온 쪽을 노려봤다. 그러다 그의 눈에 석문 앞에 서 있는 송추월 등의 모습이 들어왔다.

"어? 벌써 와 있었군."

"그러게 말이야. 역시 추월이야."

대일이 감탄하며 훌쩍 신형을 날려 석문 쪽으로 날아갔다.

"망할 놈! 같이 가자구!"

곽풍산이 놓칠세라 대일의 뒤를 따랐다.

바람처럼 신형을 날린 대일과 곽풍산이 한순간에 석문 앞에 도달했다.

"그런데 누가 우릴 부른 거냐?"

걸음을 멈추자마자 곽풍산이 송추월에게 물었다. 그러자 송추월이 고개를 들어 광장의 천장을 바라봤다.

"저 위에 있다고?"

곽풍산이 도끼를 들어 천장을 가리켰다.

"오냐, 이놈아! 설마 내 목소리를 잊은 거냐?"

다시 천장에서 마효의 목소리가 들렸다. 그러자 곽풍산의 표정이 묘하게 변했다. 반가움, 두려움, 그리고 적개심까지 곽풍산의 얼굴이 여러 감정을 담아냈다.

"어르신… 이십니까?"

"호호, 그렇다."

마효가 대답했다. 그러자 곽풍산이 넙죽 그 자리에 엎드려 큰절을 했다.

"아이고, 어르신. 드디어 뵙는군요. 이제 그만 우리를 살려주십시오."

"흐흐흐, 이 어린 녀석이 나이가 들더니 능구렁이가 다 되었구나. 그만 일어나거라. 징그럽다."

마효의 말에 곽풍산이 살짝 고개를 들더니 이내 무릎을 툭툭 털며 일어났다. 그러면서도 한마디 말은 잊지 않았다.

"말씀하신 대로 신마봉에 왔으니 이제 이 망할 놈의 저주를 풀어주시지요?"

"후후, 아직 신마봉 정상에 오른 것은 아니지 않느냐?"

"뭐, 이쯤이면 다 온 것 아닙니까?"

"아니다. 아직 멀었다. 그리고 이제 가장 험한 고개가 남아 있다."

"아직 뭔가 할 일이 더 있단 말이군요."

곽풍산의 표정이 딱딱해졌다. 당장에라도 도끼를 들고 마효의 목소리가 들리는 천장으로 뛰어오를 듯한 기세였다. 그러나 마효는 곽풍산의 태도에 아랑곳없이 말을 이었다.

"그렇다. 너희가 살아남기 위해선 아직 더 큰 시험을 거쳐야 한다."

"그 시험이 뭡니까?"

이번엔 대일이 물었다.

"위험하지만 간단한 일이다. 살아남아라. 살아남는 놈이 신전에 들 수 있을 것이다."

"여기까지 살아서 오지 않았습니까?"

다시 곽풍산이 반발하듯 물었다.

"물론 그렇다. 하지만 이곳은 인수로다. 짐승의 길이란 뜻이지. 간단하게 설명해 주마. 모두 잘 들어라. 인수로에선 오직 한 놈만 살아남을 수 있다. 이 광장에 한 놈만 남았을 때, 그때 그 석문이 열릴 것이다. 그 석문은 신전과 통해 있으니 살아남은 자가 신전에 들 것이다. 그리고 당연히 그가 신경의 경주가 될 것이다. 그러니… 후후후, 싸워서 살아남아라. 기대하겠다, 어느 놈이 살아남을지. 하하하!"

한순간 마효의 웃음소리가 광장에서 멀어졌다. 아마도 자리를 떠난 것 같았다. 그런데 바로 그 순간, 고부가 번개처럼 대일을 향해 일검을 찔러 넣었다.

팟!

워낙 빠르고 강력한 검초였기에 대일이 고부의 공격을 눈치챘을 때는 이미 그의 검을 피하기에는 너무 늦은 상태였다.

"젠장!"

지잉!

팟!

대일이 급히 휘두른 도에 고부의 검이 마찰을 일으켰지만 이미 그의 검은 대일의 옆구리에 깊은 상처를 남긴 후였다.

"죽일 놈이!"

대일이 피가 터져 나오는 순간에도 청룡도를 휘둘러 고부의 머리를 쳤다. 그러나 고부의 신형은 이미 대일로부터 오 장여의 거리를 두고 멀어져 있었다.

"이놈!"

대일이 고부를 노려보며 이를 갈았다. 그러자 고부가 진중한 음성으로 말했다.

"너도 들었을 것 아니냐. 오직 한 사람만이 이곳에서 살아남아 신전에 들 수 있다고 했다. 그러니… 기회가 되면 누구라도 죽일 수밖에."

고부의 말이 끝나는 순간 모여 있던 다섯 친구 중 깊은 부상을 입은 대일을 제외한 네 명이 제각기 신형을 날려 서로 간에 거리를 만들었다. 혹시라도 있을 누군가의 기습을 걱정한 것이었다.

"뭐, 이런 망할 경우가 다 있어!"

친구들의 기습을 걱정해 뒤로 물러났으면서도 곽풍산이 화가 난 듯 소리쳤다. 아마도 친구끼리 서로를 경계하는 모습에 부아가 난 모양이었다. 하지만 그런 그조차도 다른 친구들을 경계하는 것은 마찬가지였다.

송추월은 검을 늘어뜨리고 눈을 가늘게 떴다. 그러자 흥분되었던 감정이 가라앉으며 지하 광장이 한눈에 들어왔다. 일곱 개의 무저갱이 어서 먹이를 달라는 듯 입을 벌리고 있었고, 그 안에 여섯 명의 절정고수가 서로를 죽일 기회를 노리고 있다.

송추월의 눈에 제법 깊은 상처를 입은 대일과 눈을 부라리며 수십 년 친구들이 서로를 경계하는 모습에 화를 내고 있는 곽풍산, 그리고 끊임없이 눈을 움직이며 뭔가를 생각하고 있는 부루의 모습이 들어왔다. 언제나처럼 원무극은 그림자가 되어 그 확연한 모습을 드러내지 않고 있었다.

송추월이 갑자기 피식 실소를 흘렸다.

'수십 년 우정도 욕망 앞에서는 허망한 것이군. 나조차도 이 길을 되짚어 돌아갈 생각은 없으니까. 휴우, 승부를 본다면 모두 죽을 것인데, 이렇게 친구가 원수로 변하는 것인가. 묘하군. 인생사.'

송추월이 가늘게 떴던 눈을 본래의 크기로 되살렸다. 그렇다고 누굴 공격할 생각은 아니었다. 오늘의 일은 서두를 것이 아니었다. 하루가 되었든 한 달이 되었든 결국 한 사람만 살아남는다면 이 싸움은 서두는 자가 패하게 되어 있는 싸움이었다.

저벅저벅!

송추월이 갑자기 걸음을 옮겼다. 사람들의 시선이 송추월에게로 향했다. 송추월은 서 있던 곳에서 훨씬 뒤쪽으로 물러나 벽을 등지고 돌바닥에 주저앉았다.

"싸움을 포기하는 거냐?"

부루가 눈빛을 번뜩이며 물었다.

"아니."

"그럼 뭐 하는 짓이지?"

"좀 쉬려고."

"뭐?"

"어차피 한동안 서로 눈치나 볼 것 아니냐? 그렇다면 편하게 쉬어야겠지."

송추월의 말에 고부에게 입은 부상으로 비틀거리고 있던 대일이 재빨리 송추월처럼 걸음을 옮겨 석벽에 붙었다. 그리고는 옷을 찢어 피가 흐르고 있는 상처를 감쌌다.

"넌 말이야, 결국 나에게 죽게 될 거야."

상처를 싸면서도 대일이 고개를 들어 고부를 노려봤다. 그러자 고부가 피식 실소를 흘렸다.

"감히 그 몸으로 날 상대하겠다고?"

"흐흐, 맞아. 하지만 나 혼자는 아니지. 물론 서로 도검을 맞대고 있지만 그래도 우린 정이란 것이 있거든. 하지만 당신은 혼자야. 이곳에서 가장 먼저 죽는 자가 있다면 그건 내가 아니라 당신일 거야. 친구들, 난 화마경 따위는 이제 관심없다. 이 몸으로 너희를 상대할 수 없다는 건 아니까. 대신 내 부탁 하나 들어줘라. 저놈 상대할 때 목숨만 붙어서 살려줘. 내가 끝을 보게."

"흐흐, 알았어. 당연히 그렇게 해주지."

곽풍산이 음흉한 웃음을 흘리며 대답했다.

"이봐, 알겠어? 나보다 네가 먼저 죽게 될 거란 것을!"

대일이 고부를 노려보며 조롱하듯 말했다. 그러자 고부가 딱딱하게 굳은 얼굴로 대꾸했다.

"과연 네 말대로 될까? 아마도 쉽지 않을 거다. 물론 너희가 힘을 모아 날 상대할 수도 있지. 하지만 그렇게 되면 너희 중 한두 명은 큰 손해를 입게 될 것이다. 적어도 나에겐 그럴 만한 능력이 있다. 그렇게 되면 손해를 입은 자는 결국 친구의 손에 죽게 되겠지."

고부가 다섯 친구를 돌아보며 물었다. 그러자 아무도 고부의 말에 답을 하는 사람이 없었다. 고부의 말은 사실이었다. 광장에 있는 여섯 중 가장 고수라면 당연히 고부였다. 그를 상대하는 일은 결코 쉬운 일이 아니었다.

다섯이 모두 달려든다 해도 그중 한둘은 큰 부상을 입을 수 있었다. 그리고 부상을 입는 순간 그는 화마경의 경쟁에서 탈락한다. 화마경의 경쟁에서 탈락한다는 것은 곧 죽음을 의미하지 않는가.

고부의 말처럼 다섯 친구는 누구도 먼저 고부에게 도전하지 않았다. 그들은 서로 눈치만 보고 있었는데, 특히 부상당한 대일과 곽풍산, 그리고 원무극은 송추월과 부루의 눈치만 살피고 있었다. 예전부터 대호채의 큰일은 대체로 이 두 사람에 의해 결정되어 왔기 때문이다.

"야, 어쩔 거야?"

대일이 송추월과 부루를 향해 소리쳤다. 아마도 자신의 부상에도 꿈쩍 않는 두 사람에게 화가 난 모양이었다.

"상처는 어때?"

송추월이 대답 대신 대일의 상태를 물었다.

"지금은 죽지 않아!"

대일이 퉁명스럽게 대답했다. 그러자 송추월이 고개를 끄덕이고는 부루를 바라봤다.

"네 생각을 말해봐."

"왜 언제나 내가 먼저 말하지?"

부루가 냉랭하게 말했다.

"그래? 그게 불만이었어? 그럼 내가 먼저 말하지. 일단 저자를 죽인다. 누군가 부상을 입을 수도 있지만 그 일을 안 할 수는 없다."

송추월이 고부를 가리켰다.

"그리고?"

"연후 우리끼리 승부를 가리면 되는 거지. 일단… 대호채 말고 다른 사람에게 화마경이 넘어가는 것은 좀 그렇잖아?"

"승부를 벌이면 우리 중 한 명만 살아남게 된다."

"뭐, 그렇겠지. 그런데… 생각해 보면 다른 방법이 없는 것도 아냐."

"무슨 방법이 있다는 거지?"

"일단 저자를 죽이고 나면 그 늙은이의 제자라고 할 수 있는 사람은 우리밖에 남지 않는다."

"그렇지."

"그렇게 되면 결국 화마경의 주인은 우리 중에서 나올 수밖에 없게 되지."

송추월의 말에 부루의 눈빛이 번쩍였다.

"그렇군! 그 길이 있었군! 내가 왜 그걸 생각지 못했지?"

부루가 뭔가를 떠올린 듯 소리쳤다.

"그건 네가 우릴 모두 죽이고 싶었기 때문이겠지."

"추월! 말을 함부로 하지 마라!"

"내가 하는 말은 모두 네 행동으로 인해 시작된 거야. 억울해할 것 없어."

송추월의 말에 부루가 대답하지 못한 채 송추월을 노려보기만 했다. 그러자 곽풍산이 답답한 표정으로 소리쳤다.

"도대체 무슨 소릴 하는 거야? 알아듣게 설명을 해!"

"말인즉슨 우리끼리 서로 죽일 필요는 없다는 말이야, 저자만 죽이면."

송추월이 검을 들어 고부를 가리켰다.

"어째서?"

"승부를 내는 것이 필요할지는 몰라. 적어도 누가 화마경의 주인이 되어야 할지 결정은 해야 하니까. 하지만 서로의 목숨을 끊을 필요는 없다."

"한 사람만 살아남아야 문이 열린다잖아?"

"풍산, 아직도 이해를 못하겠어? 저자를 죽이면 그 늙은이의 후계자가 될 사람은 우리밖에 없어. 우리가 서로를 죽이지 않겠다면 그도 방법이 없어. 우릴 죽일 수도 없을 거야. 왜냐하면 우릴 죽이면 화마경의 전승자도 없어지게 될 테니까."

"다른 사람을 구하면 되지."

"후후후, 그 늙은이 나이가 몇인데. 그 늙은이가 새로운 제자를 들이기엔 너무 늦었어. 아마 그가 우릴 이곳으로 부르고 화마경의 후계자를 정하려고 인수로를 연 것은 자신이 더 이상 새로운 제자를 받아들일 수 없다는 걸 인정했기 때문일 거야. 더 이상 경쟁자를 만들 수 없다면 후계자를 선택하는 일을 미룰 이유가 없으니까."

"흠, 이제야 이해가 가는군. 결국 우리가 서로를 죽이려 하지 않으면 우린 모두 살아날 수 있단 말이군. 승부만 내고 늙은이에게 신전의 문을 열 것을 요구한다?"

"그렇지. 화마경의 주인이 된 사람이 마음을 바꾸지 않은 이상!"

송추월이 힐끗 부루를 바라봤다. 그러자 부루가 송추월의 시선을 회피했다.

"단단한 약속이 필요하겠어."

원무극이 말했다. 그러자 곽풍산이 혀를 찼다.

"쯔쯔, 우리가 언제부터 서로를 믿지 못하는 사이가 됐을까."

그러면서 곽풍산의 시선도 부루에게로 향했다. 그러자 부루가 차갑게 입을 열었다.

"일단은 눈앞의 문제를 해결하자."

부루가 관심을 고부에게로 돌렸다. 그러자 다섯 친구의 시선이 일제히 고부에게로 향했다. 고부의 표정이 창백하게 변했다. 상황은 그가 예상했던 것과는 전혀 다르게 변하고 있었다.

"과연 날 죽인다고 너희의 약속이 지켜질 것 같으냐?"

고부가 소리쳤다.

"이 양반아, 그건 우리 문제야. 당신은 그저 죽어주면 돼는 거야."

고부의 말에 곽풍산이 소리쳤다. 그리고는 훌쩍 신형을 날려 무저갱 하나를 뛰어넘으면서 번개처럼 고부를 향해 도끼를 휘둘렀다.

부앙!

곽풍산의 도끼가 찢어질 듯한 파공음을 일으켰다. 그러자 그의 도끼에서 검은 진기의 덩어리가 벼락처럼 고부를 향해 폭사했다.

"흥!"

순간 고부가 콧방귀를 흘려내며 훌쩍 옆으로 몸을 틀었다.

쿠쿵!

곽풍산이 만들어낸 진기 덩어리가 고부를 스치고 지나가 광장의 석벽에 부딪쳤다. 석벽의 잔재가 한 더미 무너져 내려 고부가 서 있던 곳에 쌓였다.

"뭐 해? 놀고 있을 거야?"

곽풍산이 물러나는 고부를 따라붙는 대신 옆으로 비껴서며 말했다. 혼자서는 고부를 상대할 수 없다는 걸 잘 알고 있기 때문이었다.

"시작하자."

부루가 송추월을 보며 말했다. 그러자 송추월이 손을 들어 부루가 먼저 움직이기를 권했다.

"망할 놈!"

부루가 송추월을 한 번 노려보고는 훌쩍 신형을 날렸다.

"믿을 수 있을까?"

고부를 향해 날아가는 부루를 보며 어느새 송추월 곁에 다가선 원무극이 물었다.

"그래서 네가 중요하다."

"무슨 소리야?"

"저자와의 싸움은 결코 쉬운 일이 아니야. 그는 늙은이의 대제자다. 그의 무공은 아마 늙은이를 제외하고는 상대할 자가 없을 거야. 그래서 그를 제거하기 위해선 나와 풍산, 그리고 부루가 전력을 다해야 한다."

"그렇겠지."

"그리고 고부 저자의 말처럼 우리 중 한둘은 큰 부상을 입을 수도 있다."

"가능하지."

"그때… 녀석이 손을 쓰지 못하게 해야 한다."

"설마 부루가 부상당한 사람에게 손을 쓸까?"

"녀석은 쉬운 길을 택하려 할 거야. 사실 내가 말한 방법은 성공할 확률이 반반이야. 노인이 우리 같은 제자를 세상 어딘가에 또 감춰뒀을 수도 있고… 아니면 화마경의 전승 따위 중요치 않게 생각할 수도 있으니까. 부루도 같은 생각을 하고 있을 거다. 그래서 부루는 혼자 우리 모두를 상대할 수 있다는 계산이 서면 언제든 손을 쓸 거다. 그걸 막는 것이 네 일이야."

"알았어. 난 그래도 부루를 믿지만 지켜볼게."

"널 믿는다."

송추월이 원무극을 한 번 바라보고는 훌쩍 신형을 날렸다. 그러자 원무극이 중얼거렸다.

"믿어줘서 고맙기는 한데… 걱정이 좀 되는구나. 우리의 마성이 과연 약속을 지킬 만한 여유를 남겨둘지."

파파팡!

부루의 양손이 만들어내는 수십 개의 수영(手影)이 어지럽게 고부를 때려댔다. 그러나 고부는 체구답지 않은 유연함으로 부루의 공격을 모두 피해냈다. 더불어 그의 검이 허공에 떠 있는 부루를 향해 치명적인 검기를 뻗어냈다.

팟!

한줄기 검기가 심장을 꿰뚫으려는 찰나, 부루가 가까스로 몸을 돌려 검기를 피해냈다.

"여기도 있다!"

고부가 중심이 흐트러진 부루를 향해 재차 검을 날리려는 순간, 그의 옆구리를 향해 한 자루 도끼가 무서운 속도로 파고들었다.

"무식한 놈!"

무지막지한 힘이 느껴지는 곽풍산의 도끼질에 고부가 더 이상 부루를 공격하지 못하고 훌쩍 뛰어올라 뒤로 물러섰다. 그러면서도 검을 휘둘러 자신을 공격해 들어오는 곽풍산의 도끼를 막는 것을 잊지 않는 고부였다.

쾅!

곽풍산의 도끼와 고부의 검이 격돌하며 광장을 뒤흔드는 폭음이 일었다. 곽풍산이 그 충격에 대여섯 걸음 뒤로 물러났다. 한 걸음 더 물러나면 무저갱에 빠질 상황, 곽풍산이 훌쩍 허공으로 몸을 솟구쳐 방향을 바꾸지 않은 채 이 장 거리의 무저갱을 날아올랐다.

그사이 고부는 다시금 부루를 공격하기 시작했다. 고부의 묵빛 검기가 하늘을 가득 메웠다. 부루가 연신 장력을 쳐냈지만 밀려드는 고부의 검기를 막기는 역부족이었다.

팟!

검기 중 하나가 부루의 어깨 옷깃을 스쳤다. 붉은 피가 야광주의 흐릿한 빛 아래 터져 나왔다.

"추월!"

부루의 입에서 고함 소리가 터져 나왔다. 아직 싸움에 뛰어들지 않은 송추월을 부르는 소리였다.

"놈! 끝이다!"

고부가 송추월을 불러대는 부루를 노려보며 검을 내리그었다. 부루의 얼굴에 절망이 깃이었다. 천지를 가를 듯 내리꽂히는 고부의 검기를 이번만큼은 막아낼 수 없을 것 같았다. 그런데,

슈우욱!

문득 한줄기 검은빛이 부루와 고부 사이에서 솟구쳤다. 검은빛은 무서운 속도로 허공으로 비산하더니 부루를 향해 떨어져 내리는 고부의 손목을 찔렀다.

"음!"

고부가 당황스런 음성을 흘리며 재빨리 손목을 틀었다.

쾅!

그 덕에 부루를 향하던 고부의 검기가 광장의 바닥에 부딪쳤다. 그런 고부 앞에 불쑥 송추월이 모습을 드러냈다. 그야말로 해괴하기 이를 데 없는 움직임의 검법이다.

팟!

고부가 번개처럼 검을 휘둘러 대며 뒤로 날아갔다.

부앙!

고부의 검에서 날카로운 파공음이 일어 자신에게 다가오는 송추월의 공격을 막아냈다.

창!

송추월과 고부의 검이 허공에서 격돌했다. 두 사람은 격돌 이후 약속이나 한 듯 이 장여 뒤로 물러났다. 그런데 그 순간 고부의 등 뒤에서 묵 빛 덩어리가 떨어져 내렸다.

"죽어랏!"

곽풍산이었다.

"놈!"

고부가 노성을 토하며 번개처럼 몸을 트는 동시에 곽풍산을 향해 검을 휘둘렀다.

퍽!

애써 피하기는 했으나 곽풍산의 공격이 너무 급박했기에 고부가 옆구리에 일격을 허용하며 뒤로 날아갔다. 그 와중에도 그의 검은 곽풍산을 향해 있었다.

팟!

공격에 성공한 곽풍산이 재빨리 몸을 틀었지만 고부의 검기 역시 아슬아슬하게 곽풍산의 허벅지를 훔쳤다.

"제길!"

곽풍산이 얕게 베어진 허벅지를 어루만졌다. 곽풍산의 손에 피가 묻어났다.

"심한 거냐?"

부루가 물었다.

"흐흐, 별거 아니야. 나뭇가지에 스친 정도지. 그나저나 끝을 봐야지?"

곽풍산의 시선이 고부에게 가 닿았다. 고부의 얼굴은 어두워져 있었다. 그의 얼굴빛이 몸 상태가 심상치 않음을 말해주고 있었다.

"네놈이!"

고부가 무서운 눈으로 곽풍산을 노려봤다.

"대사형, 이제 죽어줘야겠소!"

곽풍산이 손에 묻은 피를 옷자락에 슥 닦으며 비릿한 미소를 지었다.

"이 정도로 날 죽일 수 있을 것 같으냐?"

"하하, 몸이 성치 않은 것 같습니다만… 그 몸으로 어찌 우릴 이겨내겠소? 성할 때도 못 당했는데……."

"네놈들은 아직 이 고부를 모른다."

"그럼 우리가 대사형을 어찌 알겠소. 만난 지 얼마 되지도 않았는데. 뭐, 별로 알고 싶지도 않소. 대사형은 그저 우리 사제들을 위해 죽어주시면 이생의 몫을 다 하시는 겁니다."

곽풍산이 도끼를 들어 올렸다. 그러자 부루와 송추월 역시 고부를 향해 한 걸음 다가섰다.

"놈들!"

고부가 서릿발 같은 노성을 흘리더니 품속에 손을 넣어 하나의 목함을 꺼내 들었다. 갑작스런 고부의 행동에 송추월과 친구들의 움직임이 멎었다.

퍽!

둔탁한 소리와 함께 고부의 손에 든 목함이 깨져 나갔다. 그러자 그 안에서 붉은빛의 환단이 모습을 드러냈다. 고부는 망설임없이 그 환단을 입안에 털어 넣었다.

"이제 와 영약이라도 드시오?"

경계를 하면서도 곽풍산이 비웃듯 물었다.

"후후후, 이 천단은 내가 혹시 사부를 상대할 경우를 대비해 준비해 둔 것이다. 그러니 어디 너희쯤이야. 어차피 너희를 모두 죽이면 신경은 내 손에 들어올 테니 굳이 아낄 이유가 없지. 모두 각오들 해라!"

한순간 고부의 몸이 불이 붙은 듯 붉게 타올랐다. 그의 몸, 그의 얼굴, 그의 검, 그리고 그의 눈이 순식간에 화염에 휩싸였다.

第三章

재회

화마경

송추월은 화인(火人)으로 변하는 고부를 보며 두려움을 느꼈다. 그러나 그가 느끼는 두려움은 고부에 대한 것이 아니었다. 고부 자신보다는 이런 신비한 변화를 일으키는 그의 무공, 그 무공의 뿌리가 되고 있는 화마경에 대한 두려움이었다.

'중마 금악이란 자도 그렇고… 모두 선천지기를 꺼내 쓰고 있다. 결국 자신을 태우는 무공인 거다.'

수련한 사람을 파멸로 이끄는 무공, 그 무공의 최정점에는 어떤 것이 있을까.

'하지만 마효 그는 괜찮지 않은가?'

마경주 마효를 떠올리자 피어오르던 두려움이 일부분 사라졌다. 그러나 두려움의 한끝은 여전히 송추월의 가슴에 머물고 있었다.

"괴물 같은 작자 같으니라구!"

송추월의 귀에 기가 질린 곽풍산의 목소리가 들려왔다.

"조심해야 해!"

부루의 경고도 들려왔다. 부루의 경고가 없어도 지금은 조심하지 않을 수 없는 상태.

"흐흐흐, 너희는 건드리지 말아야 할 사람을 건드렸어. 그대가는 한 줌의 재로 남는 것이다."

쿠우우!

완전히 화인으로 화한 고부가 소름 끼치는 웃음을 흘리며 검을 휘둘렀다.

그러자 지금껏 묵 빛 검기를 만들어내던 그의 검이 이번에 핏빛 검기를 만들어내더니 번개처럼 곽풍산의 심장을 향해 뻗어나갔다.

"이크!"

곽풍산이 급히 허공으로 치솟아오르며 도끼를 휘둘렀다.

쩡!

천 근의 무게가 깃든 곽풍산의 도끼가 붉은색 검기와 충돌하며 천둥을 일으켰다. 그런데 다른 때 같으면 흩어졌어야 할 고부의 검기가 곽풍산의 도끼와 충돌하고도 전혀 형태가 흐트러지지 않은 상태로 갑자기 방향을 바꿔 허공으로 치솟았다.

"젠장!"

허공에 뜬 상태에서 아래로부터 공격을 받은 곽풍산이 낭패

한 듯 욕설을 흘려내며 재빨리 몸을 비틀었다.

삭!

미세한 파열음과 함께 고부의 검기가 곽풍산의 옷자락을 베어냈다.

치칙!

곽풍산의 옷자락이 불에 덴 듯한 소음을 일으키며 연기를 만들어냈다.

'정말 화인이 되었구나.'

송추월이 경계심을 가지면서도 고부를 향해 달려들었다. 이대로 놔두었다가는 곽풍산이 견디지 못할 것이기 때문이었다.

팟!

송추월이 번개처럼 곽풍산을 공격하고 있는 고부를 향해 일검을 뻗어냈다. 그러자 그의 검에서 한줄기 묵 빛 검기가 흘러나와 고부의 옆구리를 파고들었다.

"놈!"

고부의 입에서 노성이 터져 나왔다. 동시에 그의 왼손이 번개처럼 송추월을 향해 휘둘러졌다.

쿠우우!

고부의 왼손에서 불덩어리 같은 장력이 뻗어 나와 송추월이 만들어낸 검기를 때렸다.

쾅!

송추월은 검을 통해 고부가 뻗어낸 장력의 힘을 가늠했다. 지금껏 그가 상대했던 그 어떤 힘보다도 강한 힘이 느껴졌다.

송추월이 재빨리 신형을 틀었다. 순간 그가 있던 곳으로 고부의 장력이 떨어져 내렸다.

쾅!

송추월이 서 있던 곳의 바닥이 고부의 장력에 산산조각 나 허공으로 비산했다. 그사이 송추월은 어느새 석벽을 타고 올라 광장의 천장을 가로지르더니 고부의 머리 위에 도달했다.

팟!

송추월의 검이 고부의 정수리를 향해 떨어져 내렸다.

"살쾡이 같은 놈이구나!"

고부의 입에서 다시 노성이 터졌다. 그의 시선이 허공으로 향하며 재빨리 붉게 물든 검을 치켜 올렸다.

부앙!

강력한 파공음이 일어나며 고부의 검이 허공에서 떨어지는 송추월의 검을 막아갔다.

쩡!

검과 검이 부딪치며 눈부신 불꽃이 일어났다. 송추월은 자신의 몸이 붕 떠오르는 것을 느꼈다. 강력한 고부의 공격에 허공으로 되밀려 올라온 것이었다.

툭!

그의 등이 천장에 닿았다. 더 이상 물러설 곳이 없는 상황!

"죽어랏!"

고부가 차가운 경고와 함께 더욱 강하게 검을 뻗어 올렸다.

슈우욱!

고부의 검에서 만들어진 붉은 검기가 송추월을 꿰뚫을 듯 뻗어 올라왔다.

"네놈이나 죽어!"

위기의 순간 곽풍산이 노성과 함께 고부의 등을 도끼로 후려쳤다.

"성가신 놈!"

고부가 몸을 틀며 왼손으로 곽풍산을 향해 장력을 때려댔다.

콰쾅!

거의 동시에 두 개의 폭음이 터져 나왔다. 하나는 천장에 매달려 있는 송추월 쪽에서, 다른 하나는 곽풍산 쪽에서였다.

폭음이 터져 나온 후 송추월과 곽풍산은 제각기 제법 충격을 받은 모습으로 뒤로 물러났다. 곽풍산 덕에 고부의 공격을 막아낸 송추월의 안색은 창백하기 이를 데 없었다.

반면 고부의 안색은 변화가 없었다. 여전히 붉은 기운을 뭉게뭉게 흘려내고 있었고, 적염의 눈은 악마처럼 번들거렸다.

"넌 뭐 하냐?"

뒤로 물러난 곽풍산이 부루를 흘겨보며 소리쳤다.

"기회를 보고 있어. 조금 더 그를 격동시켜 봐."

"젠장할, 기회는 무슨. 얼른 뛰어들어. 셋이 같이해야 기회도 생겨. 이대로라면 우린 모두 죽어. 너 설마 머리 굴리고 있는 건 아니겠지?"

"무슨 소릴 하는 거야?"

부루가 차갑게 대꾸했다.

"오해 사지 않으려면 어서 나서라. 기회나 보고 있을 때가 아니니까."

곽풍산과 부루의 대화를 듣고 있던 송추월도 한마디 거들었다. 그러자 부루가 차가운 눈으로 송추월을 노려보더니 이내 허공으로 신형을 날려 올렸다.

"원한다면 하지!"

슈우욱!

말과 함께 부루의 손에도 두 개의 수영이 그려지더니 이내 고부를 향해 달려들었다.

"흐흐, 애송이 놈!"

고부가 자신을 향해 수공을 펼치는 부루를 보며 한줄기 음산한 미소를 지었다. 동시에 그의 검이 번개처럼 움직였다.

콰아아!

고부의 검이 예의 그 붉은 검기를 만들어내더니 공기를 파도 가르듯 갈랐다.

퍼펙!

단번에 부루의 수영이 고부의 검기에 산산이 갈라졌다. 그러나 부루는 당황하지 않고 마치 예상하고 있었다는 듯 허공에서 한 번 신형을 틀더니 재차 고부를 향해 공격을 가했다.

부루의 손에서 이번엔 여덟 개의 수영이 만들어졌다. 그 수영들은 고부의 팔방을 점하며 동시에 고부를 향해 몰려갔다. 순간 송추월의 눈이 반짝였다.

'기회다.'

화인으로 변한 고부의 공력은 그야말로 무소불위여서 그 어떤 힘으로도 상대할 수 없어 보였다. 반면 여러 방위에서 달려드는 공격이라면 고부 역시 틈을 보이지 않을 수 없었다. 그리고 송추월의 무공은 적의 빈틈을 공격하는 데 최적의 무공이었다.

송추월이 조용히 움직였다. 고부의 시선이 닿지 않는 그의 뒤쪽에 도달한 송추월이 잠시 숨을 죽여 자신의 기세를 감췄다. 그사이에 부루의 수영들은 거의 동시에 고부의 전신을 타격했다.

"흥! 좋은 재주다만!"

고부의 입에서 한마디 비웃음이 흘러나왔다. 동시에 검이 그의 몸을 휘감았다.

우우웅!

검이 용음을 흘려내며 붉은 기운을 만들어냈다. 그러자 고부의 몸이 검이 만든 붉은 기운에 완전히 휘감겼다.

파파팡!

부루의 여덟 개 수영이 고부의 붉은 기운과 충돌했다. 그러나 그중 어느 하나도 고부에게 큰 충격을 주지 못했다. 그런데 그때!

"에라잇!"

곽풍산이 전신의 힘을 모아 적염에 휘감긴 고부를 향해 도끼를 내려쳤다.

부앙!

공기 찢어지는 소리가 일어나며 곽풍산의 도끼가 고부의 정수리 부근에 떨어져 내렸다.

쾅!

곽풍산의 도끼가 강력한 격돌음과 함께 고부가 일으킨 적염과 충돌했다.

"큭!"

"음!"

동시에 두 마디의 음성이 흘러나왔다. 고부를 공격했던 곽풍산이 충돌의 충격을 이기지 못하고 사오 장 뒤로 날아갔다. 동시에 곽풍산의 전력을 다한 공격을 막아낸 고부 역시 작은 신음성을 흘리며 서너 걸음 뒤로 물러났다. 덕분에 고부의 몸을 휘감고 있던 적염의 기운이 옅어졌다. 그런데 다음 순간 뒤로 물러나던 고부가 갑자기 무서운 속도로 회전하며 검을 휘둘렀다.

파앗!

고부의 검이 허공에 붉은 기운을 그리며 자신의 뒤를 베었다. 사실 고부는 그의 등 뒤에 송추월이 도사리고 있다는 것을 잊지 않고 있었다. 해서 뒤로 물러나는 순간 송추월의 기습을 미리 방비하고자 오히려 자신이 먼저 공격을 가했던 것이다.

팟!

그러나 고부의 검은 예상외로 빈 허공을 갈랐다. 그 어디서도 송추월의 신형은 보이지 않았다. 고부의 눈에 잠시 의혹이 떠올랐다. 그런데 그 순간 갑자기 고부의 발아래서 송추월이 솟구쳐 올랐다.

팟!

날카로운 파공음과 함께 송추월의 검이 송곳처럼 고부를 찔렀다.

"쥐새끼처럼 숨어 있었구나!"

고부가 당혹해하면서도 재빨리 물러나며 소리쳤다.

"그 쥐새끼가 당신을 물겠지."

송추월이 비릿한 미소를 흘렸다.

"흥!"

고부가 냉소를 흘리며 검을 휘둘렀다. 그의 검이 번개처럼 다가드는 송추월의 검을 쳐내려 했다. 그런데 그 순간 송추월의 몸이 기이하게 꺾였다. 검은 그대로 고부의 눈앞에 있었지만 그의 몸은 고부의 등 쪽으로 흘렀다. 그리고 송추월의 발이 허공을 갈랐다.

팡!

송추월의 오른발이 번개처럼 고부의 정강이를 걷어찼다.

창!

그제야 송추월의 검과 고부의 검이 충돌했다.

"큭!"

검과 검의 충돌은 맥없이 흩어졌으나 송추월의 발에 격중된 고부의 정강이는 그에게 고통을 안겨줬다. 그리고 그 고통이 그의 중심을 뒤흔들었다.

"여기도 있다."

고부의 중심이 흐트러지자 기회를 살피던 부루가 재빨리 수공을 펼쳤다.

슈우욱!

부루가 만들어낸 여덟 개의 수영이 무서운 속도로 고부를 향해 파고들었다.

"이놈들!"

고부가 노기를 드러내며 야차처럼 검을 휘둘렀다.

퍼펑!

고부의 검기에 부루의 수영들이 허공에서 흐트러졌다. 그러나 그중 두 개는 살아남아 고부의 가슴을 때렸다.

"으음!"

고부가 신음성을 흘리며 뒤로 물러났다. 그리고 다음 순간, 송추월의 검이 고부의 겨드랑이 밑을 스치며 그의 가슴을 베었다.

팟!

"큭!"

다시 고부의 입에서 신음성이 흘러나왔다. 고부의 전신을 휘감고 있던 붉은 기운이 눈에 띄게 엷어지기 시작했다. 송추월과 곽풍산, 그리고 부루는 상처 입은 호랑이처럼 비틀거리는 고부를 향해 늑대처럼 달려들었다. 그들의 검과 도끼, 그리고 매서운 수공은 삽시간에 고부의 몸을 낭자하게 만들었다.

쿡!

한순간 고부가 한쪽 무릎을 꿇었다. 그의 검은 적을 베는 대신 몸을 지탱하는 데 쓰였다. 그리고 그제야 송추월 등의 공격이 멈췄다.

"으음……."

신음과 함께 고부의 입에서 피가 흘렀다.

"끝난 거냐?"

어느새 다가온 대일이 송추월 등을 보며 물었다. 그러자 곽풍산이 대답했다.

"끝은 네가 봐야지."

"그렇지. 내가 끝내야지. 이보슈, 대사형!"

대일이 거친 말투로 고부를 불렀다. 그러자 적염이 완전히 사라진 고부가 시선을 들어 대일을 바라봤다.

"어떻게 죽고 싶소?"

다시 대일이 물었다.

"네… 놈 손에 죽을 것 같으냐?"

고부가 이를 갈았다.

"흐… 그럼 자결이라도 하시겠소? 뭐, 그렇다면 말리지는 않겠소."

대일의 말에 고부가 모멸감에 몸을 떨었다.

"자살할 용기는 없나 보구려. 그럼 뭐, 내가 죽여줄밖에. 그러게 왜 날 기습한 거요? 젠장!"

대일이 부상당한 몸을 이끌고 천천히 고부에게로 다가갔다. 비록 성치 않은 몸이었지만 지친 고부를 벨 만한 힘은 남아 있는 대일이었다.

"결코… 네놈들 손에 죽지 않는다!"

고부가 다가오는 대일을 노려보며 소리쳤다.

"그 자신감은 죽어도 사라지지 않을 모양이구려."

대일이 고부 앞에 멈춰 섰다. 그러자 고부가 한줄기 미소를 지으며 말을 이었다.

"이곳에서 수많은 사람들이 목숨을 잃었지. 모두 신경의 주인이 되려던 사람들이었다."

"당신도 그중 한 명이 될 거요."

"그들은 모두 한곳으로 갔다."

"알고 있소. 저승!"

"물론 그렇지. 하지만 그전에 거쳐 가는 곳이 있지."

"흐흐, 죽으면 그뿐이지 어딜 거친다는 거요?"

"바로 이 무저갱이다!"

고부가 한순간 몸을 날렸다. 그러자 누가 말릴 사이도 없이 그의 몸이 끝없는 무저갱으로 떨어져 내렸다.

"저승에서 기다리마!"

모습이 사라진 무저갱에서 고부의 마지막 목소리가 들려왔다. 이후엔 더 이상 아무 소리도 들리지 않았다.

"제길, 결국 베지 못했네."

대일이 무저갱을 내려다보며 투덜댔다.

"혹시 살아나지는 않을까?"

곽풍산이 의심 어린 표정으로 물었다.

"그 몸으론 절대 살아날 수 없다. 더군다나 이 높은 곳에서 떨어졌으니 아마도 온몸이 가루가 됐을 거야."

부루가 차갑게 말했다.

"뭐, 그러면 다행이지만 이 동네 인간들은 워낙 괴이한 면이 많아서. 어쨌든 이제 모두 죽은 거네. 흐흐흐! 우리 빼고."

곽풍산이 음산한 실소를 흘렸다. 곽풍산의 말에 갑자기 장내에 긴장이 흘렀다. 경쟁자들이 모두 사라졌으니 이젠 자신들 서로가 경쟁자였다. 서로 목숨을 취하지 않기로 약속했으나 승부를 내기는 해야 했다. 그리고 그 와중에 생명의 약속이 지켜질지도 의문이었다.

"이젠 어떡하지? 비무라도 해야 하나?"

대일이 청룡도를 지팡이 삼아 선 채 물었다.

"그 몸으로 나서겠다는 거냐?"

"물론. 당장은 어렵겠지. 그런데… 설마 지금 승부를 낼 거야?"

대일이 다시 친구들을 돌아보며 물었다. 그러나 누구도 대일의 물음에 답을 하는 사람은 없었다. 이렇게 되고 보니 언제 어디서 어떤 식으로 승부를 가릴지 누구도 쉽게 그 방책을 내놓기가 어려웠다.

"일단 하나하나 풀어가지. 이곳에서 승부를 낼까, 아니면… 이곳을 벗어날까?"

송추월이 냉정한 목소리로 물었다.

"이곳을 벗어나? 저 석문이 열리지 않는데 어떻게?"

원무극이 어둠 속에서 물었다.

"온 곳으로 나가면 되지."

"온 곳으로?"

"그래."

"그리고 나선?"

"두 가지 방법이 있다. 하나는 인수로를 벗어나 지왕로 앞에서 그가 자신의 후계자를 결정하길 기다리는 것이다. 그가 우리 중 하나를 선택하게 하는 것이지. 그게 싫다면 우리끼리 비무를 해서 승부를 내는 방법이 남는다. 우리가 후계자를 결정하는 것이지. 그 또한 우리의 결정을 따를 것이다. 그런데 그렇게 되면… 다치는 사람이 생길지도 모른다."

송추월의 말에 다른 네 친구가 잠시 생각에 잠겼다. 서로 비무를 하는 것은 위험한 일이었다. 이들 다섯은 모두 그 무공이 절정에 달해 있어 비무를 하다 보면 자연히 목숨이 위태로울 수도 있었다. 그렇다고 다섯 모두 자신들의 운명을 마효에게 맡기고 싶지도 않았다.

그때 문득 광장의 천장에서 다시 마효의 목소리가 들려왔다.

"요놈들, 감히 신마계의 전통을 깨겠다는 말이냐?"

짐짓 노성이 담긴 마효의 목소리에 다섯 친구가 흠칫 놀라 목소리가 들려온 곳으로 시선을 돌렸다.

"그럼 우리가 서로를 죽이길 원하십니까?"

곽풍산이 불평을 늘어놨다.

"당연하지. 신경의 주인이 되려면 독한 구석이 있어야 한다. 작은 정에 얽매이는 놈은 신경의 무공을 대성할 수 없어."

"그렇다고 친구를 죽이는 것이 기분 좋은 일은 아니지요."

"흐흐흐, 정인군자 났구나."

"뭐, 정인군자는 아니더라도 친구 귀한 줄은 알지요."

"낄낄, 하여간 기이한 놈들이야. 그래서… 이 인수로의 법칙을 따르지 않겠다는 거지?"

"뭐, 대충 그렇지요."

"그럼 이곳에서 모두 죽을 수도 있다, 퇴로를 내가 모두 막아버리면! 그래도 서로 싸우지 않을까?"

"시험해 보고 싶으면 그리하든지요."

곽풍산이 다시 퉁명스럽게 대답했다.

"후후후, 많이 컸구나 . 예전에는 내 눈도 마주치지 못하던 녀석이."

마효의 말에 곽풍산이 흠칫하며 입을 닫았다. 잠시 침묵이 흘렀다. 그리고 얼마 후 다시 마효의 목소리가 들려왔다.

"좋아. 네 녀석들의 생각이 그렇다면 인수로를 벗어나는 것을 허락하마. 하지만 내가 네놈들의 인생을 결정하지는 않겠다."

"그건 무슨 의미인지?"

부루가 공손하게 물었다.

"다시 말해, 너희가 신경의 주인이 되려면 어쨌든 승부를 내야 한단 말이다."

"그럼 결국 또 싸우란 말입니까?"

"그렇지. 하지만 인수로에서 싸우는 것과 다른 점이 있다."

"다른 점이 무엇인지요?"

"굳이 그 싸움을 이 인수로에서 할 필요는 없다는 거다. 인수로를 벗어나 서로 겨뤄보란 말이다. 그렇다면 굳이 상대의 목숨을 앗을 필요는 없을 테니. 물론… 이후 어느 놈이 신경의 주인이 되든 나머지의 목숨은 승자에게 달려 있겠지만. 어떠냐?"

마효의 말에 부루가 송추월을 돌아봤다. 그러자 송추월이 고개를 끄덕였다.

"애초에 그리하자고 했으니……."

"좋아, 그럼 일단 인수로를 벗어나자."

부루도 고개를 끄덕인 후 천장을 보며 소리쳤다.

"알겠습니다! 말씀대로 따르지요!"

"호호호, 이게 어디 내 결정이더냐? 네놈들이 결정한 일이지. 아마도 신마계 역사상 이렇게 버릇없는 제자 놈들은 처음일 게다."

"그 말씀은 우릴 제자로 인정하신다는 말씀입니까?"

대일이 슬그머니 질문을 던졌다.

"그럼 이놈아, 제자도 아닌 놈들에게 신경을 넘겨주려 하겠느냐?"

"호호호, 이거 고맙습니다."

"망할 놈, 네놈은 무척 능글맞아졌구나. 하지만 내 제자로 인정받는다고 해서 뭐 특별한 존재가 되는 것은 아니다. 네놈들이 보듯이 앞서의 제자 놈들은 모두 죽어 나자빠졌으니까."

"흐흐, 우린 다르지요."

"어디 정말 다른가 보자꾸나. 하지만 난 큰 기대는 하지 않는다. 인간의 욕망은 타오르는 불꽃같아서 사람 사이의 정 같은 것은 금세 불태워 버리지. 두고 보자."

그런데 그때 송추월이 문득 입을 열었다.

"그냥 가십니까?"

"무슨 소리냐? 더 듣고 싶은 말이 있더냐?"

"오랜만에 만났는데 얼굴이라도 뵈었으면 합니다."

"흐흐흐, 이게 웬 강아지 풀 뜯어 먹는 소리냐. 설마 네놈이 날 보고 싶다고 할 줄은 몰랐구나."

"그래도 사제지간이니까요."

"후후, 무슨 꿍꿍이를 부리는 거지? 설마 날 죽이기라도 하겠다는 거냐?"

"저희 실력으로 어찌 어르신의 옷깃이나 건드리겠습니까?"

"하긴 그렇지. 좋아!"

마효의 말이 끝나는 순간 갑자기 광장 안쪽 석문 앞에 검은 안개 같은 것이 어른거리더니 거짓말처럼 마효가 모습을 드러냈다.

"잘들 있었느냐?"

모습을 드러낸 마효가 새삼스레 안부를 물었다. 송추월을 비롯한 대호산의 산적들은 마효가 눈앞에 모습을 드러내자 입이 얼어붙었는지 아무도 말을 하지 않았다. 더불어 잊었던 마효에 대한 두려움이 스멀스멀 다시 살아나기 시작했다.

"정정하시군요."

겨우 입을 연 사람은 송추월이었다. 송추월의 말에 마효가 갑자기 호탕한 웃음을 터뜨렸다.

"하하하, 이제야 네놈이 날 보고 싶어한 이유를 알겠다."

"……?"

송추월이 무슨 말이냐는 듯 마효를 바라봤다.

"이 영악한 놈! 넌 아마도 내가 얼마나 늙었는지, 혹은 무슨 큰 병이라도 걸려 쇠약해진 것은 아닌지 그걸 확인하고 싶었겠지. 네놈들이 상대할 수 있을 만큼 약해졌다면 생각이 바뀔 테니 말이야. 하하하!"

"제가 어찌 그런……."

"발뺌할 것 없다. 그런 독심이야말로 이 마효의 제자가 꼭 가져야 할 것이니까. 하지만 아쉽게도 나 마효는 건재하다. 네놈들쯤은 단 열 수 아래 죽일 수 있지. 섭섭하냐?"

"건강하신 모습을 뵈니 기쁩니다."

송추월이 정중히 고개를 숙여 보였다.

"흐흐흐, 어울리지 않아, 네놈에게 그런 아부는. 어쨌든 서로 얼굴을 봤으니 난 그만 가보련다. 잘들 싸워보거라!"

마효가 징그러운 웃음을 흘려 보이고는 손을 석문에 대었다. 그러자 석문이 부드럽게 열렸다.

스르르!

석문 아래 기름칠이라도 해놓았는지 석문은 큰 마찰음조차 일으키지 않았다. 석문이 열리자 마효가 뒤도 돌아보지 않고 안으로 사라졌다. 그러자 다시 석문이 얼음 미끄러지듯 움직여 굳게 닫혔다.

"기가 막히는군."

석문이 닫히자 곽풍산이 혀를 찼다.

"뭐가?"

원무극이 물었다.

"저 빌어먹을 문 말이야. 우리에게는 산처럼 무거운 문이 마치 종잇장 같잖아?"

"그러게. 역시 힘이 아니라 기관으로 움직이고 있는 것 같아."

원무극이 고개를 끄덕였다. 그런데 그때 부루가 문득 송추월에게 엉뚱한 질문을 던졌다.

"어떻게 봤냐?"

그러자 송추월이 되물었다.

"넌?"

"글쎄… 좀 어려워."

"나도 그래. 확신할 수가 없어."

"둘이 무슨 소릴 하는 거야?"

대일이 송추월과 부루를 돌아보며 물었다.

"마효 저자의 상태 말이야."

부루가 대답했다.

"그게 뭐 어때서. 그의 말대로 쌩쌩해 보이던데. 우리 다섯쯤은 정말 한순간에 죽여 버릴 것 같던데? 그런데… 설마 그가 한 말이 사실인 거냐? 그를 보자고 한 게 그의 상태를 살피려던 것이었어?"

대일이 송추월에게 물었다.

"겸사겸사."

"하! 네놈 배포 큰 건 알았지만 이렇게 클 줄은 몰랐네. 설마 그가 약해졌다면 제거하기라도 할 생각이었냐?"

"못할 것도 없지."

"흐흐, 아서라. 그럼 우린 모두 죽어. 그가 이 망할 놈의 결계를 풀어주지 않으면 모두 죽는단 말이야. 그런 자가 목숨을 걸고 협박한다고 순순히 말을 들을 것도 아니고."

"그는 우릴 죽이지 못해."

송추월이 단호하게 말했다.

"왜?"

"말했잖아. 그에겐 자신의 후계자가 필요하다고. 설혹 자신을 죽이려는 후계자라 할지라도."

"정말 그럴까?"

"확인했잖아? 만약 그의 성정대로라면 이미 우린 그의 손에 죽었어야 해. 그가 만든 규칙을 따르지 않았으니까."

"하긴 그래. 듣고 보니 정말 그렇군. 그런데, 그래서 그는 약해졌어?"

대일이 물었다. 곽풍산과 원무극도 호기심을 드러냈다.

"그걸 잘 모르겠다. 변한 것은 확실한데……."

"나도 그렇게 봤다. 뭔가 변하긴 했어. 그런데 그게 더 강해진 건지, 혹은 약해진 건지 그걸 모르겠어."

부루의 말에 곽풍산이 음산한 웃음을 흘렸다.

"흐흐, 그 나이에 설마 강해지겠냐? 변했다면 그건 약해진 거야. 정말 싸워볼까?"

"일단 그건 나중 일이다. 우리 일을 먼저 정리해야지."

부루가 냉정하게 말했다.

"우리 일이라……. 화마경 말이냐?"

"그래."

"그렇군. 살아남는 것이 전부는 아니군. 가자."

"어딜?"

대일이 곽풍산의 갑작스런 말에 놀라 되물었다.

"인수로를 나가야지. 이곳에서 한 사람이 살아남을 때까지 싸울 생각이 아니라면! 자, 모두 가자."

곽풍산이 서둘러 그와 대일이 뚫고 들어온 석벽의 길을 향해 걸음을 옮겼다.

"어라? 이건 무슨 일이야?"

대일이 고개를 갸웃했다.

묘인곡 하단까지 내려온 일행 앞에 예상치 못한 일이 기다리고 있었다. 각양각색의 인물 수십 명이 묘인곡 하류에서 송추월 등을 기다리고 있었던 것이다.

"뭐 하는 사람들이오?"

곽풍산이 도끼를 둘러메고 앞으로 나서며 물었다. 그러자 모여 있던 자들 중 한 사람이 앞으로 나서며 정중하게 입을 열었다.

"마존의 새로운 제자 분들을 뵈옵니다."

"마존? 여기서는 그 노인네를 마존이라 부르는 모양이지? 그건 그렇고, 그런데 다들 누구시오?"

"저흰… 그전에 한 가지 대인들께 여쭤볼 것이 있습니다만……."

사내의 행동이 지극히 공손해졌다. 송추월 등을 부르는 호칭도 변해, 평소 송추월 등이 듣지 못한 대인이란 호칭을 사용했다.

"대인이라……. 이거 낯간지럽군. 그래, 묻고 싶은 게 뭐요?"

"인수로에 드신 네 분의 대인들께선 어찌 되셨는지……?"

"후후후, 그들 말이오? 뭐, 모두 죽었지. 살았다면 우리가 이렇게 인수로를 벗어났겠소?"

"아! 그렇군요. 정말 사실이었군요."

"그 말은 누군가 당신들에게 그들이 모두 죽었다는 말을 전해줬다는 말이구려? 도대체 당신들은 누구요?"

곽풍산이 다시 묻자 사내가 뒤를 돌아보며 소리쳤다.

"모두 들으셨듯이 네 분의 대인께선 모두 승천하셨다 하오! 이제 새로운 주인을 모셔야 할 때요! 먼저 대인들께 인사드립

시다!"

사내의 말에 한데 모여 있던 자들이 일제히 땅바닥에 엎드려 송추월 등에게 머리를 조아렸다.

"신마계의 종들이 대인들께 인사드립니다."

사내들이 모두 엎드리자 앞서 곽풍산과 대화를 나눴던 자역시 땅바닥에 엎드리며 입을 열었다.

"야, 이게 도대체 무슨 일이냐?"

곽풍산이 도저히 지금의 상황이 이해되지 않는다는 듯 뒤를 돌아보며 물었다. 그러자 부루가 앞으로 나섰다.

"모두 일어나시오."

곽풍산 앞으로 나온 부루가 마치 그들의 주인이나 된 듯 명을 내렸다. 그러자 사내들이 일제히 땅바닥에서 일어났다.

"몇 가지 묻겠소."

부루가 곽풍산과 대화를 나누던 사내에게 말했다.

"하문하십시오."

사내가 공손하게 대답했다.

"먼저… 그대의 이름은?"

"문옹이라 하옵니다."

"그대의 주인은?"

"앞서 인수로에 드신 마혼 고부 대인이 저의 주인이셨습니다."

"그렇군. 역시 당신들은 인수로에 든 네 사형의 수하들이군."

"그렇습니다."

문웅이란 자가 고개를 끄덕였다.

"그런데 왜 이곳에서 우릴 기다리고 있었던 거요?"

"마존의 사자가 오셨었습니다."

"사부의?"

"그렇습니다. 마존께서 명하시길, 묘인곡으로 가서 새로운 주인을 만나라 하셨습니다. 해서… 네 분 대인께서 승천하셨다는 걸 짐작하게 되었습니다."

"흐흠, 본래 주인이 죽으면 함께 죽는 것이 강호의 도리가 아닌가? 주인이 죽자마자 새로운 주인을 모시러 오다니 기분이 썩 좋지는 않군."

부루가 자신보다 훨씬 나이가 많은 문웅에게 스스럼없이 하대를 했다.

"그것이… 신마계의 법입니다."

"신마계의 법이라……. 참으로 더러운 법이구나!"

곽풍산이 뒤쪽에서 불쾌한 듯 투덜거렸다.

"그럴 필요없어. 신마계만의 문제는 아니니까. 강호 역시 마찬가지야. 주인이 죽었다고 같이 죽을 사람이 몇이나 되겠어? 뭐, 보지 않아도 썩 좋은 주인들은 아니었을 것 같은데."

대일이 말했다.

"하긴 듣고 보니 대일 네 말이 맞다. 그런 자들이 좋은 주인이었을 리 없지. 그나저나, 그럼 어쩌나?"

곽풍산이 슬쩍 송추월을 바라봤다. 그러자 송추월이 차갑게 말했다.

"다른 사람 챙길 때가 아니야. 우리 일이 급해."

"그건 그렇지만……."

"우리 일이 결정되면 그때 생각해도 늦지 않아."

다시 송추월이 말했다. 그러자 앞에 서 있던 부루가 다시 문옹이란 자에게 물었다.

"지금 여기 있는 사람들이 전부요?"

"그렇습니다."

"생각보다 적군."

"애초에 네 분 대인을 모시던 사람들의 숫자는 모두 합치면 일백이 훨씬 넘습니다만… 인수로가 열린 후 거의 대부분이 죽었지요."

"인수로에 들어가 있는 동안 밖에서도 싸움이 있었단 말인가?"

"그렇습니다. 마존의 명으로 싸움을 그칠 때까지는……."

"후후, 주인을 아주 모른 체하지는 않는군."

"어찌 그럴 수가 있겠습니까?"

"알겠소. 하지만 당신들의 일은 나중에 상의해야 할 것 같소. 일단은 우리 문제가 급하니."

"기다리겠습니다."

문옹이 정중하게 허리를 숙였다. 그러자 부루가 송추월을 돌아봤다.

"어디에 머물까?"

"멀리 갈 일 없지."

송추월이 시선을 오른쪽으로 돌렸다. 그러자 중마 금악이 머물던 장원이 눈에 들어왔다.

"장원은 지금 비어 있소?"

부루가 다시 문옹을 보며 물었다. 그러자 문옹이 고개를 돌려 누군가를 눈짓으로 불렀다. 문옹의 시선을 받은 자는 도통 특징이라고는 찾아볼 수 없는 회색빛의 중년 사내였는데, 그가 천천히 부루 앞으로 걸어나왔다.

"이 사람이 묘인곡주님을 모시던 사람입니다."

"회제라 하옵니다."

사내가 정중하게 허리를 굽혔다.

"장원은 비어 있소?"

다시 부루가 물었다.

"애초에 주인을 따르던 자들 중 저를 포함해 여섯이 살아남았습니다."

"그럼 우리가 머물 곳은 충분하겠군."

"그렇습니다."

회제가 고개를 숙여 보였다.

"좋소. 그럼 안내하시오. 우린 묘인곡의 장원에 머물겠소."

"알겠습니다. 모두 준비들 하시게."

회제가 고개를 돌려 무리 중 몇을 보며 말했다. 그러자 다섯 명의 사내가 무리를 벗어나더니 비호처럼 장원을 향해 달려갔다.

"뫼시겠습니다."

회제가 부루에게 고개를 숙였다. 그리고는 앞으로 나서서 장원을 향해 걸음을 옮겼다.

"기이하군."

원무극이 고개를 갸웃했다.

장원으로 들어서자 생경한 모습이 일행의 눈에 들어왔다. 장원 내부의 모습이 송추월 등이 생각했던 것과 사뭇 달랐다. 본래 강호의 장원은 그 중심에 본채가 서고 이를 중심으로 후원 등 딸린 건물들이 들어서게 마련이다. 그런데 묘인곡의 장원은 달랐다. 본채랄 만한 건물 없이 여덟 채의 건물이 원을 그리며 마주 보고 서 있었던 것이다. 여덟 채의 건물 모양은 각기 달랐지만, 그중 어느 것을 본채로 지목할 수 없을 만큼 독특한 건물들이었다. 그 건물들 뒤쪽으로 좀 더 낮은 건물 십여 채가 늘어서 있었다.

"이게 뭐요?"

부루가 회제에게 설명을 요구했다. 그러자 회제가 재빨리 입을 열었다.

"묘인곡에 인수로가 만들어진 이후 역대 묘인곡주는 모두 여덟 분이셨습니다."

짧은 설명이었지만 부루는 이내 회제가 말한 바를 이해했다.

"그러니까 누구도 전 곡주의 거처를 다시 쓰지 않았다는 말이군."

"그렇습니다."

"정말 자존심 하나는 대단한 사람들이었군."

부루가 감탄사를 흘렸다. 그러자 송추월이 여덟 채의 건물 중 한 곳으로 걸어가며 말했다.

"덕분에 머물 곳을 다투지는 않겠군."

"뭐야, 각자 하나씩 차지하자고?"

곽풍산이 송추월의 등에 대고 소리쳤다.

"같이 있고 싶은 사람들은 같이 있든지."

"그럼 언제 우리 문제를 상의할 건데?"

"글쎄, 그건 너희가 정해. 일단 좀 쉬자."

송추월은 어느새 한 채의 건물 앞에 서 있었다. 그는 힐끔 건물을 올려다보고는 이내 문 안으로 사라졌다.

第四章
비무

화마경

송추월은 장원 중심의 너른 광장이 내려다보이는 이층 방에 머물고 있었다. 어떤 변수가 일어날지 모르기에 밖을 살피는 것을 게을리할 수 없었다. 그러면서도 아주 오랜만에 아늑한 태사의에 앉아 편한 휴식을 취했다.

방은 수백 년 동안 비어 있던 곳답지 않았다. 당장 어제까지도 사람이 살던 곳인 양 깨끗하게 청소되어 있었고, 간혹 사람의 온기마저 느껴지는 듯했다. 아마도 중마 금악의 수하들이 하루도 거르지 않고 청소를 한 듯했다.

"마인들이라고는 해도 선조에 대한 정성은 지극하단 건가?"

송추월이 비릿한 웃음을 흘렸다. 사형제와 동도들끼리 화마경을 두고 생사결을 벌이는 신마계의 현실을 놓고 보면 이렇게 죽은 자의 거처를 정성껏 보살피는 것은 가당치 않는 짓이었다.

송추월이 태사의 깊이 몸을 묻었다. 안락함이 그의 온몸을 감쌌다. 이대로 며칠을 쉬어도 좋을 듯싶었다. 고개를 들어보니 멀리 곤륜의 설산들이 한눈에 들어왔다. 풍광만으로 보자면 이곳이 마인들의 땅이라는 사실이 믿어지지 않았다.

그러나 언제까지 이 평온과 신비로운 풍광을 즐기는 일이 계속될 수는 없었다.

"언제 시작하려나?"

송추월이 혼잣말을 중얼거렸다. 이미 그의 네 친구가 각자의 거처를 찾아든 지 이틀이 지나고 있었다. 그 이틀 동안 요동을 떠난 이후 한시도 떨어져 있지 않았던 이들은 다시 보지 않을 사람들처럼 각자의 숙소에 틀어박혀 있었다.

각자 지친 몸을 회복하기 위해 휴식을 취했을 수도 있고, 상처를 치유했을 수도 있으며, 혹은 뒤에서 음모를 꾸미고 있을지도 모르는 일이었다.

"추월!"

문득 한마디 외침이 송추월의 귀에 들려왔다. 송추월이 소리가 터져 나온 곳으로 시선을 돌리니 어느새 곽풍산이 자신의 거처를 벗어나 송추월이 머물고 있는 곳을 보며 소리를 지르고 있었다. 송추월이 자리에서 일어나 창을 열었다.

"잘 쉬었냐?"

곽풍산이 원기 왕성한 목소리로 물었다. 그러자 송추월이 고개를 끄덕였다.

"부루!"

곽풍산이 이번에는 부루를 불렀다. 그러자 서쪽 건물에서 부루가 모습을 드러냈다. 그런데 기이하게도 그의 뒤에는 다섯 명의 사내가 호위하듯 서 있었다.

"뭐냐?"

부루 뒤에 시립한 다섯 사내를 보며 곽풍산이 의아한 얼굴로 물었다. 그러자 부루가 담담한 목소리로 말했다.

"이들은 나에게 의지하기로 했다."

부루의 대답에 곽풍산이 혀를 찼다.

"누가 천목맹의 총사 아니랄까 봐 그새 수하를 거둔 거냐? 하여간 부지런하기도 하다."

"인연이 있었던 자들이겠지."

창가에 서 있던 송추월이 말했다.

"인연이라니?"

곽풍산이 송추월을 돌아봤다.

"춘봉산에서 보았던… 태산오룡이란 자들이지? 아마도 오가를 따르고 있었겠지."

송추월의 말에 부루가 살짝 얼굴을 굳히며 고개를 끄덕였다.

"네 말이 맞아."

"후후후, 뭐, 지난 세월 인연이 깊었을 테니… 새로운 주인을 찾는 게 어렵지 않았겠군. 재주들은 좋군. 인수로가 열렸을 때 살아남았다니……."

"비꼬지 마라."

"그 정도 조롱은 감수해야 하지 않겠어?"

"싸우자는 거냐?"

부루가 노기를 드러냈다.

"못 싸울 것도 없지."

송추월이 여유롭게 대답하며 신형을 날려 창문 아래로 뛰어 내렸다. 그러자 곽풍산이 얼른 입을 열었다.

"자자, 싸울 일은 많으니 잠시 참아. 대일! 무극!"

곽풍산이 다시 광장을 둘러싼 여덟 채의 건물 중 두 개의 건물을 보며 소리쳤다. 그러자 각 건물의 문이 열리며 대일과 원무극이 모습을 드러냈다.

"왜 시끄럽게 소리는 지르고 난리야? 조용조용 말해도 다 들려!"

대일이 곽풍산을 향해 소리쳤다.

"흐흐, 난 또 자고 있는 줄 알았지."

곽풍산이 능글맞게 대답했다.

"왜 불렀어?"

대일이 다시 물었다.

"몰라서 물어? 이제 끝을 봐야 할 것 아냐? 몸은 어때?"

"네놈 도끼는 막을 수 있다."

"하하, 잘됐군. 그럼 우리 둘이 먼저 붙어볼까?"

"흥, 너처럼 무식한 놈과 싸우면 나만 손해지. 다들 어떻게 승부를 내는 게 좋을지 생각해 봤어?"

대일이 송추월과 부루, 그리고 원무극을 차례로 돌아보며 물었다.

"사람이 다섯이니 조금 복잡하네."

원무극이 고개를 갸웃했다. 그러자 부루가 침착하게 입을 열었다.

"먼저 한 가지 확인할 게 있다."

"뭘?"

"우리 다섯 중 화마경을 향한 이 경쟁에서 빠지고 싶은 사람도 있지 않을까?"

"흐흐, 너 말이냐?"

곽풍산이 실소를 흘렸다. 그런 곽풍산을 노려보며 부루가 다시 입을 열었다.

"난 장난하는 게 아냐."

"좋아, 장난이 아니라고 치고, 누가 화마경에 대한 욕심을 거두겠냐?"

"그래서 물어보는 거야. 잘 생각하고 결정들 하라고. 비무라 해도 도검을 드는 일이니 위험할 수밖에 없다. 잘들 생각해."

"왜 난 네 말이 협박처럼 들릴까?"

곽풍산이 비웃듯 말했다.

"마음대로 생각해."

부루가 더 이상 상대하기 싫다는 듯 시선을 돌렸다. 그러자 장내에 침묵이 흘렀다. 잠시 후 침묵 속에서 송추월이 입을 열었다.

"부루의 말도 일리는 있다. 이 싸움에서 빠지고 싶은 사람이 있을 수도 있지. 혹 빠지고 싶은 사람 없냐?"

송추월이 묻자 다른 네 친구가 묵묵히 침묵을 지켰다. 그러자 송추월이 고개를 끄덕였다.

"없군. 그럼 뭐, 함께 드잡이를 해봐야지."

"어떤 식으로 할까?"

부루가 물었다.

"그런 걸 생각하는 건 언제나 네 몫 아니었나?"

퉁명스런 송추월의 말에 부루가 송추월을 한 번 노려보고는 천천히 입을 열었다.

"좋아, 내 생각을 말하지. 이리 가져와 봐."

부루의 말에 그의 뒤에 서 있던 태산오룡 중 맏이 종회가 커다란 항아리를 가져왔다. 항아리에는 여섯 개의 화살이 꽂혀 있었다.

"이 항아리 안에 꽂힌 여섯 개의 화살촉은 세 가지 색으로 되어 있다. 우리 다섯이 화살촉을 뽑아 같은 색을 뽑은 사람끼리 일단 겨룬다."

"한 명은 상대가 없겠네?"

원무극이 물었다.

"그렇지."

"흐흐, 억세게 운이 좋은 친구가 되겠군."

대일이 실소를 흘렸다. 부루는 대일의 말에 아랑곳 않고 다시 말을 이었다.

"그리되면 첫 번의 비무에서 두 명이 제외된다. 남은 셋은 다시 같은 방식으로 화살을 뽑아 상대를 정한다. 역시 한 명은 운이 좋겠지. 승자가 남은 한 명과 최후의 비무를 하면 되는 거다."

"뭐가 이리 복잡해?"

곽풍산이 투덜댔다.

"복잡하긴 뭐가 복잡해, 간단한 셈이구만? 말로 하니 그렇지. 난 찬성이다."

대일이 말했다.

"나도 좋아."

원무극이 고개를 끄덕였다. 그러자 부루가 송추월을 바라봤다.

"좋아."

송추월도 동의하자 남은 것은 곽풍산 하나였다.

"다들 좋다는데 나만 싫다고 할 순 없지."

"좋아, 그럼 결정됐다."

팟!

부루가 손에 들고 있던 항아리를 허공에 던졌다. 그러자 항아리가 부드러운 곡선을 그리며 날아가더니 광장의 중앙에 가볍게 내려앉았다.

"재주가 좋구나!"

곽풍산이 놀란 얼굴로 말했다. 다른 사람들 역시 조금 놀란 눈치였다. 부루의 쇄금수가 대단한 무공인 건 알고 있었지만 그의 공력까지 이렇게 뛰어날 줄은 미처 예상치 못한 친구들이었다.

"뽑아!"

부루가 다른 사람의 시선은 상관없다는 듯 짧게 말했다.

"좋아, 내가 먼저 뽑지."

곽풍산이 대답을 하고는 가볍게 손을 들었다. 그러자 십여 장 떨어진 항아리에서 화살 하나가 불쑥 솟아올랐다. 허공으로 솟아오른 화살은 가볍게 허공을 날아 곽풍산의 손에 들어왔다.

"붉은색이네."

곽풍산이 손에 든 화살촉을 보며 말했다.

"자식, 너도 재주는 좋구나. 이번엔 내가!"

대일이 곽풍산에 이어 손을 휘저었다. 그러자 역시 항아리에서 화살 하나가 솟구치더니 대일의 손에 가볍게 내려앉았다.

"흐, 난 푸른색인걸?"

"그럼 네놈과의 대결은 뒤로 밀리겠군."

곽풍산이 아쉬운 듯 말했다.

"아쉽냐?"

"흐흐, 아쉽기는, 뭘."

곽풍산이 실소를 흘리는 사이 원무극이 손을 뻗었다. 그러자 역시 화살 하나가 항아리를 벗어나 번개처럼 원무극의 손에 들어갔다.

"난 검은색!"

원무극이 화살을 들어 올리며 말했다.

"좋아, 추월 네 차례다."

부루가 송추월을 돌아봤다. 그러자 송추월이 고개를 저었다.

"네가 먼저 뽑아."

송추월의 말에 부루가 고개를 끄덕였다.

"그러지, 뭐."

슥!

부루가 손을 가볍게 휘저었다. 그러자 다른 세 친구와 마찬가지로 항아리에서 화살 하나가 날아올라 부루의 손에 들어왔다.

"풍산 너군."

부루가 화살을 들어 올리자 붉은 화살촉이 모습을 드러냈다.

"흐흐, 이거 참, 미안하게 되었구나."

"뭐가?"

"네 야심을 내가 꺾게 되다니."

"흥, 너나 조심해. 사정을 두지 않을 테니."

"껄껄껄! 머리는 몰라도 무공으론 네 녀석에게 지지 않아."

"두고 보자."

"좋아, 내가 한 수 가르침을 내리지."

곽풍산이 득의한 표정으로 말했다.

"추월 너도 뽑아."

부루의 말에 송추월이 고개를 끄덕였다. 송추월이 가볍게 손을 들었다. 그러자 항아리에 남은 두 개의 화살 중 하나가 송추월의 손에 날아들었다. 그런데 직후 송추월이 왼손을 가볍게 휘둘렀다.

퍽!

송추월의 손짓에 가벼운 타격음과 함께 화살들이 들어 있던 항아리가 박살 났다.

"무슨 짓이야?"

부루가 눈살을 찌푸리며 물었다. 그러자 송추월이 아무렇지도 않은 표정으로 말했다.

"혹시 어떤 속임수가 있나 해서!"

"추월 너!"

"너 자신을 탓해. 널 믿지 못하게 한 건 너 자신이니까. 아무튼… 대일 너다."

"제길!"

대일의 입에서 실망스런 소리가 흘러나왔다. 모두 말들은 안 하고 있지만 다섯 친구 중 송추월이 가장 강할 거란 사실은 무언 중에 인정하고 있는 일이었다.

"후후, 행운은 내 것이군."

한쪽에서 원무극이 묵 빛 화살을 들고 미소를 지었다.

"지금 시작하나?"

곽풍산이 부루를 보며 물었다.

"뭐, 오늘은 약속을 정한 것으로 만족하지. 내일 보자!"

"좋아, 각오해!"

"너야말로!"

부루가 한줄기 미소를 곽풍산에게 보내고는 신형을 돌려 자신이 머물고 있는 건물로 들어갔다.

"추월, 좀 봐줘라!"

대일이 멀리서 송추월을 보며 소리쳤다.

"최선을 다해야 할 거다."

송추월이 정색을 하며 답을 하고는 신형을 돌렸다.

"쩝, 망할 녀석. 제대로 하려는 모양이지?"

대일이 입맛을 다셨다.

"그럼 넌 장난으로 할 거냐?"

원무극이 핀잔을 주자 대일이 고개를 저었다.

"아니, 나도 장난으로 할 수는 없지. 비록 상대가 추월이라 해도 말이야."

차가운 바람이 신마봉 봉우리 쪽에서 불어왔다. 창은 삼분지 일쯤 열려 있었고, 신마봉 위에 솟은 달이 그림처럼 바라보였다.

송추월은 턱을 괴고 달빛 드리워진 광장을 내려다보고 있었다. 내일이면 광장에서 다섯 친구의 비무가 있을 것이다. 어쩌면 그 와중에 누구는 죽음을 맞을 수도 있다. 찬 공기만큼이나 서늘한 기분이 송추월을 찾아들었다.

"우리가 우리를 죽일 수 있을까?"

송추월이 중얼거렸다. 그리고는 다시 한동안 광장을 응시했다.

"아니, 죽이는 것은 우리가 아니라 화마경이겠지. 화마경이 우리를 죽이게 될 거다. 누군가 죽는다면."

송추월이 차갑게 말하고는 창을 닫았다. 나뭇가지가 달빛을 가리며 창에 그림자를 만들었다. 그런데 송추월이 신형을 돌려 침상으로 다가가다 문득 걸음을 멈췄다.

"그런데 왜 오늘이 아니고 내일이지?"

갑작스레 떠오른 한 생각이 송추월의 신경을 곤두세웠다. 차가운 긴장감이 등줄기를 타고 올랐다. 의심하고 싶지 않은 의심이 그의 머리를 어지럽혔다.

"설마… 그렇게까지야."

그러다 송추월이 고개를 저었다.

"아니, 놈은 완벽한 것을 좋아하지. 하면 대상이 누굴까?"

송추월이 다시 고개를 갸웃했다. 그러다가 천천히 고개를 들었다. 붉은 적염이 그의 눈동자를 가리고 있었다.

"난 알고 있지. 녀석이 진정으로 두려워하는 것은 오직 나뿐이라는걸."

송추월이 검을 들어 올렸다. 그리고는 방 한쪽에 있는 의자를 가져와 창문 바로 앞에 놓고는 그 위에 엉덩이를 붙이고 앉았다.

"기다리마, 부루. 아무 일 없기를 바라마. 만약 아무 일도 없다면 널 의심한 대가로 한 수 양보해 주마."

나직한 목소리로 중얼거린 송추월이 가만히 눈을 감았다. 창을 뚫고 들어온 달빛이 그의 어깨에 내려앉았다.

어둠 속에서 침묵이 이어졌다. 송추월은 의자 위에서 미동도 하지 않았다. 어찌 보면 잠이 든 것 같기도 하고, 또는 깨어 있는 것 같기도 했으며, 달리 보면 그 자세 그대로 죽어버린 것 같기도 했다.

그러나 자세히 보면 송추월의 어깨는 아주 느리게 아래위로 움직이고 있었다, 그건 곧 그가 숨을 쉬고 있다는 증거. 그러므로 그가 죽은 것은 아니었다.

시간이 흘러 창에 어리던 달빛이 사라졌다. 밤이 그만큼 깊었다는 의미다. 아마도 곧 새벽 전의 짙은 어둠이 찾아들 것이다.

"기우였나?"

문득 송추월이 눈을 떴다. 한잠 잘 자고 일어난 사람처럼 맑은 그의 눈에 의혹이 깃들었다.

"내가 녀석을 오해했나?"

다시 송추월의 독백이 이어졌다. 그러면서 송추월이 자리에서 일어났다. 아니, 일어나려 하다 엉거주춤 움직임을 멈췄다. 그리고 다시 침묵 속으로 빠져들었다.

그런데 암흑 같은 침묵 속에서 그의 검이 낮은 소리를 냈다.

스르르!

검이 검집을 벗어나 송추월 앞에 번쩍이는 검신을 드러냈다. 그리고 다음 순간!

팡!

강력한 파열음과 함께 송추월의 정면에서 문이 박살 났다.

"기다리고 있었다!"

송추월의 눈빛이 한순간 적염으로 변하며 그의 검이 하늘을 갈랐다.

"큭!"

어둠 속에서 신음성이 일어났다.

쿵!

동시에 검은 인영 하나가 송추월의 발아래 나뒹굴었다. 그 순간 박살 난 문 쪽에서 십여 개의 빛이 번쩍였다.

슈슈슉!

빛은 이내 비도로 변해 송추월의 전신을 노리고 날아들었다. 송추월의 검이 번개처럼 그어졌다.

차창!

송추월의 검에 날아들던 비도들이 사방으로 튕겨 나가 벽에 꽂혔다. 비도를 막아낸 송추월이 신형을 날려 매처럼 방문 밖의 침입자들을 향해 날아갔다.

삭!

쿠쿵!

날카로운 절단음과 함께 동시에 두 개의 인영이 바닥에 쓰러졌다.

"물러난다!"

순간 어둠 속에서 날카로운 목소리가 들려왔다. 그러자 송추월을 향해 비도를 던져 내던 자들이 썰물처럼 빠져나가기 시작했다.

"날 원망치 마라! 원망하려거든 너희를 보낸 자를 원망하라!"

송추월이 도주하는 네 명의 흑의인을 향해 검을 휘둘렀다. 그러자 그의 검에서 한줄기 묵 빛 검기가 일어나더니 도주하는 자들의 등을 번개처럼 휘감았다.

"악!"

"컥!"

두 마디 비명과 함께 다시 두 사람이 바닥에 고꾸라졌다.

투툭!

그들 옆으로 누구 것인지 잘린 팔 하나가 떨어져 내렸다. 아마도 가까스로 목숨을 구한 둘 중 하나의 팔인 듯싶었다. 그러나 어쨌든 팔을 베인 자나 또 다른 그의 동료는 죽음의 사지에서 벗어났다. 왜냐하면 송추월이 더 이상 추격하지 않았기 때문이다.

송추월은 추격을 멈추고 쓰러진 자들에게 시선을 주었다. 그러나 어둠 속이라 그들의 얼굴을 정확하게 확인할 수는 없었다. 송추월이 어둠 속에서 죽은 자들을 물끄러미 보다 나직하게 중얼거렸다.

"대단하군."

죽은 자들이 대단하단 의미는 아닌 듯싶었다. 송추월이 잠시 침묵을 지켰다가 다시 입을 열었다.

"부루, 정말 대단하구나. 그 짧은 시간에 도대체 몇이나 네 수족으로 만든 것이냐? 그러나… 우리의 싸움은 수하의 많고 적음으로 승부가 나진 않을 것이다. 결국은 네 자신만이 너의 운명을 결정할 것이다."

"잘들 잤는가, 친구들?"

곽풍산의 커다란 목소리가 잠든 장원을 깨웠다. 송추월은 천천히 눈을 떴다. 간밤 불청객들의 기습을 받은 이후 잠에 들었던 터라 잠이 부족하긴 했지만 이젠 일어나야 할 시간이었다.

송추월이 천천히 침상에서 벗어났다. 그리고는 느리게 창가로 움직여 창문을 열었다.

"추월, 늦잠을 자는 거냐?"

창문을 연 송추월을 향해 곽풍산이 호탕한 목소리로 소리쳤다. 송추월이 가볍게 웃으며 광장을 살폈다. 어느새 그를 제외한 나머지 네 친구가 모두 광장에 나서 있었다.

"추월, 설마 겁을 먹은 건 아니겠지?"

멀리서 대일이 송추월을 보며 소리쳤다. 오늘 송추월과 비무를 할 사람답지 않게 친근한 목소리다.

"아니, 풍산 말대로 늦잠을 좀 잤다."

송추월이 검을 집어 들고는 훌쩍 창문을 날아 넘으며 대답했다.

"늦잠? 이거 이거, 날 너무 무시하는 거 아냐? 난 어제 널 상대할 생각에 잠을 설쳤는데……."

대일이 짐짓 인상을 쓰며 소리쳤다.

"일이 좀 있었다."

"일? 날 상대하는 것 말고 다른 일이 뭐가 있단 말이냐?"

"간밤에 누가 풀었는지 사냥개들이 들어왔었다."

"그게 무슨 말이지?"

송추월의 좌측으로 십여 장 떨어진 곳에 있던 원무극이 놀란 눈으로 물었다.

"누군가 날 공격했다는 거다. 물론 사냥개를 푼 사람은 우리 중 하나겠지. 너희는 모두 아무 일 없었던 거냐?"

송추월이 네 사람을 차례로 돌아보며 물었다. 그러자 네 친구의 얼굴이 금세 어두워졌다.

"아니. 아무 일 없었는데?"

"나도!"

"나도!"

"나도 뭐, 아무 일도……."

네 친구가 송추월을 보며 차례로 대답했다. 그러자 송추월이 씁쓸한 미소를 지었다.

"그렇군. 그럼 나만 이 중 누군가의 미움을 산 건가?"

"우리 중 하나라고 어떻게 확신하지?"

문득 부루가 날카로운 눈빛을 흘리며 물었다. 그러자 송추월이 차가운 눈으로 부루를 바라보며 말했다.

"아니라면 누가 감히 살수를 보냈겠어?"

"이곳에 우리에게 원한을 가진 사람들이 없다고 말할 수는 없다. 비록 우리에게 허리를 숙이고는 있으나 이곳에 있는 사람들은 며칠 전까지 사형들을 따르던 자들이니까."

"사형이라……. 넌 신마계의 사람이 다 됐군. 그렇게 자연스럽게 사형이란 말이 나오는 걸 보니."

송추월이 엉뚱한 말을 했다.

"신마계에 들었으니 신마계의 사람이 될밖에!"

부루가 딱딱한 목소리로 대답했다. 그러자 송추월이 고개를 끄덕이며 응대했다.

"네 말이 맞다. 이곳은 신마계지. 그렇기 때문에 누구의 사주 없이 신마계의 사람들이 날 공격할 수는 없다는 거다. 이곳 인종들은 죽은 주인을 위해 날 공격할 자들이 아니거든. 살아 있는 주인을 위해서라면 모를까. 그들은 이미 죽은 자들을 잊고 새 주인을 찾기 시작하지 않았느냐? 설마 현명한 네가 이 사실을 모를 리는 없겠지?"

송추월의 말에 부루가 쉽게 대답을 하지 못하다가 낮은 목소리로 대답했다.

"물론 네 말이 맞다. 하지만 개중 별종이 있을 수도 있지. 아니면… 결국 널 상대할 사람을 의심해야 한다는 건데……."

부루의 시선이 대일을 향했다. 오늘 송추월을 상대할 사람이 대일이기 때문이었다.

"이거 왜 이래? 날 겨우 살수나 움직일 사람으로 보는 거냐?"

대일이 노성을 터뜨렸다.

"살수가 뭐 어때서?"

곁에서 원무극이 비쭉였다.

"젠장, 살수를 무시해서 하는 말이 아닌 거 알잖아? 트집 잡지 마!"

대일이 인상을 쓰며 소리쳤다. 그러자 송추월이 입을 열었다.

"네가 사람을 보냈다고 생각하진 않아."

"흐흐, 역시 날 믿는군."

대일이 만족한 웃음을 흘렸다.

"그럼 넌 누굴 의심하는 건데?"

원무극이 의혹 어린 눈초리로 물었다.

"굳이 누가 사람을 보냈는지 밝혀낼 생각은 없다. 어차피 그들은 내 몸에 손끝 하나 대지 못했으니까. 하지만 우리의 관계가 생각처럼 단단하지 않다는 걸 다시 한 번 깨닫기는 했지. 뭐, 어쨌든 비무는 시작해야지?"

송추월이 친구들을 돌아보며 말했다.

"쩝, 하긴 해야지. 하지만 왠지 씁쓸한데?"

곽풍산이 목을 좌우로 비틀어 어깨를 풀며 말했다.

"누가 먼저 할까?"

부루가 송추월이 기습을 당한 일에는 관심이 없다는 듯 말했다.

"먼저들 해라."

송추월이 한 발 뒤로 물러났다.

"왜 우리가 먼저지?"

부루가 차갑게 물었다.

"난 간밤에 잠을 설쳐서 좀 피곤하거든. 대일, 그 정도 사정은 봐주겠지?"

송추월이 대일을 보며 묻자 대일이 청룡도를 어깨에 둘러메며 말했다.

"물론, 나도 네 약점을 잡아 이기고 싶지는 않아."

"후후, 지금이라도 그럴 일은 없다. 하지만 역시 우리 비무는 뒤로 미루자. 풍산! 부루! 기대하마!"

송추월의 말에 곽풍산이 앞으로 나섰다.

"좋아, 어차피 해야 할 일, 먼저 하는 것도 나쁘지는 않지. 부루, 준비됐냐?"

"물론, 난 언제나 준비되어 있다."

부루도 더 이상 망설이지 않고 앞으로 나섰다.

"하하하, 이거 오랜만에 비무를 하려니 어색하구만. 하지만 비무는 비무니까 각오해라!"

"네 자신이나 걱정해라."

부루가 곽풍산을 응시하며 말했다.

"젠장, 이 녀석이? 비무는 머리 쓰는 일이 아니야. 몸을 쓰는 싸움이지. 몸이라면 내가 너보다 낫다니까."

곽풍산은 이 비무에 자신이 있는 모양이었다.

"그건 두고 보면 알 일이지."

여전히 얼음처럼 차가운 냉정을 유지하며 부루가 두 손을 들어 올렸다. 그러자 그의 두 손에 언뜻 묵 빛 아지랑이가 어른거리기 시작했다. 곽풍산 역시 부루가 자세를 취하자 도끼를 들어 올려 가슴 앞에 세웠다. 말로는 자신감을 토해냈지만 곽풍산의 움직임도 신중하기 이를 데 없었다.

송추월은 다시 십여 걸음 뒤로 물러나 자신이 머물고 있는 건물 바로 앞에 다가섰다. 고개를 돌려보니 살아남은 신마계의 고수들이 건물들 틈에 숨어 부루와 곽풍산의 비무를 지켜 보고 있었다.

'무슨 일이 생길지도 모르겠군.'

이미 한차례 기습을 당했던 송추월로서는 신마계의 고수들을 경계하지 않을 수 없었다. 그러나 그런 사정을 아는지 모르는지 부루와 곽풍산은 드디어 화마경을 두고 격돌을 시작했다.

쿠우우!

먼저 움직인 쪽은 곽풍산이었다. 곽풍산이 굳어 있던 몸을 풀며 하늘로 날아올랐다. 그 한 번의 움직임만으로 곽풍산은 거대한 파공음을 만들어냈다. 그렇게 곽풍산이 허공의 정점에

올랐을 때 마침 그의 몸이 해를 등졌다. 해를 가린 그의 몸이 천신처럼 거대하게 확대되어 보였다.

"조심해라!"

곽풍산의 입에서 친구를 향한 경고가 흘러나왔다. 그러나 부루는 제자리에서 아지랑이 머금은 손만 들어 올린 채 입을 다물고 있었다.

쿠왕!

곽풍산이 번개처럼 도끼를 휘둘렀다. 그러자 그의 도끼날이 도끼 자루에서 벗어난 듯한 형태를 만들어내더니 한순간 그와 부루 사이의 공기를 찢으며 거대한 파공음을 만들어냈다.

부루는 자신의 이마를 쪼갤 듯 닥쳐드는 곽풍산의 도끼를 무표정하게 응시하고 있었다, 마치 죽음을 각오한 사람처럼.

"저거……."

대일의 입에서 걱정스런 목소리가 흘러나왔다. 자칫하다가는 부루의 머리가 곽풍산의 도끼에 두 조각으로 갈라질 듯 보였기 때문이다. 그러나 대일의 걱정은 기우였다.

팟!

곽풍산의 도끼가 부루의 정수리에 꽂혔다 싶은 순간 부루가 움직였다.

삭!

미처 곽풍산의 도끼날을 피해내지 못한 부루의 옷깃이 도끼 날에 잘려 나갔다. 그러나 부루의 몸은 이미 곽풍산의 도끼를 피해 사선으로 날아오르고 있었고, 그의 두 손이 곽풍산을 향해 어지럽게 움직였다.

부루의 손에서 십여 개의 수영이 만들어졌다. 수영은 잠시 허공에 머무는 듯하다가 화살처럼 곽풍산의 측면을 파고들었다. 허공을 가른 도끼를 회수하던 곽풍산이 재빨리 재주를 넘어 뒤로 물러났다.

퍼퍼퍽!

곽풍산을 향해 날아들었던 부루의 수영들이 바닥을 파고들며 파열음을 일으켰다.

"좋아, 제대로 해보자!"

부루의 수공을 피해낸 곽풍산이 호기롭게 소리쳤다. 그리고는 불물곡직하고 부루를 향해 달려들었다.

우우웅!

태풍이 일 듯 강력한 바람 소리가 장내를 가득 메웠다. 바람을 일으키는 것은 어지럽게 움직이고 있는 곽풍산과 부루. 그 중에서도 곽풍산의 움직임은 폭풍처럼 거칠어서 그의 몸과 도끼에 스치는 것은 무엇이든 박살 나며 허공으로 날아올랐다.

그 속에서 부루는 여전히 차분한 눈으로 곽풍산의 공격을 막아내며 간간이 반격을 가하고 있었다. 그러나 싸움의 양상은 누가 보아도 곽풍산에게 유리하게 전개되고 있었다. 그의 말처럼 머리 쓰는 것은 몰라도 몸을 쓰는 일에서는 부루가 곽풍산을 따라잡을 수 없었다. 그가 마효에게서 전수받은 쇄금수는 절정의 무공이였지만 곽풍산의 타고난 신력과 천뢰부법은 부루의 쇄금수를 압도하고 있었다.

"뭘 기다리는 거냐, 부루."

송추월이 나직하게 중얼거렸다.

"부루가 본신의 실력을 모두 드러내지 않고 있다는 거냐?"

어느새 다가왔는지 송추월의 뒤쪽에서 원무극의 목소리가 들렸다.

"왜 왔어?"

송추월이 뒤를 돌아봤다.

"그냥… 심심해서."

원무극이 미소를 지었다.

"녀석, 싱겁기는. 첫 번째 비무에서 제외되었다고 아주 신이 났구나?"

"흐흐, 그러게. 기분 나쁘진 않아."

"시간이 되면 주변을 좀 살펴줘."

"무슨 소리야?"

"변수가 생길지도 몰라."

"설마 저들이 우릴 공격이라도 할 거라는 말이냐?"

원무극도 이미 건물 곳곳에서 몸을 감추고 부루와 곽풍산의 비무를 지켜보고 있는 신마계 고수들의 존재를 알고 있었다.

"그럴 일은 없겠지만 대비해서 나쁠 것은 없겠지. 어젯밤 일도 있고."

"알았다. 하지만 벌건 대낮에 어느 놈이 감히 우릴 공격하겠어?"

"노파심이야."

"흐흐, 늙지도 않은 놈이. 어쨌든 아까 한 말은 뭐야? 부루가 밑천을 모두 드러내지 않았다는 말이냐?"

"그래."

"그래? 이상하군. 난 녀석이 최선을 다하고 있는 것 같은데? 녀석의 쇄금수는 많이 봤잖아? 여유를 두는 것 같지는 않은데?"

"물론 쇄금수로는 최선을 다하고 있다."

"그럼 녀석이 다른 무공을 익히고 있단 말이야?"

"녀석이 대산문에서 배운 무공이 있다. 그리고… 그가 말하길, 자신의 절기 중 일부를 녀석에게 전했다고 했지."

"그라면… 오원지?"

"그래. 너도 들었잖아. 그러니 부루 녀석에겐 지금 보여주는 무공 이상의 힘이 있을 거야."

"그런데 왜?"

"아마도 가능한 숨겨둔 패를 보이지 않기 위해서겠지. 비무는 이번 한 번만이 아니니까."

"그래도 저대로라면 풍산을 이기기 어려울 것 같은데?"

"아니. 시간이 지나면 달라져."

"무슨 말이야?"

"풍산의 공력이 언제까지 이어질 수는 없다. 부루는 풍산의 공력이 쇠잔되길 기다리고 있는 거야."

"그런 건가?"

원무극이 고개를 갸웃했다. 송추월의 말에 확신이 서지 않는 듯싶었다.

"우리의 무공이 비슷하다고는 해도 승부가 오래갈 상황은 아니다. 우리 모두 화수유천을 익혀 성정이 급해졌기 때문이지. 그런데 녀석은 최대한 자신의 기운을 억누르고 있어. 오직 풍산의 공격을 피해내는 데 열중하면서."

"그러고 보니 그렇군. 그럼 풍산 녀석이 위험한 건가?"

"아마도."

"휴… 부루 녀석, 비무에서도 머리를 쓰는군. 물론 그게 녀석의 가장 큰 무기지만."

"두고 보자. 그렇다고 아직 승부가 난 것은 아니니까. 부루가 승부를 걸어오면 그때 풍산도 한 번의 기회는 잡겠지."

"그러게. 에구, 벌써 이백 초는 지났을 것 같군."

원무극이 혀를 찼다.

부루와 곽풍산의 비무는 송추월의 말처럼 길어지고 있었다. 이백여 초가 훌쩍 넘어 어느덧 삼백여 초에 이른 두 사람의 비무는, 보는 사람들이 지루함을 느낄 여유를 주지 않았다.

폭풍의 한가운데서 손을 나누는 사람들처럼 두 사람의 움직임은 빠르고 격렬했으며 강했다. 특히 곽풍산의 부법은 강호에서 일찍이 볼 수 없었던 것으로, 태산처럼 무겁고 벼락처럼 강렬한 힘을 지니고 있었다.

그러나 언제부턴가 천신의 힘을 물려받은 것처럼 강력하던 곽풍산의 힘도 서서히 한계를 드러내기 시작했다.

곽풍산이 휘두르는 도끼가 만들어내는 파장이 조금씩 줄어들었다. 더불어 곽풍산의 초식도 변화를 일으켰다. 곽풍산은 두 사람의 겨룸이 삼백 초에 가까워지자 부루를 몰아치는 대신 정적인 움직임을 보이며 부루의 허점을 찾기 시작했다.

그러자 반대로 이젠 부루가 본격적으로 공세에 나섰다. 그렇다고 부루가 온 힘을 기울여 곽풍산을 공격하는 것은 아니었다. 부루는 빠르게 곽풍산의 주위를 회전하며 팔과 다리 등 사지만을 공격했다. 치명적인 사혈을 공격하는 것은 아니지만 사지 중 한 곳만 상해도 곽풍산은 이 비무를 포기해야 했기에 곽풍산 역시 부루의 공격을 소홀히 할 수 없었다.

따땅!

부루의 손이 만들어낸 수영이 곽풍산의 도끼에 막혀 따가운 격돌음을 일으켰다. 그러자 부루가 달려들던 몸을 세우더니 서너 걸음 뒤로 물러나며 다시금 곽풍산을 향해 손을 휘둘렀다.

물러나는 부루를 따라붙던 곽풍산을 향해 부루가 만든 여덟 개의 수영이 둥실거리며 다가왔다.

"부루! 언제까지 승부를 피할 것이냐?"

곽풍산이 화가 난 듯 소리치며 거칠게 도끼를 휘둘렀다. 그러자 곽풍산의 도끼가 부루의 수영들을 허공에서 갈라 버렸다. 그사이 부루는 어느새 자리를 이동해 곽풍산의 옆구리를 파고들고 있었다.

"흥!"

달려드는 부루를 향해 곽풍산이 콧방귀를 흘리며 횡으로 도
끼를 휘둘렀다.

웅!

곽풍산의 도끼가 묵 빛 진기의 꼬리를 만들며 옆구리로 파
고드는 부루를 갈랐다. 그런데 그 순간, 갑자기 곽풍산의 측면
을 파고들던 부루의 신형이 허깨비처럼 사라졌다.

"음!"

부루의 신형을 놓친 곽풍산의 입에서 당혹성이 흘러나왔다.
동시에 그의 몸이 허공으로 둥실 떠오르더니 삼 장여 뒤로 물
러났다. 그런데 곽풍산의 발이 막 바닥에 닿으려는 그 순간 그
의 발밑에서 부루가 불쑥 솟아올랐다.

"잇!"

당황한 곽풍산이 부루를 향해 급히 도끼를 내려쳤다. 워낙
쾌속하게 내려친 도끼라 이번만큼은 부루도 곽풍산의 도끼를
피해낼 것 같지 않았다. 그러나 다음 순간,

스스스!

다시금 부루의 신형이 사라졌다. 한 번은 몰라도 두 번이나
몸을 감출 거라고는 생각지 않았던 곽풍산이 더욱 당황하며
허공을 가르던 도끼를 재빨리 회수하고 다시 삼 장여를 물러
났다. 그리고는 재빨리 자신의 발아래를 살폈다. 그러나 앞서
와 달리 곽풍산의 발아래엔 누구의 그림자도 보이지 않았다.
순간 곽풍산이 재빨리 고개를 하늘로 젖혔다. 그러자 태양을

가린 부루의 신형이 머리 위에서 떨어졌다.

"쉽게는 안 된다!"

곽풍산이 노성을 토해냈다. 그리고는 평소와 달리 도끼를 아래에서 위로 쳐올렸다. 그 순간 부루의 양손에서 여덟 개의 수영이 만들어지더니 곽풍산을 향해 폭우처럼 쏟아져 내렸다.

"으얏!"

곽풍산의 입에서 묘인곡을 뒤흔드는 기합 소리가 터져 나왔다. 마지막 승부라고 생각하는 모양이었다.

퍼퍼펑!

곽풍산의 도끼가 부루의 수영들을 번개처럼 갈랐다. 그런데 부루의 여덟 개 수영 중 하나가 교묘하게 곽풍산의 도끼를 휘감더니 이내 자루를 타고 내려와 곽풍산의 어깨에 내려앉았다.

쾅!

가죽 부대 터지는 소리가 장내에 일어났다.

"음!"

곽풍산의 입에서 신음성이 흘러나왔다. 동시에 그의 두 다리가 반 자 정도 바닥을 파고들어 갔다. 순간 다시 두 개의 수영이 곽풍산의 양 옆구리를 파고들었다.

파팡!

"억!"

곽풍산의 입에서 숨이 멎는 듯한 신음성이 또다시 터져 나왔다. 그런 곽풍산을 향해 부루가 다시 손을 들어 올리는 순간,

"그만해!"

어느새 다가온 원무극의 검이 부루와 곽풍산 사이를 갈랐다. 그제야 부루가 곽풍산에 대한 공격을 멈췄다.

"너! 풍산을 죽일 생각이냐?"

원무극이 차가운 눈으로 부루를 보며 소리쳤다. 그러자 부루가 덤덤한 목소리로 대답했다.

"비무를 끝내려면 스스로 패배를 인정해야 한다."

부루가 비틀거리는 곽풍산을 보며 말했다. 그러자 곽풍산이 노기를 담은 눈으로 부루를 노려보며 말을 내뱉었다.

"그래, 너 잘났다. 네가 이겼다."

第五章
쟁투(爭鬪)

화마경

"우울하군."

송추월이 중얼거렸다. 만약 패배를 인정하지 않았다면 부루는 곽풍산에게 치명적인 부상을 입혔을 것이다. 아니, 목숨을 노리는 것도 망설이지 않았을 터였다.

함께 자란 대호산의 산적들이 오늘 이곳에서 비무를 빙자한 생사결을 벌이고 있다고 해도 과언이 아니었다. 그 모든 중심에는 화마경이 있었고, 화마경을 갖기 위해 송추월도 친구와 싸워야 할 시간이었다.

그르르!

부루와 곽풍산의 비무가 끝나고 잠시 무거운 침묵이 지나간 후 갑자기 침묵을 깨는 소리가 들려왔다. 대일이 청룡도를 들

힘이 없는 듯 바닥에 질질 끌며 공터의 중앙으로 나서고 있었다.

"추월, 한 판 붙자!"

공터 중앙에 우뚝 선 대일이 호기롭게 소리쳤다. 화수유천을 익힌 후 맑은 기운이라고는 찾아볼 수 없는 다섯 친구였는데, 오늘 추월을 부르는 대일의 목소리에선 의외로 맑은 기운이 묻어나고 있었다. 그 순간 송추월은 자신의 생각이 잘못됐음을 깨달았다. 오늘의 겨룸은 적어도 그와 대일 사이에선 생사결이 아니라 비무였던 것이다.

툭!

송추월이 가볍게 바닥을 찼다. 그러자 그의 신형이 십여 장을 날아 가볍게 대일 앞에 내려섰다.

"좋은 신법이다."

대일이 송추월의 움직임에 칭찬을 건넸다.

"겨뤄볼까? 그런데 몸은?"

송추월의 얼굴에 오랜만에 미소가 드리워졌다.

"흐흐, 내 몸 걱정은 붙들어 매둬. 각오해야 할 거야. 난 예전의 대일이 아니라고!"

"기대하겠다."

"하하하! 좋아! 신나게 놀아보자고! 예전부터 넌 언제나 우리 중 가장 뛰어났지. 우리 모두가 널 목표로 수련했고. 하지만 솔직히 오늘도 자신은 없다. 그래도 너에게 날 시험하고 싶은 욕심이 있어. 잘하면 화마경의 주인이 될 수도 있으니까."

"운이 좋으면!"

"흐흐, 좋아. 그 운을 시험해 보자!"

대일이 도를 어깨 위로 비껴들었다. 그러자 갑자기 그의 몸에서 검은 운무가 일렁이기 시작했다.

'많이 늘었구나. 공력을 키우는 데 힘을 썼군. 부상을 입었던 몸으로도 이 정도라니…….'

심상찮은 운무의 일렁임을 보며 송추월은 내심 대일의 무공에 감탄했다. 이들 다섯 친구는 헤어져 있는 오 년 동안 저마다 최선을 다해 자신의 무공을 수련했고, 오늘 각자의 밑천을 드러내고 있었다.

"추월, 최선을 다해야 할 거다! 간다!"

대일이 다시 한 번 경고를 날린 후 송추월을 향해 뛰어들었다.

콰콰쾅!

다시 장원에 거대한 폭풍이 몰아치기 시작했다. 곽풍산 못지않은, 아니, 어쩌면 곽풍산을 능가할지도 모르는 도풍이 대일로부터 일어나고 있었다. 대일의 공력은 상상외로 엄청나서 족히 지금껏 그가 보여준 공력의 배는 넘어 보였다.

"젠장, 녀석도 역시 무공을 숨기고 있었군."

부루와의 비무에서 패한 후 의기소침해 있던 곽풍산이 대일의 거대한 진기를 보며 탄식을 흘렸다.

"우리 모두 조금씩은 그렇지 않아?"

혹시나 하는 생각에 곽풍산의 곁을 지키고 있던 원무극이 말했다.

"난 숨기는 거 없었어."

"그게 네 장점이자 단점이지."

"후후후, 그런가? 그나저나 어떨 거 같아?"

"음… 글쎄. 추월이가 아직 손을 쓰고 있지 않으니까."

"저러다 대일 녀석 내 꼴 나지."

"두고 보자고."

곽풍산과 원무극의 말처럼 송추월은 해일처럼 밀려드는 대일의 공격을 몸의 움직임만으로 피하고 있었다. 간혹 검을 들기는 했으나 그건 상대의 도기를 밀어내는 역할만 할 뿐 대일을 향해 공세를 펼치지는 않는 송추월이었다.

"추월, 피하기만 할 거냐?"

대일이 송추월을 향해 벼락같은 도기를 뿌려대며 소리쳤다. 그러자 송추월이 검을 비스듬히 들어 대일의 도를 옆으로 흘리며 말했다.

"대단하구나."

마치 대일의 무공이 너무 강해 반격할 엄두를 내지 못한다는 듯한 말투.

"홍, 네 녀석이 나보다 한 수 위라는 건 알고 있다. 그러니 이제 본색을 드러내지? 이대로 비무를 끌면 너도 손해야."

대일의 말은 사실이었다. 비무가 길어지면 공력이 손실되고, 공력이 손실되면 이 비무에서 이겨도 다음 비무에 부담을 주게 된다.

"좋아! 시작해 볼까?"

"흐흐, 어디 보자, 추월!"

대일이 갑자기 공격을 멈추고 서너 걸음 뒤로 물러나 청룡도를 가슴 앞에 들어 올렸다. 수비의 자세. 송추월의 그런 대일을 향해 뛰어들었다.

파파팟!

송추월의 발이 경쾌하게 땅을 박찼다. 그러자 그의 신형이 대일을 향해 지그재그로 움직이며 다가서기 시작했다. 대일의 빈틈을 노리는 시선은 늑대처럼 날카롭다.

대일이 좌우로 크게 흔들며 들어오는 송추월을 경계해 다시 서너 걸음 뒤로 물러났다. 그러나 송추월은 물러나는 대일과의 거리를 금세 일 장 안쪽으로 좁혔다. 그리고 다음 순간 송추월의 신형이 대일의 오른쪽 어깨 위로 솟구쳤다.

"핫!"

대일이 번개처럼 도를 휘둘렀다. 그의 도가 좌에서 우로 사선을 그리며 그어졌다.

웅!

한 가닥 무거운 파공음이 일어나며 대일의 청룡도에서 솟구친 도기가 우측으로 떠오른 송추월의 허리를 잘랐다. 순간 송추월이 허공에서 크게 제비를 돌았다. 그러자 그의 몸이 활처럼 휘며 대일이 만들어낸 도기를 허리 아래로 흘려보냈다. 그리고 그 순간 송추월의 검이 움직였다.

슉!

송추월의 검이 미세한 파공음을 일으키며 대일의 오른쪽 어깨를 찔렀다. 가느다란 검기가 흘러나와 대일의 옷깃을 건드렸다.

"욧!"

대일의 입에서 다급성이 흘러나오며 그의 신형이 급히 아래로 꺼졌다. 그리고는 재빨리 낮은 자세로 몸을 회전시킨 후 다시 아래에서 위로 도를 들어 올렸다.

부앙!

대일의 도에서 다시금 강력한 파공음이 일어나며 송추월의 신형을 아래부터 반으로 갈라갔다.

그러자 송추월이 마치 나무를 타듯 대일의 도에 검을 댄 채 빙그르르 회전해 아래로 내려서더니 갑자기 오른발로 대일의 발목을 걸었다. 고수들의 싸움에서는 좀체 일어나지 않은 광경. 도가 송추월의 검에 막힌 상태에서 발목을 차여 중심을 잃은 대일의 몸이 뒤쪽으로 휘청거렸다.

그 순간 송추월의 검이 대일의 도에서 벗어나며 눈으로 따라잡을 수 없는 속도로 대일의 목을 찔렀다. 그리고 다음 순간 두 사람의 모든 움직임이 멈춰졌다.

"…젠장!"

대일의 입에서 욕설이 흘러나왔다. 송추월의 검이 뒤로 젖힌 그의 목 바로 앞에 서 있었다.

"칼 치워!"

대일이 소리쳤다. 그러자 송추월이 재빨리 검을 거둬들였다.

"졌다."

대일이 시원하게 패배를 인정했다.

"수고했다."

송추월이 뒤로 젖혀진 대일의 어깨를 잡아 올렸다.

"그런데 말이야, 아주 기분이 나빠."

자세를 바로 한 후 대일이 송추월을 흘겨보며 말했다.

"뭐가? 비무에 져서?"

"아니, 내가 질 줄이야 애초에 알고 있었던 거고. 솔직히 여전히 몸에 문제가 있었으니까."

"그럼?"

"마치 네 녀석에게 놀림을 당한 느낌이란 말이야."

"누가 널 놀려? 난 그럴 능력은 없다."

"제대로 된 초식을 보이지 않았잖아?"

"뭘 기대한 거야? 내 검이 본래 그런 줄 몰랐어? 노인네가 가르쳐 준 무혼검이 바로 이런 거라고. 알고 있었잖아?"

"쩝, 그런가? 생각해 보니 그런 것도 같네. 그리고 만약 그렇다면 넌 정말 위험한 놈이야."

"물론 나도 내가 위험한 줄은 알고 있다."

"흐흐, 그런 말이 아니라 네 검술 말이야."

"그러게. 내 검술이 제법 무섭긴 하지."

"예측할 수 없는 움직임과 정해지지 않은 초식이라……. 극에 달하면 누가 상대하겠어? 망할 늙은이!"

갑자기 대일이 마효에게 욕설을 퍼부었다.

"왜 갑자기 늙은이를 욕해?"

"왜 노인네는 너에게만 그런 신묘한 검술을 전해준 걸까?"

"너의 금악도도 무서운 도법이다."

"젠장, 그래도 네놈에게 졌지. 아무튼!"

갑자기 대일이 송추월의 얼굴 앞에 자기 얼굴을 들이밀었다. 그리고는 나직하게 말했다.

"잘해라."

"뭘?"

"부루 놈과의 대결 말이야. 꼭 이겨줘."

"글쎄… 실력이 말해주겠지."

"실력? 실력이고 뭐고 무조건 이겨."

"그런 말이 어딨어?"

"우리가 살기 위해선 반드시 이겨야 해. 녀석은 신경의 경주가 되면 절대 우릴 살려두지 않을 거야. 특히 너는."

"녀석도 우리 친구였다."

"흐흐, 물론 친구였지, 어릴 때는. 그러나 지금은 필요한 일에 쓰고 나면 언제나 버릴 수 있는 친구인 게 문제지. 아, 우릴 살려둘 수도 있겠네. 녀석에겐 자기가 부릴 사냥개가 필요할 테니까. 난 사냥개 노릇 하긴 싫어. 그러니 반드시 이겨."

"나라고 다를까?"

"흐흐, 네 녀석은 야망이 없으니 우릴 부릴 일도 없지. 그 이유로 내가 한 수를 숨겨둔 줄 알아라."

"최선을 다하지 않은 건 너군."

"네 녀석의 힘을 빼긴 싫었으니까. 그러니 꼭 이겨."

"노력은 하지."

"믿는다."

대일이 청룡도로 송추월의 검을 툭 치고는 훌쩍 뒤로 물러나 제자리로 돌아갔다. 그러자 부루가 잠시 송추월과 대일을 번갈아 바라보고는 천천히 공터의 중앙으로 나섰다.

"이제 첫 번째 비무는 끝난 건가?"

"그런 셈이지."

송추월이 고개를 끄덕였다.

"역시 네가 남았구나, 추월."

부루가 예상하고 있었다는 듯, 그러면서도 조금은 실망스럽다는 표정으로 말했다.

"아마… 화마경도 내 손에 들어올 거다."

송추월이 그답지 않게 자신감을 드러냈다. 그러자 부루가 차가운 미소를 흘리며 말했다.

"그럴 수도 있겠지. 하지만 아직 비무는 끝나지 않았다. 가져와!"

부루가 뒤를 향해 소리쳤다. 그러자 그가 머물고 있는 건물에서 지난번과 마찬가지로 태산오룡의 첫째 종회가 번개처럼 달려나왔다. 그의 손에는 처음 다섯 친구가 비무 상대를 정할 때 사용했던 항아리와 비슷한 항아리가 들려 있었다. 물론 그 안에는 이번엔 세 개의 화살이 꽂혀 있었다.

"자, 다시 상대를 정해야지?"

부루가 항아리를 땅에 내려놓고 고개를 돌려 곽풍산 곁에 있는 원무극을 불렀다.

"무극, 이리 와!"

부루의 부름에 원무극의 신형이 그 자리에서 사라지더니 불쑥 송추월과 부루 앞에 나타났다.

"귀신같은 녀석."

원무극의 신묘한 신법에 부루가 경계심이 묻어나는 목소리로 중얼거렸다.

"너도 만만치 않던데? 풍산을 상대할 때 네 신법은 나보다 나으면 나았지 모자라지 않았다. 난 네가 살법을 배운 줄 알았어."

"후후, 그래? 고맙군. 어쨌든 다시 상대를 정해야 해."

부루가 세 사람 중앙에 놓인 항아리를 가리키며 말했다. 그러자 원무극이 거침없이 손을 들었다. 그러자 항아리에 있던 화살 세 개 중 하나가 원무극의 손에 들어갔다.

"청색이네?"

원무극이 화살을 들어 송추월과 부루에게 푸른색이 칠해진 촉을 내보였다. 그러자 이번엔 송추월이 손을 흔들었다. 방금 전 비무가 끝났지만 공력은 여전히 싱싱해서 마치 고기를 잡아 올리듯 항아리에서 화살이 뽑혀 올라와 허공을 격하고 송추월의 손에 들어갔다. 송추월이 손에 들어온 화살을 거꾸로 들어 부루와 원무극에게 화살촉을 내보였다. 피처럼 붉은색이 살촉에 묻어 있었다.

이제 남은 화살은 하나, 선택의 여지 없이 부루가 마지막 남은 화살을 향해 손을 휘저었다. 그러자 화살이 항아리에서 솟아올라 부루의 손에 들어갔다. 파란색 촉이 부루의 손끝에서 모습을 드러냈다.

"운이 좋군."

송추월이 화살을 다시 항아리에 던져 넣으며 중얼거렸다.

다음 비무의 상대는 정해졌다. 부루와 원무극 두 사람이 다시 화마경의 주인이 되기 위해 비무를 펼쳐야 한다.

"내일 하자면 내일 하겠다."

원무극이 부루를 보며 말했다. 부루는 이미 곽풍산과 비무를 치렀기에 그 공력이 많이 쇠잔해졌을 것을 배려한 말이었다.

"후후, 녀석. 여전히 독하지 못하구나, 살수라는 놈이."

부루가 원무극을 보며 낮은 웃음을 흘렸다.

"뭐, 사람 죽이는 일은 사실 독한 것과는 상관없어. 얼마나 절실하냐의 문제지. 어때? 내일 할까?"

"그럼 너에게 불리할 텐데?"

"나도 그리 녹록지는 않을 거다."

원무극이 한줄기 미소를 지으며 말했다. 그러자 부루가 잠시 생각에 잠겼다가 입을 열었다.

"내일이 아니라 오늘 밤은 어떠냐?"

"한밤중에 비무를 하자고?"

원무극이 놀란 표정으로 물었다. 비록 화마경이라는 전대미문의 신경을 두고 벌이는 비무지만 그렇다고 밤을 새우며 치러야 할 만큼 시급한 비무는 아니었다. 그들에게 시간은 바다의 물처럼 많았다.

"네가 내 사정을 한 번 봐주었으니 나도 네 사정을 봐주겠다는 말이다."

부루의 말에 원무극이 살짝 아미를 줍혔다.

"밤에 비무를 치르는 것이 내 사정을 봐준 거라고?"

원무극이 되물었다. 그러자 부루가 정색을 하며 말했다.

"네 말대로 난 풍산과 비무를 하느라 공력이 많이 소진되었다. 하지만 두어 시진 운기를 하면 공력은 곧 회복되겠지. 그럼 해가 지고 밤이 될 거다."

"그래서?"

"무극 넌 살수지. 네가 세우검을 익히고 있다고는 해도 그 검 역시 살수의 검이다. 그런 네게 백주에 정면으로 나서 치르는 비무는 사실 공정한 것이 아니다. 내 제안은 이렇다. 오늘 밤 네가 살수로서 날 찾아와라. 난 그런 널 맞이하겠다. 물론 이 방법도 네게 썩 유리한 것은 아니다. 왜냐하면 난 네가 올 것이라는 걸 알고 있으니까. 뭐, 하지만 그래도 밝은 대낮에 하는 비무보다는 낫겠지."

부루의 제안에 원무극의 표정이 차갑게 변했다.

"내 살법을 상대할 자신이 있나 보구나."

"말했잖아. 네가 배려한 것에 대한 보답이라고."

"후회할 거다."

"두고 보면 알겠지. 후회해도 어쩔 수 없고."

부루의 대답에 원무극이 잠시 부루를 노려보다 천천히 고개를 끄덕였다.

"좋아, 네 말대로 하겠다. 밤에 보자!"

원무극이 횡하니 몸을 돌려 자신의 거처로 돌아갔다. 그러자 부루가 송추월을 보며 말했다.

"내일 보자."

마치 자신의 승리를 확신하는 듯한 말투.

"그러지."

송추월이 무심하게 답을 하고는 훌쩍 신형을 날렸다. 그러자 그의 몸이 바람을 타는 낙엽처럼 허공을 가르더니 이내 자신의 숙소로 사라졌다.

"추월, 내일 반드시 널 넘겠다."

부루가 나직하게 중얼거렸다.

*   *   *

"어떠냐?"

어둠 속에서 칙칙한 노인의 목소리가 흘러나왔다.

"저희가 어찌 감히……."

"흐흐, 감히 이 마효의 제자들을 평가하느냐고?"

"그렇습니다, 경주."

"후후, 속마음은 다르지 않은가? 저런 애송이들이라면 나도 상대할 수 있을 텐데, 뭐 그렇게 생각하고 있지 않은가?"

"어찌 그런 불경한 마음을 갖겠습니까? 더군다나 저분들은 다른 네 분과의 경쟁에서 승리한 분들 아닙니까?"

"그래, 그렇지. 하지만 여전히 너희 눈에는 애송이겠지?"

"아닙니다. 전 오히려 저분들을 두려워하고 있습니다."

"크큭! 적해, 넌 정말 아부가 많이 늘었구나."

마효의 말에 그를 상대하던 자가 입을 다물었다. 적해라면 송추월 등에게 마효의 말을 전한 자다. 그의 머리에 서리가 내린 지 오래건만 마효는 그를 마치 아이 다루듯 하고 있었다. 그런 마효에게 적해는 어떤 반발도 하지 못했다. 신마계에서 마효가 어떤 위치의 사람인지 여실히 드러나는 모습이었다.

"어쨌든 말해 봐. 누가 이길 것 같아?"

"그것이……."

적해가 쉽게 답을 하지 못했다.

"어렵나?"

"그렇습니다. 당장 오늘 밤의 승부조차 그 결과를 짐작키 어렵습니다."

"이런 바보 같은 놈!"

마효가 늙은 적해에게 욕을 해댔다.

"죄송합니다, 경주."

"됐어. 오늘 밤은 독한 놈이 이길 거야."

"부 대인 말씀이십니까?"

"대인? 끌끌끌, 산적 놈들이 출세했군. 적해 너에게 대인 소리까지 듣고."

"경주님의 제자 분들이시니 당연히……."

"좋아, 좋아. 어쨌든 네 말대로 부루 그 녀석이 오늘 밤은 승리할 거야."

"무공으로 보자면 당연한 일이지만……."

"원가 놈이 뛰어난 살수라서 변수가 될 거란 생각은 버려. 부루 그 녀석이 원가 놈을 밤에 초대할 때는 그만한 준비를 마쳤다는 뜻이니까."

"설마 오히려 원 대인이 함정에 빠졌다는 말이십니까?"

"그걸 몰랐단 말이야? 어리석은 놈. 부루 그 녀석은 독한 놈이야. 조금이라도 손해 볼 일을 할 놈이 아니라는 거지. 원가 놈은 오히려 낮에 부루 녀석을 상대하는 게 나았을 거야. 녀석이 준비를 하고 있다면 원가 놈의 필패다. 문제는 내일의 싸움인데……."

마효가 고개를 갸웃했다.

"승부를 점치기 어려운 비무 같습니다."

적해가 공손하게 말했다.

"그래. 그 싸움은 나도 결과를 예상하기 어려워. 내가 전한 무공과 대호산에서의 성취를 보자면 송가 녀석이 낫다고 할 수 있지만… 부루 녀석의 지모가 워낙 뛰어나니 어떤 수를 들고 나올지……."

"송 대인께 마음을 두고 계십니까?"

적해가 묻자 마효가 고개를 저었다.

"모르겠다. 마음이 가는 것은 맞지만 사실 마경주의 자리는 부루 녀석이 더 어울리지. 독심을 가지고 있거든. 화마경은 독심을 지닌 자라야 대성할 수 있으니까."

*　　　*　　　*

묘인곡에 어울리지 않는 산새 소리에 송추월이 눈을 떴다.

'괜찮군.'

송추월은 잠시 그 자리에 누워 있었다. 간밤의 승부에 대한 궁금함은 없었다. 승자는 이미 정해져 있는 것이나 마찬가지였다. 송추월은 처음부터 이 승부가 부루와 자신의 싸움이 될 것이라는 것을 짐작하고 있었다. 비록 원무극이 살법의 최고봉에 이르러 있다 해도 부루를 이길 가능성은 삼 할을 넘지 않았다. 물론 이런 방식의 비무가 아니라 강호에서의 싸움이라면 다르겠지만 예정된 살수의 공격에 당할 부루는 아니었다.

"부루, 지금까지는 네 계산대로 되었겠지만 오늘은 다를 거다. 난 너에게 목숨을 맡길 생각이 없으니까."

송추월이 나직하게 중얼거리고는 자리에서 일어났다. 그의 얼굴에 수년 동안 깃들었던 마기가 느껴지지 않았다. 마치 아이가 새해 아침에 깨끗이 목욕을 한 것처럼 투명한 빛이 감도는 송추월의 얼굴이었다. 그러나 잠시 후 송추월이 아침 햇살이 비치지 않은 곳으로 이동했을 때 그의 얼굴은 다시 예전처럼 잿빛의 우울함으로 변했다.

송추월이 천천히 열린 문을 통해 여덟 개의 건물이 둘러선 광장으로 나왔다. 광장은 조용했다. 간간이 들려오는 새소리만 제외하자면 완전한 침묵의 세계였다.

송추월은 삼사 장 앞으로 걸어나와 검을 가슴에 품고 우뚝 섰다. 아직 다른 네 친구 중 누구도 나오지 않고 있었다. 그렇게 얼마나 지났을까. 문득 건너편 건물에서 곽풍산과 대일이 동시에 모습을 드러냈다.

"일찍 나왔네? 부루와 무극은?"

"아직."

곽풍산의 물음에 송추월이 짧게 대답했다.

"이거 승부가 어떻게 된 거지?"

"글쎄, 간밤엔 무척 조용하던데 서로 겨뤄보기는 한 걸까?"

"그러게 말이야. 나도 쥐새끼 한 마리 움직이는 소리를 듣지 못했는데."

대일이 고개를 갸웃했다. 그런데 그때 북쪽 건물의 문이 열리며 부루가 모습을 드러냈다.

"역시 부루 너냐?"

곽풍산이 마치 짐작하고 있었다는 듯 물었다. 그러나 부루는 곽풍산의 물음에 답을 하는 대신 송추월을 보며 입을 열었다.

"추월, 네 상대는 나다."

부루의 얼굴에서 강렬한 욕망의 빛이 떠올랐다. 더불어 송추월과의 승부에 대한 자신감도 묻어났다.

"예상하고 있었다. 무극은?"

송추월이 여전히 모습을 드러내지 않고 있는 원무극을 걱정하며 물었다.

"아마 며칠은 몸을 추슬러야 할 거다."

"다친 모양이군."

"제법 치열한 싸움이었지."

"비무가 아니라?"

송추월의 질문에 부루가 차가운 미소를 지었다.

"살수에게 비무는 어울리지 않더군."

"너에게 어울리지 않는 게 아니라?"

송추월이 물었다. 그러자 부루가 다시 미소를 흘렸다.

"맞다. 특히 너와의 비무는 더 이상 비무로 볼 수 없지. 화마경이 걸려 있으니까."

"네가 그렇게 생각한다면 나도 그리 생각하지."

"잘 생각했다. 오늘이야말로 우리 다섯 중 누가 가장 강한 사람인지 알 수 있을 거다. 넌 항상 우리보다 한발 앞서 있다고 생각했겠지만."

"꽤 자신있나 보군."

"무극의 살검을 막아내며 난 내 자신에 대해 확신을 가질 수 있었다. 그 확신을 오늘 확인해 봐야겠어."

그런데 그때 갑자기 원무극이 사용하는 건물의 문이 거칠게 열리며 원무극이 모습을 드러냈다.

"무극, 괜찮아?"

며칠 모습을 보이지 않을 거란 소리를 들었던 곽풍산과 대일이 놀란 표정으로 원무극을 바라봤다. 그러자 원무극이 검을 지팡이 삼아 짚고 몇 걸음 앞으로 나서더니 가볍게 미소를 지었다.

"괜찮아."

"뭐가 괜찮아? 힘들어 보이는데. 들어가 쉬어."

대일이 원무극 곁으로 다가서며 말했다. 그러자 원무극이 여전히 미소를 지으며 고개를 저었다.

"아니. 오늘 비무를 놓칠 수는 없지. 지난 십수 년간 우리 다섯 사람은 어쩌면 이번 비무를 위해 무공을 수련했다고 해도 과언이 아니다. 그 결과를 봐야 하지 않겠어? 그리고 난 살수야. 살수가 이 정도 부상으로 누워 있을 수는 없지. 후후후!"

원무극의 고집에 대일이 더 이상 입을 열지 않았다. 그러자 멀리서 송추월이 원무극을 향해 소리쳤다.

"무극, 괜찮은 거냐?"

"괜찮아! 죽진 않아! 다행히 부루가 쓴 독이 극독은 아니더라고!"

"독?"

송추월이 놀란 눈으로 부루를 바라봤다. 그러나 부루는 송추월의 시선을 회피했다. 그러자 다시 멀리서 원무극이 입을 열었다.

"흐흐, 추월, 조심하라고! 부루의 독과 암기는 정말 무섭더라고! 난 하마터면 죽을 뻔했어! 거의 완벽한 함정이었지!"

순간 부루가 원무극을 돌아보며 날카롭게 소리쳤다.

"무극, 우리 둘의 비무에 관여할 생각인 거냐?"

부루의 눈에서 차가운 살기가 번들거렸다.

"아니. 뭐, 네 무공이 대단하다고 칭찬하는 거지. 후후후, 네가 날 어두운 밤에 초대한 이유도 들려주고 싶었고. 넌 내가 이곳에 나오지 못할 줄 알았겠지? 하지만 부루야, 살수는 말이야, 언제나 최악의 상황을 대비한 대책을 세워두는 법이란다. 네가 내 입을 막으려 했으면 극독을 써야 했을 거야. 나에겐 괜찮은 해약이 있었으니까. 네가 사용한 독에 내 해약이 제법 잘 들더군. 물론 그래도 네 암기에 당한 상처는 며칠 치료가 필요하겠지만."

"널 죽이지 않은 걸 고맙게 생각해!"

부루가 다시금 원무극을 노려보며 말했다.

"아아, 고맙긴 하지. 고마워. 언젠가 이 은혜를 갚을 날이 있겠지."

원무극이 묘한 미소를 흘렸다. 그러자 부루가 더 이상 원무극을 상대하지 않겠다는 듯 고개를 돌렸다.

"독과 암기……. 그런 준비를 했었나?"

송추월이 부루를 보며 물었다.

"비무나 하지."

부루가 비무를 서둘렀다.

"이제야 이유를 알겠군. 무극과의 비무를 밤으로 정한 네 속내 말이다. 넌… 내가 네 암기와 독에 대해 모르길 바란 거군."

"홍, 네가 그 사실을 알아도 난 상관없다. 널 상대할 충분한 자신이 있으니까."

"그래? 하지만 네 표정은 그게 아닌데?"

"추월, 넌 항상 네가 우리 머리 위에 있는 듯 행동해 왔지. 하지만 오늘 그 행동이 얼마나 오만했던 것이었는지 확인시켜 주마."

"후후, 우리 머리 위에 있다고 생각한 사람은 내가 아니라 언제나 너였지. 넌 언제나 우릴 이용하려고만 들었으니까. 하지만 오늘은… 결코 네 욕망을 채울 수 없을 거다. 오늘만큼은 나 역시 단 일보도 너에게 양보하지 않을 테니까."

"양보? 지금껏 내가 얻은 것은 누가 양보해서 얻어진 것이 아니다. 오직 내 힘으로 이뤄온 것이지."

"그 생각이 틀렸다는 걸 가르쳐 주마."

"기대하지."

순간 부루의 손이 움직였다. 그러자 그의 손에서 순식간에 여덟 개의 수영이 생겨났다. 부루의 독문 무공 쇄금수가 펼쳐진 것이다.

"젠장, 역시 우리는 아니었던 건가?"

대일이 탄식을 흘렸다.

"그러게 말이다. 난 이곳에 오면서 이젠 저 두 놈을 따라잡았다고 생각했는데… 이제 보니 더 벌어졌네."

곽풍산도 고개를 저었다.

"추월은 몰라도 부루 녀석은 예상외야. 설마 저렇게까지 강할 줄은 몰랐어."

대일이 고개를 저으며 말했다.

"녀석은… 오원지의 도움을 받았어. 우린 지난 세월 내내 마효 그 노인네가 전해준 무공에 한정되어 있었지만 부루 녀석은 오원지를 통해 신마계의 무공을 더 많이 흡수한 거지. 녀석의 무공을 봐. 그 노인네에게 전수받은 쇄금수만 쓰는 것이 아니잖아? 신법과 장력, 그리고 각법을 쓰는 게 보통이 아니야."

곽풍산이 눈을 가늘게 떠 부루를 살피며 말했다.

"그것만이냐? 독과 암기가 남아 있다."

원무극이 독한 눈으로 부루를 노려보며 말했다.

"정말 부루가 너에게 독과 암기를 썼어?"

대일이 물었다.

"그렇다니까. 녀석은 미리 해약을 복용한 상태로 날 기다리고 있었지. 그래서 난 녀석의 방에 들어가는 순간 독에 중독됐다."

"무슨 독이었는데?"

"잘 모르겠어. 일단 독을 들이마시니까 몸이 굳어지더라고. 그 상태에서 암기가 날아왔지. 서너 번은 피하고 반격을 했는데 일각쯤 지나니까 더 이상 몸이 움직이지 않더군. 해서 패배를 자인하고 물러나는 순간 녀석의 암기가 다시 날아왔어."

"패배를 인정했는데도 공격을 했단 말이야?"

"그래."

"설마 널 죽이려고?"

"어쩌면 그랬을지도 모르지."

"하지만 녀석이 왜 널?"

"오늘을 위해서였겠지. 추월에게 자신이 독과 암기를 쓴다는 걸 감추기 위해. 하지만 녀석의 암기는 날 죽이지 못했지. 그러나 제법 엄중한 부상을 입기는 했어. 사실 이렇게 나와 있으면 안 되는데……."

"들어가. 몸 축나기 전에."

대일이 다시 원무극에게 권했다.

"아니. 까짓 며칠 더 고생하더라도 녀석들의 승부는 봐야지."

"망할 놈, 고집은."

대일이 혀를 차면서도 더 이상 원무극에게 들어가기를 권하지 않았다. 그사이에도 송추월과 부루의 비무는 치열하게 전개되고 있었다.

파파팟!

부루가 허공에 만들어내는 수영들은 생겨나는 족족 송추월의 검에 파괴됐다. 그래서 부루의 공격은 송추월의 몸 일 장 안으로는 전혀 들어오지 못하고 있었다. 송추월의 반격 또한 아슬아슬하게 부루의 몸을 스쳐 지날 뿐 그의 몸에 상처를 내지 못하고 있었다. 부루의 신법은 기이하기 이를 데 없어서 송추월의 예측 불허의 검식을 위기 속에서도 제법 잘 피해내고 있었던 것이다.

서로의 공격이 상대에게 큰 타격을 주지 못하자 비무가 길어지기 시작했다. 비무는 순식간에 백 초를 지났고, 다시 이백 초가 지날 때까지도 두 사람은 서로를 베지 못하고 있었다.

그러나 비록 서로에게 상처를 입히지 못하고 있었지만 무공의 우열은 서서히 모습을 드러내기 시작했다. 부루가 기이막측한 신법과 쇄금수에 이은 장법과 각법으로 송추월을 상대하고 있었지만 송추월의 내공은 부루를 능가하고 있었고, 그의 무혼검 역시 시간이 지날수록 부루의 몸에 가까이 다가서고 있었다.

"역시 추월이야!"

원무극이 한줄기 미소를 지으며 중얼거렸다. 멀리서 비무를 지켜보고 있던 친구들도 비무의 상세가 서서히 송추월 쪽으로 기울어져 가고 있는 것을 느끼고 있었다. 특히 교환한 초식 수가 이백 초에 이르기 시작하면서부터는 부쩍 부루가 지친 모습을 보이고 있었다.

"간밤에 독을 썼다지만 그래도 네게 고생을 좀 한 모양이다. 녀석이 힘겨워하는 것 같아."

대일이 깊은 눈으로 송추월과 부루의 비무를 보며 말했다.

"또 모르지. 무슨 수를 숨기고 있는지."

부루와 비무를 해 패한 곽풍산이 의심 어린 음성으로 말했다.

"남은 건 독과 암기뿐이야."

원무극이 말했다.

"기회가 있을까? 추월이 독과 암기를 쓸 기회를 전혀 주지 않을 것 같은데? 추월 녀석, 무섭네."

대일이 고개를 갸웃했다.

"글쎄, 내 생각에는 이대로 싸움이 끝날 것 같지는 않은데?"

"그래? 어디 살수의 예감을 한번 믿어볼까?"

대일이 팔짱을 끼며 말했다.

송추월의 변화막측한 움직임과 종잡을 수 없는 검로는 갈수록 위력을 더해 부루를 점점 더 위기로 몰아넣고 있었다.

그러나 뒤로 밀리면서도 부루는 날카로운 안광을 거두지 않았다. 간혹 뇌려타곤의 수법으로 땅 위를 구를 때조차 부루의 눈빛은 변하지 않았다.

한순간 송추월의 검이 부루의 가슴을 노리는가 싶더니 순식간에 방향을 틀어 부루의 옆구리를 찔렀다. 보통의 검객이라면 상상할 수 없는 검로의 변화를 송추월은 자유자재로 만들어내고 있었다.

"흡!"

부루가 당황한 듯한 음성을 흘리며 재빨리 몸을 틀었다.

삭!

미세한 파공음과 함께 부루의 옷깃이 잘려 나갔다. 드디어 비무를 시작한 이후 처음으로 송추월의 검이 부루의 몸에 닿은 것이다. 옷깃을 베인 부루가 황급히 다섯 걸음 정도 뒤로 물러났다. 송추월은 이 기회에 비무의 승부를 보려는 듯 재빨리 부루를 따라붙었다.

팟!

송추월의 검에서 뻗어나간 검기가 부루의 두 다리를 훑었다. 그러자 부루가 허공으로 둥실 떠오르며 번개처럼 두 손을 내밀었다.

우웅!

부루의 손에서 만들어진 두 개의 수영이 거대한 파공음을 내며 송추월을 향해 다가왔다. 그러자 송추월이 가슴으로 부루의 수공을 받아내는 듯한 자세를 취하다가 수영이 바로 가슴 앞에 도달했을 때 빙글 몸을 회전시켰다. 매끄럽게 부루의 공격을 피해낸 송추월이 번개처럼 검을 횡으로 휘둘러 부루의 옆구리를 잘라갔다.

"엇!"

또 한 번 부루의 입에서 다급성이 흘러나왔다.

삭!

그리고 연이어 부루의 허리춤이 다시금 송추월의 검에 베어졌다. 송추월은 손끝의 감각으로 옷뿐 아니라 부루의 몸도 약간의 손상을 입었음을 깨달았다.

"끝내지?"

송추월이 여유를 두지 않고 부루의 가슴을 찔러가며 물었다. 그러자 부루가 마치 그만하자는 듯 왼손을 들어 달려드는 송추월을 향해 흔들었다. 송추월은 부루의 행동에 그가 비무를 포기했다고 판단하고 재빨리 검을 거둬들였다. 그런데 그 순간 송추월을 향해 흔들어대던 부루의 손에서 검은 가루가 흩뿌려졌다.

"독!"

멀리서 지켜보던 원무극의 입에서 경고성이 터졌다. 송추월 역시 부루의 손끝에서 퍼져 나오는 검은 가루가 독이라는 것을 본능적으로 알아챘다. 송추월이 재빨리 뒤로 물러났다. 부루의 손에서 나온 검은 가루가 순식간에 기화하며 흑무로 변했다. 그리고 그 흑무의 끝이 아슬아슬하게 송추월의 코끝을 스쳤다.

"으음!"

송추월이 가벼운 신음성을 흘리며 다시 대여섯 걸음 물러난 후 신형을 세웠다. 그의 안색이 창백하게 변하고 있었다.

"승부는 아직 끝나지 않았어."

창백해진 송추월을 보며 부루가 차갑게 말했다.

"치졸한 술수를 쓰다니……."

"치졸한 술수? 흥, 일이 이렇게 된 건 너의 방심 때문이다. 내가 언제 승부를 멈추자고 했더냐?"

"이렇게 해서 이긴들 너에게 무엇이 남을까?"

"왜 남는 게 없겠어? 화마경이 내 손에 들어올 텐데. 신마계의 주인이 될 거고… 너희의 주인이 될 거다. 그리고 천하가 내 손에 들어오겠지."

부루가 욕망에 이글거리는 눈빛으로 송추월을 보며 말했다. 그러면서 천천히 송추월을 향해 다가왔다.

"추월, 넌 대단한 놈이야. 난 거의 패할 뻔했어. 네 말대로 널 속이지 못했다면 말이야. 하지만 속임수도 강호에선 싸움의 일부일 뿐이다. 그러니… 이제 그만 검을 거둬라. 넌 정말 쓸모가 많은 친구니까."

"네가 이겼다고 생각하나?"

"물론, 네가 마신 독은 절산(絶酸)이라는 산공독이다. 무극이 당했던 바로 그 독이지. 네 공력은 평소의 오분지 일도 남아 있지 않을 거야. 그러니 어찌 날 상대하겠느냐?"

"절산이라……. 좋은 독이군. 나도 언제 한번 써봐야겠어."

"후후, 나중에 충분히 구해주지. 자, 이젠 그만 끝내야겠다. 검을 거두든지 아니면… 내가 손을 쓰지."

부루가 득의한 음성으로 말했다. 그러자 송추월이 가만히 부루를 응시하다 천천히 검끝을 땅으로 내렸다.

"후후, 잘 생각했다. 계속 겨뤄봐야 네 몸만 상하게 될 테니까. 자, 화마경은 이제 내 것인 건가?"

부루가 천하를 얻은 듯한 표정으로 중얼거렸다. 그러자 송추월이 고개를 끄덕였다.

"그래, 비무는 끝났다. 승부는 결정됐어. 그런데… 화마경이 네 것은 아니야."

"후후, 그게 무슨 말이냐? 난 이 승부에서 이겼는데."

부루가 실소를 흘리며 물었다. 순간 땅을 향해 있던 송추월의 검끝이 거의 빛과 같은 속도로 움직여 부루의 목을 찔렀다.

"헉!"

예상치 못한 순간 너무도 급작스런 공격에 부루가 미처 송추월의 검을 피하지 못하고 그대로 그의 검 앞에 목젖을 노출했다. 송추월의 검이 부루의 목을 살짝 파고들어 피를 낸 상태로 정지했다.

"부루, 이 싸움의 승자는 나다. 난 네 독에 당하지 않았다. 네가 언젠가는 독을 쓸 거라는 걸 잊지 않고 있었으니까. 그러니 승자는 나다. 네게 선택할 수 있는 길은 둘이다. 죽음과 패배. 어느 쪽이냐, 부루?"

第六章
신전으로의 초대(招待)

화마경

당당당당!

날카로운 소성이 묘인곡 장원을 깨웠다. 대호산 다섯 친구의 비무가 막을 내린 어제, 그리고 그날 밤, 그들은 각자의 처소에서 조용한 시간을 보냈다.

강호라면 승리자를 축하고 패배자를 위로하는 주연이라도 벌어질 만했지만 대호산의 다섯 친구는 비무가 끝난 후 또 다른 긴장감에 싸여 서로가 서로를 만나기를 꺼렸다.

비무가 끝나면 그들 간의 갈등이 모두 해소되고 그들이 다시 십수 년 전의 친구 사이로 돌아갈 거란 기대는 헛되이 사라졌다. 이제 승리한 자에 대한 질시와 두려움으로 그들 사이는 예전보다 더한 긴장감을 흘러내고 있었다.

그렇게 침묵의 밤을 보낸 다음날 아침 장원의 아침을 깨운 것은 묘인곡에 어울리지 않는 맑은 새소리가 아니라 쇳덩이를 두들겨 대는 날카로운 소음이었다.

송추월이 창가에 다가섰다. 잠을 깬 것은 오래전의 일이었다. 승리자로서, 마효의 후계자로서, 그리고 미래의 화마경 주인이 될 사람으로서 그는 자신의 인생이 크게 변했다고 생각했지만 그 변화가 피부로 느껴지지는 않았다. 어제와 같은 오늘이 다시 그를 찾아왔다. 다른 것이 있다면 이 신경을 거슬리는 쇳소리.

송추월이 고개를 들어 소리가 들리는 곳으로 시선을 주었다. 그러자 십여 명의 인물이 징의 모양이지만 꽹과리 소리가 섞여나는 쇳덩이를 든 자를 앞세우고 장원을 향해 다가오고 있었다. 소리는 바로 그 쇳덩이를 두드려서 만들어내는 것이었다.

"뭐야?"

소리에 잠을 깼는지 멀리서 곽풍산이 인상을 쓰며 자신의 거처를 벗어났다. 곽풍산뿐 아니라 뒤를 이어 대일과 부루도 모습을 보였다. 부루는 거처를 벗어나면서 흘깃 송추월의 창을 바라봤다. 송추월 역시 그런 부루에게 시선을 주었는데 부루의 눈은 패배자답지 않게 생기가 있었다.

'무슨 다른 수를 생각하고 있는 거냐, 부루?'

비무에서 패하는 순간 천하를 잃은 듯한 표정이었던 부루가 하룻밤 사이에 변한 것은 확실히 이상한 일이었다. 이런 생기란 그에게 어떤 희망이 생겼다는 의미. 신마계에서 그가 생기를 찾을 이유는 오직 하나였다. 화마경에 대한 욕망의 불씨를 다시 살려내는 것.

"경거망동하지 마라. 어쩌면 널 벨 수도 있으니까."

송추월이 나직이 중얼거렸다. 그리고는 훌쩍 몸을 날려 창을 통해 광장에 내려섰다.

"뭐냐?"

이젠 화마경의 후계자로서 장원의 문을 열고 밖으로 나선 송추월이 징을 든 적해를 보며 위압적으로 물었다. 징을 든 자는 마효의 삼노 적해였는데, 그의 뒤쪽으로 똑같은 묵 빛 장삼을 걸친 열 명의 수행자가 따르고 있었다.

"송 대인을 뵈옵니다."

적해가 새삼스럽게 정중히 고개를 숙였다.

"뭐냐니까?"

송추월이 좀 더 거친 음성으로 물었다. 그러자 적해가 한줄기 미소를 지으며 대답했다.

"먼저 경쟁에서 승리하신 것을 진심으로 축하드립니다."

"살피고 있었군. 아니면 사람을 두었었나?"

"다섯 대인의 비무는 놓치기 힘든 구경이지요."

"그래, 무슨 일이냐?"

송추월이 다시 차갑게 물었다.

"경주의 말씀을 전하러 왔습니다."

"지난번과 달리 이렇게 요란하게 온 이유는?"

"지난번은 은밀히 전하는 전언이었고 오늘은 공식적으로 경주님의 첩지와 신패가 내려지는 날이라 격식을 차렸습니다."

"첩지와 신패?"

"그렇습니다. 경주께서 송 대인께 지왕로를 통해 신전에 오르라는 첩지와 신패를 내렸습니다. 가져오시게."

적해의 말에 뒤따라온 묵빛 장삼의 사내 중 한 명이 공손히 앞으로 나와 무릎을 꿇더니 황금 쟁반에 무쇠 철패와 한 장의 붉은색 비단 주머니를 올려 송추월에게 바쳤다.

"받으시지요."

적해가 송추월에게 쟁반 위의 물건을 취하기를 권했다. 송추월이 덤덤한 표정으로 두 개의 물건을 들어 올린 후 비단 주머니 안에 든 첩지를 꺼내 펼쳤다.

첩지에는 간단한 문구만이 적혀 있었다.

신전으로 들라.

"이게 단가?"

"그렇습니다. 신패를 들고 지왕로를 통해 신전에 오르시면 막는 사람이 없을 겁니다."

적해의 말에 송추월이 묵묵히 고개를 끄덕였다. 그런데 그때 문득 뒤에 있던 부루가 입을 열었다.

"그런데 지왕로를 통해 신전에 오르려면 며칠 걸리는 거 아니오?"

"그렇지요. 지왕로는 신마봉 동쪽에 있으니."

적해가 대답했다.

"그럼 뭐 하러 멀리 돌아가. 가까운 곳에 길이 있는데."

"가까운 곳이라니?"

대일이 부루를 보며 물었다.

"바로 옆에 인수로가 있잖아."

"하지만… 그건……."

"이미 우리 사이의 승부는 결정됐어. 또한 다른 네 명의 사형도 모두 죽었고. 그럼 인수로나 지왕로나 다를 바가 뭐가 있겠어? 그냥 인수로로 가면 되지. 안 그래, 추월?"

부루의 말에 송추월이 고개를 끄덕였다.

"그렇기도 하군."

그러자 앞에 있던 적해가 고개를 저었다.

"그건 안 될 말입니다."

"왜 안 된다는 거지?"

송추월이 물었다.

"경주께서 이미 송 대인을 지목해 지왕로를 통해 신전에 오르시라 명을 하셨으니 대인께서는 그 명을 따르셔야 합니다."

"후후, 어차피 신전에만 들어가면 될 일. 이 길 저 길 따질 이유는 없지. 그대의 주인께 전해. 내일 중으로 신전에 오르겠다고."

"하지만……."

"당신은 그냥 말만 전하면 돼."

송추월이 차가운 말투로 말했다. 그러자 적해가 공손하게 허리를 굽혔다.

"알겠습니다. 그리 전하지요. 신전에서 뵙지요."

적해가 공손하게 고개를 숙여 보이고는 몸을 돌려 묘인곡을 떠나가기 시작했다.

당당당당!

다시금 적해의 손에 있던 징이 괴이한 소리를 내기 시작했다.

"그가 지켜보고 있을 줄은 몰랐군."

적해가 떠나가자 문득 부루가 말했다.

"마효 그 늙은이?"

대일이 부루에게 물었다.

"그래. 그가 우리 비무를 지켜보고 있었어."

"왜 그렇게 생각하지?"

"보고 있지 않았다면 이렇게 빨리 사람을 보낼 수 없지. 더군다나 그가 이용하는 천왕로가 아니라면 저들이 신전으로 돌아가기까지 며칠이 걸릴 거야. 그런데 저자는 신전에서 추월을 보자고 했거든? 그렇다면 하루 안에 신전에 도달할 방법이 있다는 거지. 결국 천왕로를 이용한다는 건데. 천왕로는 오직 그만이 이용할 수 있는 길이니까."

부루의 말에 대일이 고개를 끄덕였다.

"네 말을 듣고 나니 그런 것도 같네. 음흉한 늙은이, 어디 숨어서 우릴 지켜보고 있었던 걸까?"

대일이 고개를 들어 묘인곡 주변의 숲을 살폈다. 그러나 그 어디서도 마효의 모습은 찾을 수 없었다.

"내일 갈 거라고 했지?"

부루가 송추월에게 물었다. 그러자 송추월이 고개를 끄덕였다.

"좋아, 그럼 오늘은 잔치나 하자."

"잔치?"

"그래. 어쩌면 오늘이 친구로서 만나는 마지막 날이 될지도 모르는데 술 한잔해야 하지 않겠어?"

부루의 말에 곽풍산이 불쑥 끼어들었다.

"부루, 그게 무슨 말이야? 오늘이 친구로서 보는 마지막이라니? 다시 싸움을 시작하잔 거냐?"

"그런 말이 아니라 추월이 화마경의 후계자가 되면 우리의 생살여탈권은 추월에게 주어지잖아. 또한 이 신마계에서 경주와 그 후계자는 신(神)이야. 어느 누구도 그 권위에 도전할 수 없지. 그러니 우리가 추월의 친구 노릇을 계속하는 것은 문제가 있지."

"어? 그렇게 되나?"

곽풍산이 고개를 갸웃했다.

"그런 걱정할 필요없어. 우린 여전히 친구일 테니."

송추월이 담담하게 말했다. 그러자 부루가 고개를 저었다.

"세상일이란 게 우리 생각대로 되는 것은 아니지. 그리고 네가 여전히 우릴 친구로 생각한다 해도 역시 화마경의 후예가 되면 예전과 같을 수는 없을 거야. 그러니… 오늘이 대호산 산적 친구로서는 마지막 날인 셈이지. 내일부터 우리는 조금 다른 관계가 되는 거고. 친구이든 아니든. 그러니 술 한잔해야지."

"마시는 거야 나쁠 것 없지."

송추월이 고개를 끄덕였다. 그러자 부루가 고개를 돌리며 소리쳤다.

"이봐!"

부루의 부름에 태산오룡의 첫째 종회가 재빨리 부루 앞에 다가왔다.

"부르셨습니까?"

"술상 좀 준비시켜! 이 장원에 있는 창고를 모두 뒤져서 가장 좋은 술로!"

"알겠습니다. 준비하지요."

종회가 다시 고개를 숙여 보인 후 재빨리 장원 안쪽으로 들어갔다.

묘인곡의 장원은 마효의 네 제자 중 중마 금악이 거처하던 곳이다. 신마계에서 마효의 네 제자는 마효를 제외하면 신이나 다름없는 존재였다. 그들의 생활은 천하의 가장 깊은 오지에 있으면서도 황제나 다름없었다.

그들이 묵던 거처에는 천하의 산해진미가 가득했고, 영약과 재물도 산더미처럼 쌓여 있었다. 그리고 또한 솜씨 좋은 숙수 역시 그들의 시중을 들고 있었다.

그런 장원의 창고를 털어 준비한 상은 화려하기 이를 데 없었다.

"이거… 이런 산속에서 내 평생 가장 화려한 상을 받을 줄은 몰랐는걸."

상다리가 휘어지게 차려진 음식들을 보며 곽풍산이 침을 흘렸다.

"하지만 가장 맛있는 음식은 아니지."

"뭐? 이게 맛이 없다고?"

대일의 말에 곽풍산이 기가 막힌 듯 되물었다.

"임황의 그 숙수를 잊었어?"

"아! 미방이라는 그 숙수! 맞다, 맞어. 천하의 어느 요리도 그자의 솜씨를 따라갈 수는 없지. 하지만 뭐, 이것도 나쁘지는 않잖아? 자자, 어서 앉자. 특히 무극 너, 많이 먹어라."

원무극은 줄곧 자신의 숙소에서 운기를 하며 몸을 회복하고 있다가 곽풍산이 강제로 끌어내다시피 해서 데려온 상태였다.

"내게 필요한 건 음식이 아니라 운기야."

"알아, 알아. 하지만 이런 음식을 어떻게 널 빼놓고 먹냐. 그러니 일단 요기나 하고 들어가. 더군다나 부루의 말대로라면 오늘이 우리 다섯 사람이 대호산 산적 친구로서 보내는 마지막 날이라잖아."

"내일 오른다고?"

원무극이 문득 송추월을 돌아보며 물었다.

"그래."

"그런데 하필 왜 인수로로……."

"어차피 경쟁이 끝났는데 인수로든 지왕로든 가까운 길로 가는 게 좋지."

"하지만 인수로는 기분이 좋지 않아. 그 음습함이란……."

"이 신마봉 어느 구석인들 다르냐?"

"후후, 그렇긴 하지. 아무튼 축하한다. 술이나 한잔 받아라."

원무극이 술병을 들어 송추월에게 술을 권했다.

"잘 부탁합니다, 미래의 화마경주님!"

원무극이 아픈 몸으로도 농을 흘렸다.

"후후, 그래, 잘 봐주마!"

송추월이 농으로 받자 곽풍산이 소리쳤다.

"이거 나도 아부 좀 떨어야 하는 것 아닌가?"

"그러게. 무극 녀석이 선수를 쳤어. 아쉽네."

대일이 곽풍산의 말에 맞장구를 쳤다. 그러자 장내에 커다란 웃음이 터졌다. 오랜만에 대호산의 다섯 친구는 그들이 산적일 때의 시절로 되돌아가고 있었다.

다섯 친구만의 잔치는 밤늦게까지 이어졌다. 태산오룡을 비롯한 신마계의 고수들은 세심하게 다섯 친구의 잔치를 시중했다. 권력의 맛이란 달콤해서 대호산의 다섯 친구는 그날 밤 신마계의 권력자들로서의 즐거움을 마음껏 즐겼다.

늦은 새벽까지 계속된 잔치가 파한 후 거처로 돌아온 송추월은 잠을 자는 대신 운기를 시작했다. 술기운 때문일까. 그의 몸 안에 들어 있는 진기가 용암처럼 끓어올랐다. 빙정의 한기가 중화시킨다고는 하지만 화수유천의 기운과 화정의 뜨거움은 여전히 그의 몸을 지배하고 있었다.

그러나 그 뜨거움 속에서 송추월은 고통 대신 쾌감을 느꼈다. 오래전 신단평에서 태양을 품을 때 느꼈던 그 투명한 뜨거움이 기분 좋게 송추월의 전신을 훑어 내렸다. 어쩌면 모든 경쟁이 끝나고 화마경을 얻게 된 기쁨 때문일지도 몰랐다.

그렇게 인생에서 한 시절이 끝나고 새로운 시절이 찾아옴을 송추월은 신비로운 체험 속에 맞이했다. 그리고 미처 햇살이 창에 드리우기 전에 장원을 떠났다.

쏴아아!

거친 물이 계곡을 가득 메운 채 떨어지고 있었다. 송추월은 새벽의 어스름 속에 다시 묘인곡을 앞에 두고 있었다. 아무도 모르게 장원을 빠져나온 것은 번거로움이 싫어서였다. 그는 조용히 인수로를 통과해 신전에 들고 싶었다.

묘인곡을 통해 신전에 이르는 길은 방해만 없다면 하루면 오를 거리였다. 더군다나 공력을 이용해 경공을 발휘하면 두 시진이면 족할 수도 있었다. 그러나 송추월은 경공을 쓰는 대신 천천히 두 발로 묘인곡을 오르기 시작했다.

검은 숲과 검은 땅, 그리고 검은 하늘. 묘인곡은 여전히 음습한 기운으로 송추월을 맞이했다. 송추월은 묘인곡 중간쯤에서 시작된 계단을 오르고 있었다. 파괴된 첫 번째 관문을 통과한 지는 오래였다. 신마봉 위쪽에서 불어오는 차가운 바람이 옷깃을 날렸지만 추위보다는 상쾌함을 느끼게 하는 바람이었다.

그런데 송추월은 인수로의 마지막 관문이었던 철문 앞에 이르렀을 때 문득 자신이 한 가지 실수를 했음을 깨달았다. 그의 앞에 나타난 철문이 굳게 닫혀 있었다. 그런데 이 철문을 여는 방법을 알고 있는 사람은 오직 오원지와 부루 둘뿐이다. 나머지 사람들은 그들이 만들어놓은 틈을 힘으로 비집고 철문을 통과했었다. 안에서야 쉽게 열리는 문이었지만 여는 법을 모르고 들어가는 것은 불가능했다.

"제길, 다시 돌아가야 하나? 부루 녀석에게 문 여는 법을 묻는 걸 잊었군."

송추월이 철문 앞에서 혀를 찼다. 서른여섯 개의 별이 새겨져 있는 철문은 우악스런 모습으로 송추월의 길을 막고 있었다. 그런데 그렇게 송추월이 철문에 막혀 곤란한 처지에 처해 있을 때 예상치 못한 일이 벌어졌다.

구르릉!

갑자기 철문이 구르는 소리를 내며 안쪽으로 열렸던 것이다.

"뭐지?"

지옥의 문처럼 동혈과 이어진 철문이 활짝 입을 벌린 채 송추월을 기다리고 있었다.

"여전히 지켜보고 있는 건가?"

이런 식으로 철문을 열 수 있는 사람은 오직 한 명뿐이다. 마효. 그가 아니라면 이렇게 쉽게 철문을 열 사람은 없었다. 어쩌면 마효의 눈이 자신을 지켜보고 있을지도 모른다는 생각을 하자 송추월은 모골이 송연해졌다. 마효와 같은 사람의 시선은 악의가 없어도 사람을 경직되게 만드는 법이었다.

"어쨌든 안 갈 수는 없지."

송추월이 열린 철문 안으로 들어갔다.

그르릉!

송추월이 문 안으로 들어가자 철문이 다시 거대한 울음을 만들어내며 굳게 닫혔다. 송추월이 사라진 검은 광장은 다시 침묵에 잠들었다. 그런데 송추월이 철문 안으로 사라진 지 일각여가 지났을 때 문득 광장에 사람 그림자가 어른거리더니 불쑥 철문 앞에 한 사람이 나타났다.

"추월, 역시 들어갔구나. 네 걸음이 이곳에서 멈출 거라고 생각했는데… 역시 이 문을 여는 방법을 알고 있었더냐?"

부루였다. 부루의 눈은 붉게 충혈되어 있었다. 어찌 보면 어젯밤 늦게까지 마신 술 탓에 숙취가 아직 가시지 않았기 때문이라고 생각할 수도 있었지만 달리 보면 그의 내면에 웅크리고 있는 마기가 승한 모습일 수도 있었다.

"운이 좋은 건가, 실력이 좋은 건가? 추월 넌 항상 내 예상보다 한 걸음 더 앞서 가는구나. 하지만 그 운이 얼마나 지속될지는 누구도 알 수 없다. 어쩌면 나에게도 그 운이란 놈이 찾아올지 모르지."

나직하게 중얼거린 부루가 가볍게 손을 흔들었다. 그러자 허공에 생겨난 수영들이 철문에 새겨진 서른여섯 개의 별 중 일곱 개를 번개처럼 건드렸다.

구르릉!

철문이 부루의 손길에 따라 다시 열렸다. 부루는 깊게 호흡을 한 뒤 즉시 철문 안으로 사라졌다.

"쯧쯔!"

송추월이 혀를 찼다. 그의 발아래 한 구의 시신이 너부러져 있었다. 송추월 역시 그 이름을 알고 있는 사람, 오원지의 시신이었다.

"이곳엔 죽은 자를 거두어줄 인정도 없는 건가?"

송추월이 발로 툭 오원지의 몸을 건드렸다. 그러나 이미 오래전에 죽은 자가 움직일 리 만무였다.

"보자. 기이한 일이군. 살이 썩지를 않았어."

송추월의 눈에 이채가 서렸다. 오원지가 죽은 지 여러 날이 지났기에 그의 몸은 부패되어 있어야 했지만 오원지의 몸은 단 한 곳도 썩은 곳이 보이지 않았다. 그러니 시신에서 나는 특유의 냄새 또한 없었다.

"이 동굴에 흐르는 기운 때문일까?"

송추월이 고개를 갸웃했다. 그러나 오원지의 시신이 썩지 않은 정확한 이유를 알 수는 없었다. 잠시 후 송추월이 오원지의 시신을 들어 어깨에 올렸다.

"죽은 사람은 썩어야 해. 썩어야 흙으로 돌아가지. 그래야 다시 다음 생을 살지."

평소 없던 인정이 발해진 것은 특이한 일이었다. 하지만 동굴 한쪽에 시신을 놓아두고 가기에는 왠지 꺼림칙한 송추월이었다.

오원지의 시신을 둘러멘 송추월은 얼마 뒤 끝을 알 수 없는 깊고 검은 계곡이 동굴의 이쪽과 저쪽을 갈라놓은 지점에 도달했다.

휘이잉!

송추월이 낭떠러지 끝에 서자 지저에서 찬바람이 일어나 송추월의 몸을 휘감았다.

"역시 무서운 곳이야. 한번 휩쓸리면 빠져나올 방법이 없다니까."

송추월이 두려운 듯 한 걸음 뒤로 물러나며 중얼거렸다. 그리고는 어깨에 멘 오원지의 시신을 두 손으로 머리 위로 들어 올렸다.

"하지만 죽은 자가 잠들기엔 좋은 곳이지. 이처럼 멋진 무덤이 또 어디 있단 말인가."

송추월이 망설임없이 오원지의 시신을 계곡 안쪽으로 던

졌다.

우우웅!

거친 바람이 일었다. 오원지의 시신이 계곡 아래서 불어오
는 바람에 한순간 일 장 정도 둥실 떠올랐다. 그러나 이내 소
용돌이에 빨려 들어가는 난파선처럼 바람의 거친 회오리에 말
려 끝없는 계곡의 무저갱 속으로 사라졌다.

"무덤치고는 괜찮은 곳일 거요."

사라지는 오원지의 시신을 보며 송추월이 나직하게 중얼거
리고는 걸음을 왼쪽으로 옮겼다.

"이쯤이었는데……."

송추월이 고개를 갸웃했다. 고부가 무너뜨린 석교 때문에
이 기이한 바람의 계곡을 건너려면 다시 바람의 길을 찾아야
했다. 송추월은 앞서 바람을 타고 건넜던 지점에 섰다. 그러다
가 문득 살짝 고개를 갸웃했다.

"어쩌면 바람의 방향이 변하지 않았을까?"

의심이 일자 선뜻 몸을 날릴 수 없는 송추월이었다. 송추월
이 옷자락을 조금 뜯어냈다. 그리곤 계곡을 향해 옷자락을 던
졌다.

휘이잉!

다시금 소름 끼치는 바람이 불어와 계곡 안에 들어온 옷자
락을 휘감았다. 옷자락은 바람 앞의 촛불처럼 위태롭게 흔들
렸다. 그러나 잠시 후 계곡 속으로 빠져들 것 같던 옷자락은
기이하게도 위태롭게 바람을 타며 계곡의 건너편에 도달하는

것이었다.

"다행히 바람 길이 변하지는 않았군."

송추월이 내심 안도의 숨을 내쉬고는 공력을 발에 모았다. 일단 공력이 몸을 떠밀자 그의 몸이 가볍게 계곡 위로 날아올랐다. 연이어 그의 몸 전체를 계곡 아래에서 불어오는 바람이 떠받쳤다. 그 순간 송추월이 가마를 타듯 바람에 몸을 맡겼다. 그러자 바람이 송추월의 몸을 건너편으로 실어 나르기 시작했다. 그런데 그 순간,

"추월, 잘 가거라!"

한마디 음울한 작별 인사가 송추월의 귀에 들려왔다. 송추월이 급히 허공에서 몸을 틀었다. 그러자 그가 서 있던 자리에 부루의 모습이 보였다. 더불어 부루의 손을 떠난 다섯 개의 암기가 송추월을 향해 날아들고 있었다.

쐐애액!

날카로운 파공음과 함께 부루가 던진 암기가 거센 계곡의 바람을 뚫고 송추월을 향해 닥쳐들었다.

"부루!"

송추월이 노성을 발하며 검을 휘둘렀다.

차차창!

부루가 날린 암기가 송추월의 검에 맞아 사방으로 비산했다. 하지만 그 충격에 송추월의 신형이 크게 흔들리며 바람의 길에서 벗어났다.

휘이잉!

바람의 길에서 벗어나자마자 계곡 아래에서 낯선 바람 소리가 일어나며 다른 줄기의 바람이 불어와 송추월의 몸을 휘감았다. 그리곤 악마의 손처럼 송추월을 계곡 아래로 끌어당기기 시작했다.

"핫!"

송추월이 온몸의 공력을 끌어올리며 기합성을 터뜨렸다. 그리고는 오른발로 왼 발등을 강하게 찼다.

팟!

억지로 반탄력을 만든 송추월의 몸이 일 장 정도 떠올랐다. 그러나 여전히 계곡 아래에서 불어오는 바람은 그의 발목을 잡고 있었다.

"잇!"

송추월이 다시 힘을 쓰며 그가 벗어난 바람의 길로 돌아가려 온몸을 던졌다.

"그렇게는 안 된다, 추월!"

송추월이 천신만고 끝에 본래 그가 타고 있던 바람의 길로 돌아가려는 순간 다시 부루의 목소리가 들리더니 불쑥 송추월의 눈앞에 여덟 개의 수영(手影)이 나타나 번개처럼 그의 몸을 뒤로 밀어냈다.

쉬이익!

송추월이 다시 검을 휘둘러 다가오는 수영들을 허공에서 베어냈다. 그러나 그 때문에 송추월의 신형은 다시 뒤로 밀려났고, 그의 몸을 계곡 아래에서 불어오던 바람이 한순간에 휘감았다.

"부루!"

송추월의 노성이 동혈을 뒤흔들었다. 그가 시선을 돌려 부루를 노려봤다. 부루는 묘한 표정으로 계곡 아래로 빨려 들어가는 송추월을 보고 있었다. 그리곤 무심하게 작별의 말을 던졌다.

"잘 가거라."

휘이잉!

다시 한차례 세찬 바람이 불어오고, 송추월의 신형이 이내 계곡 아래로 사라졌다.

"네가 처음 왔던 길로 온 것이 실수였어. 풍산과 대일이 뚫어놓은 길을 따라왔다면 이 계곡에서 죽었을 리는 없겠지. 나로서는 무척 운이 좋은 일이었고. 추월, 날 원망하지는 말아라. 네가 다시 이 길로 온 것도 운명! 결국 화마경의 주인은 내가 될 운명이었던 거야. 아! 정말 다행이다. 내 손에 직접 네 피를 묻히지 않았으니. 그랬다면 평생토록 가끔 네 생각이 났을 거야. 꺼림칙하게!"

부루가 살짝 인상을 쓰더니 송추월이 했던 대로 옷자락을 뜯고 계곡에 던졌다. 옷자락이 길을 안내하듯 바람을 타고 계곡을 넘었다. 옷자락이 건너편에 닿자 부루가 지체없이 신형을 날렸다. 그의 몸이 바람을 탄 연처럼 계곡을 넘었다.

일곱 개의 무저갱이 괴물처럼 입을 벌리고 있는 거대한 지하 광장. 부루는 광장에 들어서자 가볍게 무저갱들을 넘어 광장 가장 안쪽이 있는 석문 앞에 내려섰다.

화신전으로 이어지는 석문은 언제나처럼 굳게 닫혀 있었다. 부루가 석문에 손을 댔다. 그리곤 서서히 공력을 끌어올렸다. 그러나 석문은 꿈쩍도 하지 않았다. 마치 지하 광장의 벽면을 이루고 있는 암석의 일부분인 양 석문은 부루의 가공할 공력에 미동도 하지 않았다.

부루가 한동안 힘을 쓰다 씁쓸한 미소를 지으며 서너 걸음 뒤로 물러났다. 그리고는 광장의 천장을 보며 소리쳤다.

"사부! 문을 열지 않으실 겁니까?"

부루의 외침이 광장을 뒤흔들었다. 그러나 광장의 어디에서도 부루의 외침에 대한 답은 들려오지 않았다.

"사부! 이건 신마계의 규칙에 맞지 않는 일입니다! 난 모든 경쟁자를 물리치고 인수로 통과했습니다! 그러니 당연히 신전에 들 자격이 있습니다!"

"흐흐흐, 자격?"

문득 천장 위에서 마효의 목소리가 흘러나왔다. 순간 부루가 한줄기 미소를 지었다.

"역시 계셨군요. 혹시 계시지 않는 것이 아닐까 걱정했습니다."

"네 녀석의 용기가 날 우롱할 정도더냐?"

"사부, 신전의 문을 열어주십시오. 전 모든 경쟁자를 물리쳤습니다."

"간교한 술책과 배신으로?"

"승자의 모든 과거는 아름다운 법이지요."

"하하하! 참으로 얼굴 두꺼운 놈이로다. 미안하지만 넌 신전에 들 자격이 없다."

"이유가 뭡니까?"

부루가 당돌하게 물었다.

"난 이미 첩지를 내려 다음 대 신경의 경주를 정했다. 추월이 그 적임자였고, 그에게 신패를 내려 지왕로의 문을 열었다. 그러므로 넌 자격이 없다."

"그러나 추월은 죽었지요."

"네가 감히 내가 지정한 경주의 후계자를 죽였으니 난 네놈을 죽여 신마계의 질서를 다시 잡겠다. 그리고 새로운 후계자를 정하도록 할 것이다."

순간 부루가 그 자리에 부복했다. 그러면서도 전혀 요동하지 않는 냉정한 목소리로 입을 열었다.

"사부, 물론 추월이 사부께 첩지를 받은 것은 사실입니다. 하지만 추월은 사부의 명에 따라 지왕로에 들지 않았습니다. 놈이 지왕로에 들었다면 전 순순히 놈에게 경주의 자리를 양보했을 겁니다. 하지만 놈은 사부께서 열어주신 지왕로가 아닌 인수로를 택했습니다. 인수로가 어떤 곳입니까?"

부루가 잠시 말을 끊었다. 마효의 답은 들려오지 않았다. 그러자 부루가 고개를 들어 천장을 보며 다시 말을 이었다.

"인수로란 그 누구라도 살아남는 자에게 신전에 들 자격을 주는 길입니다. 추월 스스로 지왕로를 버리고 인수로를 택했으니 인수로의 이 규칙은 다시 살아난 것이라 할 수 있습니다. 전 인수로에서 추월을 죽였고, 이제 그 누구도 절 막을 사람은 없습니다. 그러니 결국 신전에 들 사람은 제가 되어야 하는 것 아닙니까?"

"흐흐흐, 녀석, 제법 법도를 따지고 드는구나. 하지만 이 신마계의 오랜 법도 위에 서 있는 또 하나의 법이 있다. 바로 신마계의 모든 법도는 경주인 나에 의해서 정해지는 것이란 거다. 과거의 법도 따위, 내 말 한마디면 사라지는 곳이 또한 신마계다. 그런 내가 싫은데 네놈이 어찌 신경의 주인이 될 수 있겠느냐?"

"정녕 절 받아주실 마음이 없으신 겁니까?"

"그렇다."

"그렇다면… 화마경의 전통은 사부의 대에서 끝나게 될 것입니다."

"흐흐, 화마경의 경주가 될 놈들은 바다의 모래알처럼 많다. 당장 묘인곡에 머물고 있는 네놈의 세 친구도 화마경주의 재목이지."

마효의 말에 부루가 고개를 저었다.

"설마 진정 그리 생각하시는 것은 아니겠지요?"

"뭐가 잘못됐느냐?"

"제가 듣기로 화마경의 주인이 되면 다른 오경의 주인과 겨뤄야 한다고 들었습니다만……."

"네 녀석이 원지 녀석과 붙어 다닌 것은 알고 있다."

"이것은 오 사형이 아니라 이곳에 와서 알아낸 사실입니다."

"어쨌든. 그래서?"

"그런데 과연 풍산과 대일, 그리고 무극이 다른 오경의 경주와 겨룰 재목이 된다고 생각하십니까, 아니면 지금 새로운 제자를 들여 그들과 겨룰 후예를 키우실 시간이 사부께 있다고 생각하십니까? 추월이 아니라면 저! 우리 둘이 아니면 사부의 적통을 이을 사람은 없습니다. 사부께서도 그걸 아시기에 네 명의 뛰어난 제자가 있음에도 불구하고 우릴 신마봉으로 부르신 것 아닙니까?"

부루의 말에 마효가 침묵을 지켰다.

"사부, 어쨌든 추월은 죽었습니다. 또한 사부의 네 제자 역시 죽었습니다. 풍산과 대일, 무극은 사부를 만족시킬 수 없습니다. 사부껜 오직 저만 남았습니다."

부루가 고개를 숙였다. 그리고 부루도 침묵에 들어갔다. 일곱 개의 무저갱에서 흘러나오는 바람 소리만이 지하 광장을 맴돌았다. 부루와 마효도 침묵 속에 빠져 있었다. 그렇게 얼마나 지났을까.

그르릉!

갑자기 부루의 뒤쪽에 있던 석문이 무거운 소리와 함께 열렸다.

"사부!"

부루의 입에서 감격의 목소리가 흘러나왔다.

"들어와라. 네놈의 독기를 한편으론 기꺼워하기도 했었지. 모든 것은 운명! 네가 신경의 후계자가 될 운명이라면 나 또한 그걸 거부하진 않겠다. 그러나… 신경의 주인이 되는 일은 결코 쉽지 않다. 이건 끝이 아니라 시작이다. 고통의 바다를 건너야 진정한 경주가 될 수 있을 것이다."

"사부, 결코 사부를 실망시키는 일은 없을 겁니다."

부루가 자리에서 일어났다. 그리곤 망설이지 않고 열린 문 안으로 몸을 날렸다.

모든 것은 그가 지나온 세계와 정반대였다. 부루는 신전에 들어서는 순간 왠지 모를 불안감을 느꼈다. 그가 거쳐 왔던 삶, 그가 지나온 신마계의 길들, 그리고 송추월을 죽이면서까지 통과한 인수로, 그 끝에서 만난 신전은 그 모든 것과 정반대의 모습을 하고 있었다.

눈처럼 흰 기둥, 바닥은 투명한 청석이 깔려 있었다. 사방으론 시원하게 트여진 창들을 통해 신마봉의 동서남북을 한눈에 조망할 수 있었다. 멀리 보이는 곤륜의 설산들과 그 위의 쪽빛 하늘, 그 기운이 한꺼번에 신전으로 몰려들어 신령스런 공간으로 만들고 있었다.

음울함, 부루가 지금까지 걸어왔던 삶과 공간은 이 음울함 이란 말로 대신할 수 있었는데 신전은 그 음울함과는 너무도 거리가 먼 공간이었다. 신령스러움과 군더더기없는 깨끗함.

신전은 그런 공간이었다. 그래서 오히려 부루는 그 낯설음에서 오는 두려움을 느끼고 있었다.

"겁이 나느냐?"

문득 아무도 없던 신전에 인기척이 느껴지더니 마효의 목소리가 들려왔다. 부루가 고개를 돌렸다. 그러자 그곳에 마효가 서 있었다.

'늙은 건가?'

부루가 감개무량한 시선으로 마효를 바라봤다. 대호산에서의 마효를 기억하는 부루의 눈에 눈앞의 그는 전혀 다른 사람으로 보였다. 지난번 지하 광장에서 보았을 때와는 또 다른 모습의 마효였다. 어쩌면 지하 광장의 어둠에 마효를 제대로 살피지 못했는지도 몰랐다. 백발은 머리를 덮었고 온몸은 말라 있었다. 구부정한 허리에 지팡이까지 짚고 있는 모습은 영락없이 쇠락한 늙은이였다.

"사부를 뵈옵니다."

부루가 그 자리에 부복했다. 마효 같은 사람은 절대 외양으로 평가할 인물이 아니다. 외양을 보고 그를 경시했다가는 언제 어느 때 목이 날아갈지 모른다. 그를 경시하려면 그를 능가하는 힘이 필요하다. 부루는 마효의 무서움을 잊지 않고 있었다.

"끌끌끌, 사부?"

마효가 비릿한 웃음을 흘리며 되물었다.

"무공을 전해주셨고, 신경의 후계자로 받아주셨으니 사부가 아닐지요?"

"후후, 그래, 사부는 사부지. 그러니까 널 부른 거고. 아무튼 일어나거라."

마효의 말에 부루가 자리에서 일어났다. 그러자 마효가 다시 입을 열었다.

"이곳이 어딘지는 알고 있지?"

"화마경의 경주가 머무는 신전이 아닙니까?"

"화마경이라……. 화마경이란 말은 오경의 다른 경주들이 신경을 부르는 말이다. 신마봉에서는 신경이라 불러라. 저들이 우릴 마인의 종속이라 해도 우리가 마인임을 자인할 필요는 없어. 우리가 익히는 것은 화신경의 화신밀공이고 다른 네 개의 신경과 마찬가지로 조화의 경지에 오를 신경 중 하나인 것이다. 그 무공의 특성이 다르다 하여 스스로 마인임을 자처할 필요는 없다. 그리고 내가 이곳에서 사는 것은 아니야. 이곳은… 너무 밝지."

"하지만 화마… 아니, 신경의 무공이 거칠기는 하더군요."

"후후후, 그렇지. 심성은 사악해지고 손속은 독해진다. 피를 그리워하고 파괴의 욕망으로 몸서리치지. 인간의 내면에 잠든 파괴의 본능을 깨우는 것, 그것이 화신밀공의 뿌리다. 그러나… 그로 인한 마기의 범람은 화기만주에 이르면 자연히 사그라진다. 물론 심성의 사악함이야 각자의 본성에 달린 문제지만."

"화기만주란 무엇입니까?"

"화신밀공은 네 개의 비결로 이루어진다. 가장 처음이 너희가 익힌 화수유천, 두 번째 단계가 화산범해, 세 번째가 화기만주, 그리고 마지막 네 번째가 화정멸세다. 전설에 의하면 오신경의 창시자인 조화선인께선 제오결까지 남겼다고 하지만 신경이 전하는 것은 이 네 가지 비결이 전부다. 조화성을 열면 그곳에서 제오결을 얻을 수 있을지도 모르지. 아니, 오결은 오경 모두의 최종 단계일 수도 있다."

"조화성이… 다섯 경주가 쟁투하는 이유입니까?"

부루의 질문에 마효가 천천히 걸음을 옮겼다. 그의 걸음은 동쪽 창가로 향했다. 차가운 바람이 열어놓은 창을 통해 마효의 백발을 휘날렸다. 그러자 왠지 마효에게선 마기가 아닌 선기가 느껴졌다. 그 모습에 부루가 크게 감명을 받은 듯 감탄의 표정을 지었다. 극마는 곧 극선의 경지라고 했던가. 어쩌면 마효가 극마의 경지에 이르렀는지도 모른다고 부루는 생각했다.

"조화선인은 천하 각지에 다섯 개의 신경을 남겼다. 화수목금토, 오행의 원리를 무학으로 풀어낸 이 신경들은 천하에 짝을 찾을 수 없는 신공을 담고 있다. 그중 하나만 익혀도 천하를 장악할 힘을 얻을 수 있지. 그러나 그 오경의 무학을 이은 자들 중 누구도 강호를 지배한 자는 없다. 이유는 힘이 없어서가 아니라 서로가 서로를 견제하고 있기 때문이다. 오경의 경주들 힘은 어느 시대든 엇비슷해서 한 사람이 천하의 지배자가 되는 것을 불가능하게 했다. 어쩌면 조화선인께서는 이런 힘의 균형을 맞추고자 하나의 신공이 아닌 다섯 개의 신공을 남긴 것이겠지."

"조화성은……?"

부루가 다시 물었다.

"조화성은 오신경의 균형을 깰 수 있는 장소로 알려진 곳이다. 조화성은 조화선인께서 최후를 마치신 곳으로, 백두의 깊은 산속에 자리 잡고 있다."

마효의 말에 부루가 고개를 갸웃했다.

"외람되지만 백두라면 저와 친구들이 모르는 장소가 없을 정도인데 조화성이란 고성이 있다는 말은 들은 적이 없습니다만……."

"당연히 세상에 알려질 리가 없다. 조화성의 존재는 오직 오신경의 후예들만이 알고 있는 것이다. 더군다나 조화성은 그 형체가 존재하지 않으니 백두에서 평생을 산 사람도 성의 존재를 알 수 없지."

"형체가 없는 성이라니, 무슨 말씀이신지요?"

"선인이 잠든 곳! 범인이 어찌 접근할 수 있겠느냐? 조화성이 사람의 눈에 모습을 드러내는 경우는 오직 하나, 오신경이 모두 모였을 때이다. 오신경의 경주들이 가지고 있는 신경은 곧 조화선인이 남긴 신물이기도 하다. 그 다섯 가지 신물이 모두 모여야 조화성이 모습을 드러내고, 신물이 하나로 합쳐지면 조화성의 문을 열 수 있다. 성의 문을 연다면 선인의 최후 심득을 얻을 것이고, 그 순간 고금제일인의 경지에 오르겠지. 그리되면 천하의 일은 오직 조화성의 문을 연 자의 마음에 따라 결정될 것이다."

"지금껏 그 누구도 조화성의 문을 열지 못한 것입니까?"

"그렇다. 만약 누군가 조화성의 문을 열었다면 오신경이 세상에 존재하지 않겠지."

"오경주 간의 경쟁이 치열하겠군요."

"오경주의 회합은 삼십 년에 한 번씩 있다. 내가 너희를 만났을 때가 바로 그 해였다."

"하면 내상을 입으신 것도?"

"후후후, 그렇지. 오경주와의 겨룸에서 얻은 부상이었지. 그러나 부상은 오경주 모두 입었다. 승부는 나지 않았고, 그때도 역시 조화성의 주인은 정해지지 않았다. 다시 삼십 년의 기약을 했고, 이제 한 십오륙 년쯤 남은 거지. 그래서… 네놈을 거부할 수가 없었던 거다. 새로운 경주가 되기엔 짧은 시간이니까."

"제가 가야 합니까?"

"아마도. 난 늙었다. 늙은 몸으로는 오경주의 회합에 뛰어들기는 힘들지. 그러니 네가 가야 한다. 자신있느냐?"

"최선을 다하겠습니다."

"하하하, 최선을 다한다……. 조화성의 문은 천운이 맞아야 열 수 있다. 어쨌든 기대해 보마."

"그런데 경주들 간의 싸움은 왜 꼭 삼십 년마다 백두에서만 벌어지는 겁니까? 지금이라도 강호에서 다른 경주들을 공격할 수 있지 않습니까?"

"그건 오경주 간의 약속 때문이다. 오직 백두의 회합에서만 서로에게 손을 쓰기로 약속이 되어 있다. 만약 이 약속을 깨는 자가 있다면 그자는 모든 경주들의 공적이 된다. 그러니 누가 감히 이 약속을 깨겠느냐? 약속은 이뿐 아니라 각 경주의 영역에 대한 침범도 금지되어 있다. 오원지가 춘봉산 설죽암에 간 것은 이 약속을 어긴 것이었다. 그곳은 선경주의 영역이니까."

"그럼 추궁을 받아겠군요?"

"다행히 당한 놈이 원지 자신이었으니 큰 추궁은 없었다. 그러나 약중을 보내 놈을 잡으려는 시늉은 아니 할 수 없었지."

"오경주는 각기 어디에 머무는지요?"

"후후, 하루아침에 모든 걸 말해주기엔 내가 너무 피곤하구나. 일단 오늘은 여기까지 하자꾸나. 내일부터는 바빠질 것이다."

第七章
패자들의 무덤

화마경

악연(惡緣)과 선연(善緣)이 한 몸일 수도 있을까. 송추월에게 질문을 한다면 그는 그렇다고 대답할 수밖에 없을 것이다.

무저갱은 끝이 없었다. 실제로는 얼마의 시간이었는지 모르는지만 부루에 의해 인수로 동굴 속의 깊은 계곡으로 떨어진 송추월은 마치 하루 종일 추락하는 느낌을 받았다. 죽음에 대한 공포가 잠시 일었지만 그도 시간이 지나고 그의 몸이 침묵의 어둠 속에 동화되는 사이 서서히 사라졌다. 그래서 송추월은 추락 속에서도 죽음보다는 과거를, 춘하추동 아름다웠던 백두 자락을 떠올렸다. 그곳에서 산적질이나 하고 살 때는 힘들었어도 나름 즐겁지 않았던가.

그렇게 곰곰이 과거를 반추하니 송추월은 대호산을 떠나 강호로 나오는 순간 그 자신이 화마의 세계에 들어온 것임을 깨달았다. 마효가 그랬던가, 본래 사람 사는 세상이 다 화마의 세계라고. 부모에 대한 복수로 시작한 그의 강호행은 분명 화마의 길이었다.

마효가 남긴 마기와 그 마기가 일으키는 살기와 끊임없이 싸워야 했고, 친구들을 의심하며 신마봉에 왔으며, 오늘 친구에게 배신을 당해 죽음으로 향하고 있다.

그런데 그 죽음의 길이 그리 나쁘지 않게 느껴진 것은 무슨 이유였을까. 죽음의 공포를 지나자 화마의 세상에서 벗어날 수 있게 되었다는 안도감이 찾아들었다. 그리하여 살 생각 대신 편히 죽을 생각을 하는 순간 선연이라면 선연이, 혹은 악연이라면 악연이 다시 송추월을 찾아왔다.

턱!

무저의 계곡 바닥에 거의 근접했음을 본능적으로 느끼는 순간 송추월의 몸이 무엇인가에 걸렸다. 계곡 한쪽에서 튀어나온 바윗덩어리일까 했지만 이상하게 송추월의 몸에 느껴지는 감촉이 부드러웠다. 이 죽음의 계곡에 이런 촉감의 물체가 있을까 하는 생각이 들 정도로. 덕분에 수백 장을 떨어져 내린 송추월의 몸이 자연스럽게 속도를 줄였다. 그리고 자신의 몸과 부딪친 물체와 뒤엉켜 거친 계곡의 바닥에 나뒹굴었다.

"알 수 없구나."

송추월이 뼈 더미 위에 앉아 중얼거렸다. 다행히 계곡 아래 바닥은 인수로와 마찬가지로 희미한 빛을 내는 야광석들이 있어서 어렵지 않게 주위를 살필 수 있었다.

그러나 어떤 면에서는 야광석들이 만들어준 밝음이 꼭 좋은 것만은 아니었다. 그 야광석의 빛 아래 드러난 주변의 풍경은 그야말로 지옥도나 다름없었다.

수북이 쌓인 해골, 음습한 죽음의 기운, 기이한 냄새, 그리고 죽은 자들의 뼈가 길을 인도하듯 줄지어 너부러진 긴 동굴의 저편. 어쩌면 이곳이 죽은 자들이 가야 하는 지옥 길일 수도 있었다.

그러나 송추월은 그런 동굴의 풍경보다도 자신의 옆에 나뒹굴고 있는 한 시신을 묘한 시선으로 바라보고 있었다. 그 시신이 송추월을 살렸다. 시신은 계곡의 바닥에서 대략 이십여 장 위쪽에 걸려 있던 듯싶었다. 그러던 것이 추락하는 송추월과 부딪쳐 다시 이 무저갱의 바닥으로 떨어졌고, 다행히 송추월보다 먼저 지면에 닿아 그의 생명을 구했던 것이다.

송추월은 자신의 생명을 구한 시신의 주인을 알고 있었다.

오원지. 춘봉산에서부터 악연을 맺어온 그가 바로 시신의 주인이었다. 그 오원지의 시신을 계곡으로 던져 넣은 것이 송추월. 그런데 바로 그 오원지의 시신이 송추월의 목숨을 구했으니 과연 세상의 인연이란 알 수 없는 것이었다.

"당신은 죽어서야 나와 좋은 인연이 된 듯하군."

사는 것이 복이라면 어쨌든 송추월이 측은지심을 발휘해 죽은 오원지의 시신을 이 죽음의 계곡에 장사 지낸 것이 송추월에게 다시 회생할 수 있는 복으로 돌아왔다고 할 수 있었다.

결국 송추월과 오원지의 인연은 악연으로 시작해 선연으로 끝난 것이다.

"살긴 산 것 같은데… 도대체 이곳에서 어떻게 살아가야 하는 거지?"

송추월이 허탈한 시선으로 주위를 돌아보며 중얼거렸다. 그의 눈에 비친 풍경은 결코 범상치 않았다. 이곳은 사람이 살아가는 곳이 아니라 죽은 자들의 무덤이라는 편이 나을 것 같았다. 그러니까 송추월은 살아난 것이 아니라 살아서 죽은 자들의 세상에 들어온 것이다.

송추월이 몸을 일으켰다. 이리저리 몸을 돌려보았으나 크게 다친 곳은 없는 것 같았다. 수백 장을 떨어진 사람에겐 생각하기 어려운 일. 오원지의 시체가 큰 도움이 되었다고는 해도 천운이 따른 일이 아닐 수 없었다.

파직!

송추월이 한 걸음을 내딛자 발아래서 유골이 부스러지는 소리가 일어났다. 송추월이 인상을 찡그리며 재빨리 유골 더미에서 벗어났다. 딱딱한 바닥이 발에 닿자 그제야 송추월은 자신이 살아 있다는 것을 실감했다.

"부루 녀석, 결국 화근이 되었어."

유골 더미를 벗어난 송추월이 고개를 들어 검은 계곡을 올라다보며 중얼거렸다. 항상 의심을 하고 있었지만 결국에 부루의 손에 실족한 송추월이었다.

검은 계곡은 그 끝을 보여주지 않았다. 송추월이 계곡을 이루는 암벽으로 다가가 손을 가져갔다. 축축한 습기가 송추월의 손끝에 닿았다.

"올라가 볼까? 기어 올라가면… 아니군. 바람이 있었군."

무공의 고수라면 수백 장의 절벽이라고 못 오를 일은 아니었다. 그러나 문제는 절벽이 아니었다. 계곡에 몰아치는 그 강력한 바람을 뚫고 다시 계곡 위로 올라가는 것은 거의 불가능했다.

"하긴 올라간다고 해도 부루 녀석에게 죽겠지. 녀석은 이미 늙은이의 후계자가 되었을 테니까. 참 징그러운 우정이란 말이야? 흐흐흐!"

나직한 웃음을 흘리는 송추월의 표정에서 살기가 느껴졌다.

"만약 천운이 닿아 살아날 수만 있다면… 부루, 반드시 널 죽여주마. 그래도 친구니까 아주 약간만 고통을 주어서."

송추월이 비적비적 마치 길을 안내하듯 누워 있는 유골들을 따라 동굴 안쪽으로 걸어 들어가기 시작했다.

"뭐지?"

갑자기 삶의 의욕이 솟구쳤다. 단 하나의 계기. 죽음 같은 음습한 공기 중에 아련하게 퍼져 오는 생기있는 공기의 냄새가 불현듯 송추월의 정신을 번쩍 들게 했다.

"어디에 출구가 있다는 건가?"

비록 야광석이 곳곳에 박혀 있는 동굴이라고는 해도 어둑한 동굴을 이각 가까이 헤맨 후에 일어난 일이었다.

송추월이 재빨리 걸음을 옮겨 생명력 넘치는 공기의 흐름을 따라갔다. 그러자 잠시 후 이번엔 물소리가 들리기 시작했다.

"벌써 밖으로 나온 건가? 그렇다면 왜 그렇게 많은 해골이 있었던 거지?"

송추월이 고개를 갸웃하며 물소리가 들리는 곳으로 걸음을 재촉했다.

"아니군."

송추월의 입에서 실망한 소리가 흘러나왔다. 물은 동굴 밖에서 흐르는 것이 아니었다. 물은 동굴 한쪽을 흐르다 동굴의 한 지점에서 다시 지하로 스며들고 있었다.

"그래도 아주 나쁜 것은 아니군. 적어도 마실 물은 확보했으니까."

송추월이 쪼그리고 앉아 지하수를 떠 마셨다. 시원한 기운이 가슴을 뚫어줬다.

"좋군. 보자……. 그런데 이 공기는 여전한데?"

송추월이 앉은 채로 고개를 들어 여전히 그의 코를 간질이는 맑은 공기가 흘러나오는 방향을 바라봤다. 여전히 동굴은 어둠 속에 묻혀 있었다. 송추월이 자리에서 일어나 흐르는 물줄기를 따라 동굴 안쪽으로 다시 걸음을 옮겼다.

"사람이 살았다!"

송추월이 놀란 표정을 지었다. 시체가 떨어지든지 아니면 산 자가 떨어져 시체가 되든지, 오직 죽은 자만이 존재하던 공간에 사람이 산 흔적이 남아 있었다.

"그러니까, 운 좋은 사람은 나만이 아니었던 거군."

물길을 따라 이어진 동굴이 갑자기 폭이 넓어지며 형성된 사방 이십여 장의 공간, 그 안쪽으로 다시 세 개의 작은 동굴이 이어진 곳에 누군가의 손길이 닿은 물건들이 존재했다.

돌을 다듬어 만든 하나의 석탁과 역시 돌로 만든 의자 네 개, 몇 개의 그릇과 물을 담아놓았던 것으로 보이는 커다란 돌 대접들, 그리고 가장 안쪽에는 누워 잠을 잘 수 있게 만든 돌로 된 침상도 보였다.

"도대체 누가 이곳에서 살았던 것일까?"

송추월이 고개를 갸웃하며 누군가 남긴 유물들을 하나하나 살피기 시작했다. 그러다가 돌 침상에 다가선 송추월이 놀란 눈빛을 흘렸다.

"열기가 있다."

송추월의 손으로 전해지는 온기, 아니, 온기라고 하기에는 너무 강해서 열기라 표현해야 할 기운이 돌 침상에서 흘러나오고 있었다.

"기이한 일이다."

송추월이 돌 침상의 아래위를 살피기 시작했다. 돌 침상에는 별반 특별한 것이 없었다. 단지 하나의 돌덩이를 깎아 만든 것이 아니라 바닥과 붙어 있는 바위를 깎은 것이 특징이라면 특징. 그러니까 돌 침상은 동굴을 이루는 바닥의 바위와 한 몸을 하고 있었다.

"돌이 스스로 이런 강렬한 열기를 낼 수는 없을 테고, 결국 이 동굴 어딘가에 대호산 화동과 마찬가지로 화기가 모이는 곳이 있다는 의미인데……. 하긴 화마경의 경주들이 머무는 신마봉이니 화기가 있는 것은 당연한 일이겠지. 좋아, 얼어 죽을 염려도 없고… 문제는 먹을 거군."

송추월은 벌써 허기가 지는 느낌이었다. 지난밤 밤늦게 연회를 펼치기는 했으나 아마도 바같은 이미 정오를 훌쩍 넘긴 시간일 터였다.

송추월이 석실을 찬찬히 살폈지만 어디서도 요기를 할 만한 것을 발견하지 못했다. 덕분에 송추월은 석실 옆을 흐르는 지하수만 연신 떠 마셨다.

"제길, 이러다가는 결국 굶어 죽고 말겠어."

다시 한 번 물을 떠 마신 후 송추월이 누군가 만든 돌 의자에 앉으며 중얼거렸다. 그의 시선이 이미 세세하게 살핀 석실을 다시 한 번 훑어보기 시작했다. 그러다가 문득 안쪽으로 이어진 세 개의 동굴에 눈길이 닿았다.

"어쩔 수 없군. 다시 들어가 보는 수밖에."

송추월이 고개를 젓고는 무거운 몸을 일으켰다. 그리고는 석실 안쪽으로 들어가 세 개의 동굴 중 가장 왼쪽 동굴로 들어섰다.

동굴은 송추월이 지금까지 지나온 곳과는 확연히 달랐다. 사람의 손이 전혀 타지 않은 듯 거칠었고, 또한 겨우 한 사람이 지나다닐 만큼 좁았다. 그런데 공기는 한없이 맑았다.

"그 신선한 공기는 바로 이곳에서 흘러나오는 것이었군."

동굴을 깊이 들어가면 갈수록 신선한 바람은 더욱더 강하게 흘러나왔다. 그러던 한순간 갑자기 동굴이 넓어졌다.

"제길!"

송추월의 입에서 자신도 모르게 욕설이 흘러나왔다. 동굴은 끝이 나고 그의 앞에 다시금 끝을 알 수 없는 무저갱이 입을 벌리고 있었다. 시원한 바람이 무저갱 아래에서 위로 불어 올라오고 있었다.

"내려갈 수는 없을 것 같고… 그나마 맑은 공기라도 이렇게 들어오는 것이 다행이란 건가? 공기가 이렇게 맑다는 것은 어쨌든 외부와 연결되어 있다는 의미일 수도 있는데……."

송추월이 무저갱을 보며 잠시 망설였다. 무저갱에서 흘러나오는 공기로 보건대 필히 외부와 연결된 출구가 있을 것도 같았지만 끝이 보이지 않은 깊이와 수직으로 깎여 있는 모습은 무저갱에 몸을 던졌을 때 삶을 장담할 수 없어 보였다.

"나중에. 지금 목숨을 걸 필요는 없겠지."

송추월이 신형을 돌렸다. 최악의 경우 몸을 던져 운명을 시험해 볼 필요는 있겠지만 지금은 아니었다. 지금은 좀 더 이 기이한 동굴을 살펴볼 필요가 있었다.

신선한 공기가 흘러나오는 동굴을 벗어나 다시 석실로 돌아온 송추월이 이번에는 세 개의 동굴 중 가운데 동굴로 들어갔다. 역시 앞서의 왼쪽 동굴과 마찬가지로 사람의 손길이 닿아 있지 않은 듯 거친 모습이 송추월의 눈에 들어왔다. 언제나처럼 야광석이 섞인 벽면이 흐릿한 빛을 흘리고 있었다.

"이러나저러나 이 신마봉의 주인은 정말 강호 최고의 부자라고 할 수 있겠어. 이 야광석들을 캐내 야광주를 만들면 천하에서 가장 부유한 사람이 될 테니까. 흐흐, 부루, 횡재한 거냐?"

송추월이 마치 곁에 부루가 있는 듯이 중얼거렸다. 그러는 사이 일각여를 전진하자 훈풍이 느껴졌다.

"어딘가에서 지열이 나오는 건가?"

송추월이 갑자기 뜨거워진 공기에 답답함을 느끼며 앞으로 전진했다. 그러자 한순간 거대한 원형의 지하 동굴이 송추월의 눈앞에 펼쳐졌다. 그리고 그 순간 송추월이 나지막이 중얼거렸다.

"굶어 죽지 않아도 되겠구나."

원형의 지하 동굴은 곤륜의 산들을 작게 줄여서 들여다놓은 것 같은 바위들로 가득 차 있었다. 그렇다고 종유석들이 그런 광경을 만드는 것은 아니었다. 본래부터 그곳에 있음 직한 괴석들이 수백 장 깊이의 지하에서 강과 산, 그리고 숲의 풍경을 만들어내고 있었다.

그러나 송추월이 기꺼워한 것은 괴석들이 만들어내는 절경이 아니었다. 그 괴석들 사이에 새싹 돋아나듯 자라 있는 버섯들이 송추월을 기쁘게 한 것이었다.

동굴은 버섯의 천국이었다. 각양각색의 버섯들이 괴석들 사이에서 자라고 있었고, 그중에는 백두에서 식용으로 쓰이는 버섯도 여럿 있었다. 광장을 넓이와 버섯의 종류, 그리고 습기와 훈기가 함께 넘쳐 나는 동굴의 환경으로 보건대 적어도 송추월이 이 동굴에서 굶어 죽을 이유는 없을 듯 보였다. 물론 버섯을 먹는 데 지치지 않는다면.

그런데 잠시 후 송추월은 이곳에서 먹을 것이 버섯만은 아니라는 것을 깨달았다. 동굴 곳곳으로 이어진 작은 물줄기들, 마치 산 사이를 흐르는 강과 같은 모습을 한 물줄기들 속에서 송추월은 살아 있는 생명체들을 발견했던 것이다.

"신기한 일이군. 이곳에 개구리와 도롱뇽이 있다니……. 어, 저건 물고기잖아? 결국 이 물줄기도 외부와 연결된다는 말이 되는 건가?"

송추월이 급히 수원이 있는 곳으로 향했다. 그러자 동굴의 가장 안쪽에 작은 연못 모양의 물구덩이가 눈에 들어왔다. 그 물구덩이에서는 끊임없이 새로운 물이 솟구치고 있었다.

"휴, 물고기는 몰라도 사람은 나갈 수 없겠구나."

송추월이 실망스런 표정으로 중얼거렸다. 샘물이 솟아나고 있는 구멍은 제법 커서 무척 많은 양의 물을 뿜어내고 있었지만 그렇다고 사람이 통과할 만큼 넓지는 않았다. 그러니 수원이 외부의 세계와 연결되어 있다고 해도 그 물줄기를 따라 밖으로 나갈 수는 없었다.

"일단 요기를 좀 하자."

송추월이 눈에 익은 버섯들을 따기 시작했다. 워낙 많은 양의 버섯이 자라고 있어서 송추월은 금세 두 손 가득 버섯을 땄다.

"너희는 일단 살려두마. 하지만 버섯에 물리면 결국 네놈들도 살려두긴 어려울 거야."

송추월이 웅덩이 안에서 헤엄치고 있는 생명체들을 바라보며 말을 건네고는 들어갔던 길을 따라 동굴을 되짚어 나오기 시작했다.

생 버섯을 먹는 일은 무척 곤욕스런 일이었다. 그러나 달리 방법이 없었다. 불을 일으킬 만한 나무들이 석실에는 전혀 존재하지 않았다.

"퉤!"

송추월은 채 세 개의 버섯을 먹지 못하고 입에 든 버섯을 뱉었다.

"제길, 아직 배가 덜 고픈가 보구나. 흐흐흐, 이럴 줄 알았으면 차라리 작지만 물고기들을 잡아올 것을. 물론 그것들도 생 것을 먹어야겠지만."

그러나 송추월은 다시 동굴로 돌아가 송사리들을 잡을 생각은 없었다. 어쨌거나 이곳에서 살아가려면 이 생 버섯을 먹는데 익숙해질 수밖에 없었다.

송추월이 다시 버섯 하나를 집어 들었다. 그리고는 한동안 버섯을 노려보다가 훌쩍 입안에 집어넣고는 오물거리며 씹기 시작했다.

송추월의 버섯 식사는 꽤 오랫동안 이어졌다. 그렇다고 많은 양의 버섯을 먹은 것은 아니어서 겨우 십여 개 남짓한 버섯을 씹어 먹는 데 근 한 시진의 시간을 허비했다.

"후, 이제는 도저히 못 먹겠다."

송추월이 고개를 저으며 손에 든 버섯을 던져 버리고는 자리에서 일어섰다. 그리고는 체한 듯 뱃속에 머물러 있는 버섯을 소화시키기 위해 천천히 석실을 돌아다니기 시작했다. 그러다가 어느 한순간 송추월의 눈이 반짝였다.

"저건 뭐지?"

송추월이 석실의 한 부분으로 다가갔다. 그러자 자연석으로 이뤄진 석실 벽면 한곳이 움푹 파여 들어간 것이 눈에 들어왔다. 한눈에 보아도 자연적으로 만들어진 흔적은 아니었다. 누군가가 무엇인가로 긁어낸 흔적. 그렇다고 석실에 있는 집기들을 만들기 위해 돌을 파낸 흔적도 아니었다. 석실의 집기들과 벽면의 성분이 달라 보였기 때문이다.

"도대체 뭐지?"

송추월이 고개를 갸웃했다. 그리고는 파여진 부분을 만져 보았다. 그러자 무엇인가 미끈한 느낌이 손끝에 느껴졌다.

"가만… 이건?"

송추월이 갑자기 손을 혀로 가져갔다.

"맞군. 염석이었어."

염석의 존재는 강호에서도 희귀한 편이었다. 그러나 곤륜이

나 천산 일부에선 소금기를 내포한 돌을 캐내어 소금을 얻기도 한다고 알려져 있었다. 그런데 이 석실에 그 염석이 존재했던 것이다.

"소금이 있다면 버섯을 먹기가 좀 더 편해지겠군. 역시 살길은 어디에나 있다니까. 더군다나 이건 정말 질 좋은 염석이야. 거의 대부분이 소금으로 이뤄져 있군. 가만 보자. 그럼 이곳에서 머물렀던 사람은 상당히 오랜 기간 생활했다는 말이 되는군. 이 정도 깊이로 염석을 긁어냈으니……."

송추월은 새삼스레 이곳에서 머물렀던 사람에 대한 궁금증이 일었다. 죽은 자들의 무덤과 같은 이곳에서 살았던 사람은 어떤 사람이었을까. 어쩌면 자신처럼 인수로의 경쟁에서 실족해 떨어져 내린 사람일 수도 있었다. 물론 입구에 쌓여 있는 해골들은 인수로에서 죽은 자들의 것일 것이지만 개중에는 살아서 이곳에 떨어진 자도 있을 수 있었다.

"그런데 이상하군. 이곳에서 살았다면 분명 그의 시신이 있어야 하는데 그 시신이 보이지 않으니. 설마 죽을 때가 돼서 해골 더미에 가 죽었을 리는 없고. 결국 이곳에서 죽지 않았다는 말이 되는데… 나가는 길이 있다는 건가?"

송추월이 고개를 갸웃했다. 이 세계에서 나갈 수 있다는 희망이 한줄기 솟아올랐다. 그러나 송추월이 이내 고개를 저었다.

"괜한 희망은 실망을 크게 하지. 일단 이곳에서 살 만큼 산다고 생각해야 해. 그러자면 모든 일을 서두를 필요가 없지.

오늘은 그만 자자."

송추월이 돌로 된 침상에 누웠다. 뜨끈한 열기가 등을 통해 전해졌다. 그러자 하루 동안 쌓였던 피로가 눈 녹는 듯이 사라지기 시작했다.

"이건… 보통 돌이 아니구나."

한동안 침상에 누워 있던 송추월이 불쑥 누웠던 몸을 일으키며 새삼스레 침상을 매만졌다. 열기야 지저의 깊은 곳에서 전해질 수 있었지만 이렇게 순식간에 기력을 회복시키는 것은 이 돌 침상에 특별한 기운이 있다는 의미였다.

"기이하군, 기이해. 외부와 단절되어 있지 않다면 무척 살기 좋은 곳일지도 모르겠군."

송추월이 다시 침상에 누웠다. 다시금 열기와 함께 시원한 기운이 몸에 전해졌다. 송추월이 그 신비한 기운 속에서 잠이 들었다.

"이건 정말 다르군."

얼마나 잤을까. 해가 없어 조석의 구분이 없는 석실. 송추월이 문득 눈을 뜨며 중얼거렸다. 그리고는 가볍게 몸을 일으켜 가부좌를 틀고 앉았다. 밖에 있을 때도 아침이면 하루도 거르지 않던 운기다. 그러나 오늘의 운기는 달랐다. 아니, 아주 특별했다.

가벼운 숨소리로 시작한 운기가 어느 순간 숨소리조차 사라지는 지경에 이르렀다. 완전히 몰아의 경지에 들어선 운기. 송추월은 그 자세 그대로 근 한 시진을 운기에 빠져 있었다. 그러다가 어느 순간 번쩍 눈을 떴다. 그러자 그의 눈에서 투명할 정도로 붉은빛이 번쩍이다 사라졌다.

"역시 짐작대로야. 도대체 이게 뭐지?"

다시 송추월이 손으로 돌 침상을 매만졌다. 마치 천하에서 가장 귀한 물건을 만지듯이. 그리고는 나직하게 중얼거렸다.

"도대체 네놈은 뭐기에 그 늙은이가 심어놓은 마기를 흩뜨리는 거냐?"

기이한 일이었다. 돌 침상에서 하룻밤을 자고 일어난 송추월은 그 어느 때보다도 몸이 가벼웠고, 운기를 할 때면 느껴지는 마기도 훨씬 약하게 느껴지는 것이었다.

"어쨌든 운이 좋군. 이곳에 오랫동안 갇혀 있게 된다면 필경 그 늙은이가 심어놓은 마기 때문에 고통받다 죽을 것이라고 생각했는데 이 돌 침상 덕분에 그럴 일은 면한 것 같아. 그런데 이 돌 침상이 마기를 아예 없애줄 수 있을까?"

송추월이 고개를 갸웃하다 훌쩍 돌 침상에서 내려와 십여 장 떨어진 곳으로 가더니 다시 가부좌를 틀고 앉았다. 그리고는 새삼스럽데 다시 운기를 시작했다. 그렇게 일각 정도 지났을 때 문득 송추월이 눈살을 찌푸리며 눈을 떴다.

"거의 그대로다. 저 돌 침상 위가 아니면 크게 효과가 없군."

실망스런 표정으로 돌 침상을 바라보던 송추월이 이내 고개를 저었다.

"아니다. 첫술에 배부를 리 없지. 시간을 두고 돌 침상에서 운기를 하다 보면 이 마기를 뿌리 뽑을 수 있을지도 모른다."

송추월이 다시 희망이 드러난 표정으로 석실 주변으로 고개를 돌리기 시작했다.

"저 동굴엔 또 뭐가 있을까?"

문득 송추월의 시선이 석실 안쪽에 입을 벌리고 있는 세 개의 동굴 중 아직 들어가 보지 않은 한곳을 응시했다. 이미 두 개의 동굴을 살펴본 송추월로서는 은근한 기대가 일지 않을 수 없었다.

"가볼까?"

송추월이 천천히 세 번째 동굴로 걸음을 옮겼다.

"설마 사람이 만든 건가?"

동굴에 들어서는 순간 송추월의 표정이 변했다. 앞서 두 개의 동굴과 달리 세 번째 동굴은 사람이 남긴 흔적으로 가득했다. 동굴 벽면은 매끈하게 다듬어져 있었고, 야광석을 깎아 만든 야명주가 줄을 지어 별처럼 동굴 천장에 박혀 있었다. 다른 곳보다 훨씬 밝은 동굴은 오히려 송추월이 머물고 있는 석실보다도 사람의 손길이 많이 닿은 듯 보였다. 그래서 어쩌면 동굴 자체를 사람이 만들었을 수도 있다는 생각이 들 정도였다.

동굴은 앞서 두 개의 동굴만큼 길었다. 이각여의 시간 동안 천천히 걸음을 옮기자 송추월의 눈앞에 반경 오 장 정도 넓이의 또 다른 석실이 모습을 드러냈다.

석실은 텅 비어 있었다. 오직 석실 중앙에 반듯하게 손질된 정사각형 모양의 돌덩어리가 덩그러니 놓여 있을 뿐이다. 침상으로 쓰기에는 작고 석탁으로 쓰인 것 같지도 않은 돌덩이.

"이곳에서 운기라도 한 것인가?"

송추월이 훌쩍 돌덩어리에 날아올라 가부좌를 틀고 앉았다. 그런데 다음 순간 송추월의 눈이 반짝였다.

"글이군."

돌 위에 앉자마자 그의 시선이 닿은 석실의 벽면에 희미한 빛이 어리는가 싶더니 음각으로 새겨진 글씨들이 송추월의 눈에 들어왔던 것이다.

송추월이 한 번의 도약으로 돌덩이 위에서 날아올라 글이 새겨진 벽면으로 다가갔다. 그리고는 벽면에 새겨진 글들을 천천히 훑어나가기 시작했다.

글은 석실의 벽면을 거의 채우고 있었다. 송추월이 들어선 석실 입구를 제외한 동서북면 벽면은 크고 작은 글씨들로 빼곡하게 채워져 있었다. 송추월은 일단 글이 새겨진 모양들을 확인하느라 그 내용을 확인하지 않고 있다가 글이 새겨진 곳을 모두 확인한 후 다시 처음으로 돌아와 벽면에 새겨진 글을 읽기 시작했다.

*　　　*　　　*

"망할 놈!"

곽풍산의 입에서 욕설이 흘러나왔다. 그의 손에는 커다란 싸리 빗자루가 들려 있었고, 그는 거의 일백여 장에 이르는 공터에 빼곡히 빗자루 자국을 내고 있었다. 그런 와중에도 그는 가끔 고개를 돌려 북쪽에 서 있는 거대한 묵 빛 건물을 노려보곤 했다. 건물은 다섯 층의 높이로 지어진 것이었는데, 한 층의 높이가 강호의 건물들과는 달리 무척 낮았으므로 전체 건물의 높이가 그리 높지는 않았다.

마당의 좌우 동쪽과 서쪽으로는 이층으로 지어진 석조 건물이 들어서 있었고, 남쪽으로는 신마봉에서는 특이하게도 대리석으로 지어진 화려한 백색 건물이 자리를 잡고 있었다.

"서두르십시오."

갑자기 곽풍산의 뒤쪽에서 차가운 음성이 들려왔다. 곽풍산이 고개를 돌려보니 마효의 수족인 삼노 적해가 차가운 눈으로 곽풍산을 바라보고 있었다.

"젠장, 잠시 쉬지도 못한단 말이오?"

곽풍산이 볼을 씰룩이며 불평했다.

"곽 대인께서 오늘 중으로 하실 일이 산더미처럼 쌓였습니다. 그 일을 마치지 못하면 혹 소경주께서 화를 내실까 그것이 두려운 것이지요. 소경주님의 화가 곽 대인에게만 미친다면 괜찮지만 제게도 그 화가 미치니 어쩌겠습니까?"

"그럼 좀 도와주면 되지 않소?"

"소경주님의 명은 이 일 모두를 곽 대인께서 해내셔야 한다는 것이었습니다. 그러니 제 마음이 아무리 급하다고 해도 곽

대인을 도울 수는 없지요."

"젠장, 알겠소. 그런데 대일과 무극은 뭘 하고 있는지 아시오?"

"대 대인께서는 신마계에 필요한 물건들을 지어 나르는 일을 하고 계시고… 원 대인께서는 살우(殺牛)의 일을 맡으셨습니다."

"백정 일을 한단 말이오?"

"소경주님의 명이시니……."

"죽일 놈! 제 놈이 감히!"

"대인, 자중하시지요. 저 또한 소경주님을 모시는 사람입니다. 두 번의 불경은 눈감아 드릴 수 없습니다."

순간 곽풍산의 눈에서 한순간 적염이 번뜩였다. 지울 수 없는 마기의 기운. 그러나 잠시 후 곽풍산이 서서히 노기를 가라앉혔다.

"휴, 어쩔 수 없지. 목숨을 부지하자면 시키는 대로 할 수밖에. 하지만… 부루! 우리가 언제까지나 이런 수모를 당하고 있을 거라 생각지는 말아라. 가끔은 목숨 따위, 개천의 똥보다도 못하다는 생각이 들 때도 있으니까."

곽풍산이 거칠게 빗자루를 휘둘렀다. 그러자 다시 적해의 목소리가 들렸다.

"대인께서 먼지를 내지 말라 명하셨습니다."

"젠장, 알았소. 그런데 너무 그렇게 몰아세우지 마시오. 혹 생각이 바뀌는 날이면 삼노 당신을 먼저 베어버릴 수도 있으니까."

곽풍산이 적해를 노려보고는 조심스레 비질을 하기 시작했다.

"왜 저들을 저렇게 다루느냐?"

신전 맞은편, 곽풍산이 비질을 하고 있는 마당 북쪽에 서 있는 묵 빛의 오층 건물 가장 위층에서 부루와 마효가 비질을 하고 있는 곽풍산을 내려다보고 있었다.

"그럼 어찌 다뤄야 합니까?"

부루가 물었다.

"저들을 살려두기로 마음먹었다면 네 수족으로 만드는 것이 좋다. 수족을 만들자면 저들의 마음을 얻어야 하지 않겠느냐?"

"그건 보통 사람들의 경우겠지요. 마경주라면 조금 달라야지 않겠습니까?"

"그래서 힘으로 저들을 굴복시키려느냐? 저들에게 수모를 주면서?"

"저 친구들은 여전히 절 자신들의 친구로 생각하고 있지요. 또한 제가 추월을 암습했을 거란 생각도 하고 있을 겁니다. 사실 우리 다섯 중 추월은 우두머리와 같았지요. 누구도 말은 안 했지만 모두들 은연중에 그리 생각하고 있었습니다. 그러니 지금 저들에게 난 우두머리를 벤 배신자일 뿐이지요."

"그렇다면 죽이는 것이 낫다. 그런 마음을 품고 있는 아이들을 살려두어 무엇 하겠느냐? 설마 함께 자란 인정 때문이냐?"

"물론 그들에게 정이 없다고는 말하지 않겠습니다. 그러나 전 정에 이끌려 위험을 감수할 사람은 아닙니다."

"하긴 그렇지. 그래서 네가 이곳까지 왔지."

"저들을 살려두는 것은 제게 저들을 다룰 자신이 있기 때문입니다."

"지금 그들에게 수모를 주는 건 그 방법 중 하나고?"

"그렇지요. 그들에게 이 신마계의 주인이 누군지, 그리고 그들의 주인이 누군지 분명하게 알게 해주겠습니다. 사람이란 오랜 시간 복종의 삶을 살게 된다면 결국 자신도 모르는 사이에 그 복종에 익숙해지는 법이지요."

"끌끌끌… 네놈의 심기는 정말 무섭구나. 하지만 또한 사람이란 언제나 예측할 수 없는 행동을 하는 동물임을 명심하거라."

"알겠습니다. 충분히 대비하지요."

"좋아. 저들의 이야기는 그쯤 하고 화산범해의 수련은 어떠냐?"

"앞으로 삼 년 안에 화산범해를 완성하겠습니다."

부루의 말에 마효가 살짝 아미를 좁혔다.

"삼 년?"

"그렇습니다. 이미 그 무결을 모두 이해했습니다. 그러니 수련하는 것은 삼 년이면 족할 겁니다."

"서두르지 말거라. 무공이란 서두른다고 진전이 있는 것이 아니다. 오히려 서두르면 일을 그르치는 경우가 있다."

"알겠습니다. 조심하지요."

"화동에 언제 들어간다고?"

"삼 일 뒤로 생각하고 있습니다."

"알겠다. 화동의 화기는 신경의 신공을 익히는 데는 꼭 필요한 것이지만 또한 위험하기도 하다. 각별히 조심하거라."

"알겠습니다, 사부. 그럼!"

부루가 마효에게 정중하게 허리를 굽혀 보이고는 서둘러 장내를 벗어났다. 그러자 마효가 어두운 표정을 지으며 중얼거렸다.

"무공을 익히는 것은 결국 사람의 몸이다. 머리로는 어찌 하늘을 가르지 못할까. 하지만 몸이 따르지 못하니 못 가르는 것인데… 재기가 지나친 것인가? 그래서 추월 그놈을 생각하고 있었는데… 후! 야망은 크고 재기는 차고 넘친다. 성정은 조급한 편이고 품은 넓지 않다. 결코 날 뛰어넘지 못할 것이다. 조화성은 다시 다음 대를 기약해야 하는 것인가!"

"망할 늙은이!"

묵색 건물의 사층에 있는 자신의 거처로 돌아온 부루가 털썩 의자에 몸을 실으며 욕설을 흘려냈다.

"무슨 일이신지?"

그를 따라 들어온 태산오룡의 맏이 종회가 조심스레 물었다.

"아직도 추월 그놈을 생각하고 있음이 분명해!"

"경주를 말씀하시는 겁니까?"

"그래. 어쩔 수 없어서 날 받아들이기는 했지만 아직도 죽은 놈에 대한 미련을 버리지 못하고 있어."

"그런들 어쩌겠습니까? 이미 주인께서 이 신마계의 다음 대주인으로 결정된 것을."

"후후후, 그렇지. 노인이 아무리 추월 놈을 아쉬워한다고 해도 일을 되돌릴 수는 없다. 나라고 늙은이가 마음에 드는 것은 아니야. 생각보다 옹졸하고 야망도 없고… 이 곤륜에 처박혀 과거의 굴레나 짊어지고 사는 주제에."

"무공을 완성하시면 강호로 나갈 생각이십니까?"

종회가 조심스럽게 물었다. 그러자 부루가 종회를 바라보며 되물었다.

"종회, 그대의 생각은 어떤가? 이곳이 좋은가?"

"저야 언제나 태산이 그립지요."

"후후후, 그래, 나 또한 강호가 그립다. 무공이 완성되면 강호로 나갈 것이다. 천하를 내 손에 넣겠다. 일단 조화성을 접수해 오경의 후예들을 수족으로 거둔 후. 그리되면 강호육패 따위, 한낱 도적들의 소굴일 뿐이지."

"언제나 뒤를 따르겠습니다."

"후후후, 그래, 종회 그대와 같은 수하가 필요해. 녀석들이 언제나 자네와 같은 복종심을 익히게 될지……."

"다른 세 분의 대인을 말씀하시는 것입니까?"

"그래. 천하를 손에 넣으려면 녀석들이 필요하니까."

"무공을 완성하시어 새로운 경주가 되시면 그분들도 복종치 않을 수 없을 것입니다."

"그렇게 돼야지. 반드시! 삼 일 뒤 화동에 들어간다. 이번에 들어가면 삼 년 정도 걸릴 것이다. 그사이 녀석들을 잘 살펴. 비록 결계에 묶여 있기는 하지만 성질들이 괴팍해서 생각지도 못한 일을 벌일 수도 있으니."

"알겠습니다. 그리하지요."

"화주(火酒)를 가져와."

"대령하겠습니다."

종회가 정중하게 허리를 굽히고는 조심스럽게 부루의 방을 벗어났다. 그러자 부루가 자리에서 일어나 창으로 다가섰다. 신마봉 너머 곤륜의 거봉들이 병풍처럼 펼쳐졌다.

"결국… 이 모든 천하가 내 손에 들어올 것이다."

부루가 곤륜을 향해 손을 내밀었다.

＊　　　＊　　　＊

이곳은 성스러운 곳이었다. 그러나 세월은 이 성스러운 장소를 패자들의 무덤으로 만들었다.

송추월이 씁쓸한 미소를 지었다. 석벽에 새겨진 첫 번째 구절이 그의 처지를 실감케 했다.

'패자들의 무덤이라……. 맞는 말이군. 나 또한 부루에게 패했으니 이곳에서 죽을 팔자인 거지. 그런데… 성스러운 곳이란 또 무슨 의민가?

송추월이 다시 글귀로 시선을 돌렸다.

오래전 조화선인께서 이곳에서 수련하셨다.

"응?"

다음 글귀가 송추월을 격동시켰다. 그가 서 있는 곳이 오경을 만든 조화선인이 수련을 했던 곳이라고는 전혀 예상치 못한 일이었다. 그런데 글귀는 이곳이 조화선인이 수련한 곳임을 분명하게 밝히고 있었다.

이곳은 신마봉의 뜨거운 지기가 가장 충만한 곳이다. 화마경을 익힘에 있어 천하에서 가장 적합한 곳이라고 할 수 있을 것이다. 조화선인께서는 음양오행의 이치를 통달하고 십전의 완벽함을 두루 갖추신 분이었지만 그 무공의 완성을 위해 수십 년을 홀로 고련하신 것으로 알려졌다. 무공의 수련자에게 천하 각지의 명산을 찾아 그 기운을 취하는 것은 오래된 수련법이다. 조화선인께서도 오행의 기운이 충만한 곳을 찾아 수련처로 삼으셨다. 그리고 그곳에서 오경의 후예를 기르셨고, 그리하여 오늘날 그 후손들은 그 다섯 곳의 비처를 거처로 삼게 된 것이다.

"그렇군. 그래서 이곳이 화마경의 본산이 된 것이군."

송추월은 신마봉에 화마경의 경주들이 머물게 된 연유를 그 제야 이해할 수 있었다.

다섯 곳의 신비지에 머무는 오경 경주들의 상쟁은 애초에 선인께서 의도하신 바가 아니었다. 선인께서는 오경의 경주들이 조화롭게 균형 을 이뤄 강호를 평안케 하기를 바라셨다. 그러나 선인의 후예 중 가장 뛰어나다는 경주들조차도 선인의 유지를 잇지 않았다. 그들은 상쟁했 고, 오경을 모아 조화성의 문을 열기를 염원했다. 조화성에 선인 최후 의 심득이 있다고 누가 말했던가. 아무도 그런 말을 한 사람은 없다. 선인께서도 조화성은 자신의 무덤일 뿐이라고 말하지 않았던가? 그럼 에도 오경의 경주들이 조화성에 자신들이 이루지 못한 그 무엇인가가 있을 것이라 믿어 선인의 유지를 잊고 서로 상쟁하며 세월을 허비하고 있으니 참으로 어리석은 일이 아닐 수 없다.

"그러니까 조화성이란 곳에 조화선인의 무덤이 있고, 그곳 을 차지하게 위해 오경의 경주들이 경쟁을 하고 있단 말이군. 조화선인은 수백 년 전에 죽은 사람인데 아직도 그 경쟁이 멈 추지 않았으니 그야말로 어리석은 일이로구나. 그런데 이 글 을 쓴 사람은 도대체 누구일까? 누구기에 조화성의 내막을 이 렇게 잘 알고 있는 것일까? 경주가 아니라면 이런 내막을 알기 어려울 터인데……."

송추월이 의혹을 드러내며 다시 석벽의 글귀에 시선을 모았다. 그러자 송추월의 기대대로 그의 눈앞에 글을 남긴 자의 신세가 들어왔다.

　누가 나 묘황의 글을 읽을 것인가? 나로 인해 천복(天僕)의 업은 막을 내릴 것이다. 후예를 두지 않고 신마봉에 든 것이 참으로 원통할 뿐이나 이 또한 하늘의 뜻이니 어찌 거스를 수 있을 것인가? 아! 누가 나의 글을 읽을 것인가?

　세상의 인연은 알 수가 없다. 오늘 내가 이곳에 남긴 글은 수천 년이 지나도록 사라지지 않을 것이다. 그러니 살아서 이 패자들의 무덤에 들어온 자가 존재할 수도 있을 터, 또한 이곳에 들어온 자는 필시 오경과 인연이 있는 자일 것이니 언제라도 이 글을 읽는 자는 스스로가 천복의 업에 인연이 닿았음을 받아들이라. 그리하여 오경의 상쟁을 막고 선인의 유지를 받들라. 그것이 이 글을 읽는 자의 숙명일 것이다.

第八章
천복의 업

화마경

조화선인은 삼백 년 전의 사람이었다. 그가 살아 있을 때 그는 한 명의 노복을 데리고 다녔다. 당시 선인은 언제나 그를 친구로 칭했지만 그는 스스로를 선인의 노복으로 칭했다. 그 노복의 이름은 반행(反行). 그로부터 천복의 업이 시작됐다.

조화선인이 천복 반행을 자신의 친구로 칭한 이유는 간단했다. 그건 그가 조화선인에 버금가는 무공을 지니고 있었기 때문이다. 그럼에도 그가 스스로 조화선인의 노복을 자처한 것은 조화선인의 십전에 가까운 능력과 그 인품을 존경했기 때문이다.

반행의 눈에 조화선인은 무공을 넘어 선의 깨달음을 얻은 사람으로 보였다. 천하의 그 누구도 조화선인의 고귀함을 따르지 못했고, 어떤 유혹과 위협도 조화선인을 흔들지 못했다고 한다. 함께 있으면 스스로 그의 노복을 자처하지 않을 수 없는 사람, 무공 이상의 그 무엇인가를 가지고 있는 사람.

처음 반행은 그런 조화선인에 대해 강렬한 경쟁심을 느꼈다고 한다. 무공으로 도전하기를 수차례. 그러나 언제나 이어진 일천 초의 승부는 또한 어김없이 일 초 차이의 패배. 더군다나 승리한 조화선인의 진심 어린 위로는 그에 대해 무모할 만큼의 반감을 가지고 있던 반행을 더더욱 초라하게 만들었다.

그런 악연을 이어가던 중 반행은 가랑비에 옷 젖듯이 조화선인의 품으로 빠져들어 갔고, 결국 온전히 조화선인의 발아래 복종하게 되었다. 조화선인은 천하에서 오직 반행만이 자신의 친구가 될 사람이라고 했지만 반행은 이후 철저하게 조화선인의 종복으로서의 삶을 살았다.

그러면서도 자존감은 굽히지 않아 스스로 지은 별호가 천복(天僕), 즉 하늘의 노복이란 뜻이었다.

그런 반행에 대한 조화선인의 믿음도 두터웠다. 그리하여 조화선인은 조화성에 들기 전 오행지처에 남긴 자신의 다섯 제자가 혹여나 반목할 것을 걱정해 천복 반행에게 이들 다섯 제자 사이의 중재를 맡아달라고 부탁했다고 한다.

반행 역시 천하 오행지처에 존재하는 조화선인의 제자들을 알고 있었다. 반행은 조화선인의 유언을 충실히 받들었다. 그리하여 천복 반행이 살아 있는 동안은 오행지처의 오경주도 자신들의 야망을 드러내지 않았다. 그들은 비록 조화선인의 제자들이기는 했으나 십전의 조화선인과 일천 초를 겨룬 천복의 말을 감히 무시할 수 없었던 것이다.

그러나 삶은 유한한 것, 조화선인이 조화성에 든 지 십여 년이 흐른 후 천복 반행 역시 이승의 삶을 다했고, 그의 업은 그의 제자 신목(神木)이 이었다.

그러나 신목은 오경주에 대해 반행만큼의 영향력을 행사할 수 없었다. 신목은 천복 반행의 무공을 절반도 성취하지 못했기 때문이다.

신목이 천복 반행의 진전을 오롯이 잇지 못한 것은 당연한 일일지도 몰랐다. 천복 반행은 수차례에 걸친 조화선인과의 겨룸을 통해 그의 무공을 범인이 상상할 수 없는 경지까지 끌어올렸던 사람이다. 반면 신목에게는 조화선인과 같은 뛰어난 상대가 없었다.

신목의 무공은 오경주들과 견줄 수는 있으나 그들을 능가할 수는 없었다. 그러니 오경주가 그의 말을 경청하기는 해도 그 말의 무게는 천복 반행에 비할 바가 아니었다. 그리하여 드디어 조화성을 둔 오경주의 쟁패가 시작됐던 것이다.

석실에 글을 남긴 묘황은 반행으로부터 시작된 업을 이은 제오대 천복이었다. 그는 천복의 업을 충실히 수행했다. 주기적으로 오행지처의 당대 경주들을 방문했고, 그들에게 쟁패가 아닌 화합을 권했다. 그러나 오행지처의 경주들은 여전히 그의 말을 경청하면서도 누구도 단 한 걸음 다른 경주들에게 양보하는 사람이 없었다. 묘황 역시 그들이 자신의 말을 존중해 쟁패를 그만둘 것이라고는 생각지 않았으나 그것이 천복의 업이니 선대로부터 받은 업을 묵묵히 행할 뿐이었다.

그런데 그가 천복의 업을 행하기 위해 당대의 화마경주를 찾아 신마봉에 들렀을 때 일이 벌어졌다. 당시의 화마경주 팔무황은 다른 오경주와의 경쟁에서 이기기 위해 천복의 무공을 욕심냈다. 그리하여 그는 묘황을 함정에 빠뜨리고 그로 하여금 천복의 무공을 내놓으라고 협박했다.

위기에 몰린 묘황은 스스로 수백 척의 이 깊은 계곡으로 몸을 던졌다. 죽음을 각오한 그의 투신은 그러나 그에게 다시 삶을 허락했다. 그는 천복 반행으로부터 이어진 절륜한 무공으로 인수로의 수많은 패배자들이 죽어간 이곳에서 삶을 구할 수 있었던 것이다.

그리고 묘황은 이곳에서 새로운 인연을 만나게 되었다. 그것이 비록 살아 있는 인연이 아니라 이미 화석이 된 오래전의 인연이었지만.

조화선인이 오행을 근거로 오경을 만든 것은 오경의 후예들에겐 널리 알려진 일이다. 더불어 오경주의 거처가 천하에서 오행의 기운이 가장 승한 곳인 것 또한 비밀이 아니었다. 그런 의미에서 신마봉이 화마경의 본거지가 된 것은 신마봉 특유의 음습함 안에 강렬한 화기의 기운을 머금고 있기 때문이었다.

신마봉이 다른 곤륜의 봉우리들과 달리 그 정상에 설원이 아니라 숲이 있는 것은 바로 신마봉 아래에서 들끓고 있는 화기 때문이었다. 그 열기가 신마봉의 습기를 만들고, 그 습기는 숲을 만들었다. 그리고 수천 년에 걸쳐 형성된 습기 많은 숲은 산의 외양을 음습한 묵 빛의 옷으로 갈아입혔던 것이다.

풍수에 능한 자들이 보면 신마봉은 외양상 음의 기운이 승한 곳이라고 생각할 수 있었다. 검은 숲에 끈적끈적한 습기. 그러나 기실 신마봉은 양의 기운이 승한 곳이다. 그 안에 들끓는 화기는 천하에서 가장 강한 양의 기운이었던 것이다.

그리고 신마봉에서도 양의 기운이 가장 충만한 곳이 어울리지 않게도 바로 이 패배자들의 무덤이었다. 조화선인은 당연히 이 동굴에서 화기의 정수를 얻었다. 그러니 이 동굴은 조화선인의 후예를 자처하는 자들에겐 가장 성스러운 곳이라고 할 수 있었다. 그러나 지금은 화마경을 얻고자 하는 경쟁에서 패배한 자들의 무덤으로 남아 있으니 세상의 일이란 참으로 기이한 것이었다.

"그러니까, 이곳에서 조화선인이 화기의 정수를 얻었단 말이지? 그런데 왜 화마경의 경주들은 이곳을 수련처로 삼지 않았을까?"

송추월이 고개를 갸웃했다. 그러다 다음 구절을 읽고는 고개를 끄덕였다.

"그렇군. 이 무저갱에 떨어져 살아 나갈 수 있는 능력은 오직 조화선인만이 가지고 있었기 때문이군. 선인은 제자들의 안위를 위해 이곳의 존재를 비밀에 부친 것이란 말인데… 역시 천복 반행이란 양반이 고개 숙일 인품이란 건가?"

송추월이 희미하게 미소를 짓고는 다시 글을 읽어 내려갔다.

나 묘황은 이곳에서 수년을 살았다. 그리고 이제 이곳을 벗어나려 한다. 그동안 이곳의 화기를 이용한 덕에 나의 무공은 내 그릇이 담을 수 있는 경지를 넘어섰다. 조사에 이르지는 못할지라도 그 뒤를 이어 천복의 업을 행한 선대의 선조 중 누구보다도 높은 경지일 거라 자부한다. 그러나 그럼에도 내가 이곳을 나갈 수 있을 거란 확신은 없다. 선인께서야 다시 계곡을 거슬러 올라 강풍을 뚫고 나가셨을 테지만 내 경지에 그런 일은 불가능하다. 해서 난 이곳에 생명의 공기를 불어넣고 있는 무저갱에 몸을 던져 볼 생각이다. 천운이 있다면 살아날 것이고, 그렇지 못하다면 천복의 업은 내 대로 끝날 것이다. 그것을 염려해 여기 천복의 업을 이은 자들에게 전해오는 신공을 남긴다. 연을 이은 자, 이생의 모든 인연은 전생의 업으로부터 이어진 결과다. 그대가 이 글을 읽고 있다는 건 곧 천복의 업에 전생의 연이 닿았다는 의미, 천복의 업을 거부치 말고 인연을 받아들이길 바란다.

"졸지에 머슴이 되어버린 건가?"

천복의 업 따위에 관심 둘 송추월이 아니었기에 장난기 어린 표정으로 중얼거렸다. 묘황의 글은 거의 끝을 향해 달리고 있었다.

만약 그대의 시대에도 화마경의 진전이 계속 이어지고 있다면 난 이 곳을 탈출하는 데 실패한 것이다. 이곳을 벗어나면 가장 먼저 화마경을 회수할 생각이니까. 그러니 여전히 화마경주가 신마봉에 있다면 그대는 나와 다른 길을 찾아 이곳을 벗어나야 할 것이다.

"제길, 아직도 여전히 화마경주가 존재하니 결국 이 양반의 탈출은 실패한 거군. 휴, 다른 길을 찾아야 한단 말인가? 하지만 다른 길이 과연 있을까?"

송추월이 한숨을 내쉬며 석벽의 글에서 시선을 거뒀다. 그리고는 천천히 걸음을 옮겨 석실 중앙에 있는 정사각형의 돌덩이 위에 엉덩이를 붙이고 앉았다. 돌덩이를 통해 뜨거운 열기가 느껴졌다.

"그러니까, 이곳에서 조화선인이 화기의 정수를 얻었단 말이지?"

송추월의 표정이 묘하게 변했다.

"그렇게 따지면 화마경의 신공은 결국 여기에서 시작된 것이다. 그렇다면 나도 화기의 정수를 얻을 수 있지 않을까? 그렇게만 된다면 조화선인처럼 저 죽음의 계곡을 거슬러 올라 밖으로 나갈 수 있을 텐데……."

스스로 생각해도 야무진 꿈이 아닐 수 없었다. 송추월은 이미 그 자신이 과거 조화선인이 이루었던 경지에 도달할 수 없다는 것을 인정하고 있었다. 조화선인 같은 인물은 천고의 재질을 타고난 인물이었을 것이 틀림없다. 천복 반행이란 사람도 고금의 고수였을 터인데 그런 인물이 감복할 정도라면 그의 재질은 더 이상 논할 필요가 없다.

"나에게 그런 재질이 없다는 건 내 자신이 더 잘 알고 있는 일이고, 하지만 어쨌든 그 발끝이라도 따라가 볼 수는 있지 않을까?"

송추월이 고개를 갸웃하다 다시 묘황이 남긴 석벽의 글에 시선을 주었다.

"일단 먼저 하늘의 종복들은 어떤 무공을 익혔나 보고… 이들의 무공이 오경주를 상대할 수 있는 것이라면 익히지 않을 이유가 없다."

송추월이 다시 훌쩍 몸을 날아 올려 묘황이 남긴 글 앞으로 다가갔다. 그리고는 천복의 업을 이은 자들에게 전해지는 무결에 빠져들기 시작했다.

*　　　　*　　　　*

쿠르르릉!

산봉우리를 뒤흔드는 거대한 진동이 일어났다. 순간 마효의 눈이 가늘어졌다. 그의 시선은 묵 빛의 암석으로 만들어진 석문에 닿아 있었다. 마효는 삼 년 사이에 부쩍 늙어 있었다. 허리는 더 굽어졌고, 백발 중에 흑발은 더 이상 찾아볼 수 없었다. 눈은 보이지 않을 정도로 깊이 들어갔고, 주름은 그물을 이루고 있었다.

그러나 그의 눈빛은 여전히 형형했다. 천하를 단번에 부숴 버릴 듯한 안광으로 묵 빛의 석문을 노려보고 있었다.

그의 뒤로 그만큼이나 늙은 세 명의 노인이 서 있었고, 다시 그 뒤쪽으로 곽풍산과 대일, 그리고 원무극의 모습이 보였다. 세 사람은 질시와 기대, 그리고 반감이 느껴지는 눈으로 마효와 마찬가지로 석문을 노려보고 있었다.

세 사람 뒤에는 다시 다섯 명의 중년인이 서 있었는데, 이제는 그 누구도 무시 못할 기도를 뿜어내고 있는 태산오룡이었다.

그르릉!

다시금 석문이 안쪽에서부터 신음 소리를 흘려냈다. 그리고 드디어 가운데 틈을 만들며 좌우로 열리기 시작했다.

"됐군."

마효가 늙은 얼굴에 만족한 미소를 지었다. 석문은 아주 느리게 열렸는데, 일단 틈이 벌어지자 한순간 붉은 화기가 석문 안쪽으로부터 밖으로 밀려 나왔다.

그그긍!

직후 좀 더 명확한 마찰음이 사람들의 귀를 파고들었다. 그리고 다음 순간 석문이 활짝 열리며 그 안에서 봉두난발을 한 사내 한 명이 모습을 드러냈다. 부루였다.

부루는 두 손을 앞으로 모은 채 석문을 밀고 있었는데, 그런 그의 전신에서는 불꽃같은 기운이 넘실거리고 있었다.

"좋아. 화산범해의 경지를 완성했구나. 기대 이상인걸."

쿵!

석문을 열고 밖으로 나오는 부루를 보며 마효가 고개를 끄덕였다. 일단 부루가 벗어나자 석문이 다시 거대한 소음을 내며 굳게 닫혔다. 부루는 석문을 잠시 돌아본 후 이내 신형을 돌려 성큼성큼 마효 앞으로 다가왔다. 그리고는 정중하게 허리를 숙이며 입을 열었다.

"직접 나와 계십니까?"

"흐흐흐, 네놈의 성취를 내 눈으로 확인하고 싶었다."

"어찌 보셨는지요?"

"좋더구나. 기대 이상이다. 화산범해를 삼 년 만에 연성하는 것은 결코 쉬운 일이 아니지."

"모두가 사부님의 덕분이지요. 화정을 다섯 개나 넣어주셨으니."

"흐흐흐, 그 공을 아느냐?"

"모를 수가 있습니까? 화정이란 신마계에서도 무척 귀한 물건이란 걸 잘 알고 있습니다."

"안다니 다행이구나. 그래, 화산범해의 경지가 어떻더냐?"

"제자, 이제야 하늘 위에 하늘이 있음을 실감했습니다. 또한 감히 사부님의 경지를 짐작할 수 없음을 깨달았습니다. 화산범해가 이럴진대 화기만주와 화정멸세의 경지는 또 어떨지……."

"흐흐, 놈! 욕심이 많구나. 역대 화마경의 경주 중 화정멸세를 완성한 경주는 없었다. 화정멸세를 수련하는 일에 모두들 평생을 바쳤지만. 그런데 감히 네가 그 경지를 넘본다는 말이냐?"

"하면 화정멸세를 완성하면 오경주와의 싸움에서 승산이 있겠습니까?"

부루의 눈에서 숨길 수 없는 야망의 빛이 흘렀다. 그런 부루를 걱정스런 표정으로 바라보던 마효가 고개를 저었다.

"비록 화정멸세를 얻는다 해도 오경주와의 싸움은 장담할 수 없다. 이유는 단 하나다. 그들이 넷이라는 것. 본래 강한 적을 상대할 때는 약한 자들이 힘을 모으는 법이지. 바로 네놈들이 네놈들의 사형을 상대했던 것처럼."

마효가 떨떠름한 표정으로 서 있는 곽풍산 등을 돌아보며 말했다. 그제야 부루도 곽풍산 등 삼 인에게 시선을 주었다.

"잘들 지냈냐?"

천연덕스러운 부루의 말에 곽풍산 등이 불쾌한 표정을 가감 없이 드러냈다.

"왜들 말이 없어?"

부루가 다시 물었다. 그러자 곽풍산이 퉁명스런 목소리로 대답했다.

"잘 지냈다."

"그래? 다행이구나. 신마봉이 깨끗한 것을 보니 네가 그동안 놀지는 않은 모양이다."

곽풍산이 지난 삼 년간 신마봉 곳곳을 깨끗이 비질하고 있었던 것을 빗대어 하는 말이었다.

"목숨이 걸린 일이니 최선을 다해야지."

곽풍산이 한줄기 음흉한 미소를 지으며 대답했다.

"그래, 생각 잘했다. 목숨은 소중한 것이야. 그래서 말인데, 이젠 좀 다른 일을 해야 할 것 같다."

"비질에서 해방시켜 주겠단 말이냐?"

"그쯤 하면 비질은 충분히 했을 것 아니냐?"

"다른 일은 뭐지?"

"난 앞으로 석 달 동안 휴식을 취할 생각이다. 그동안 신마봉 이곳저곳을 돌아볼 계획이야. 특히 사형들이 거처하던 곳들을 말이야."

"다음 수련을 위해서는 이곳에서 휴식을 취하는 것이 좋을 게다."

마효가 끼어들었다.

"물론 신마봉을 내려가서도 충분히 휴식을 취할 겁니다. 화기만주를 익히는 일이 결코 만만치 않다는 것을 알고 있습니다."

"화산범해를 완성한 사람은 경주의 신분이 아닌 자들도 여럿 있었다는 걸 명심해라. 화기만주를 완성해야 진정한 신경의 주인이 될 수 있다."

"알고 있습니다."

"한데도 신마봉을 내려갈 생각이란 말이냐?"

"휴양 삼아 다녀오지요."

"신마봉이 험한 산이란 건 네가 더 잘 알고 있지 않느냐?"

"가마꾼을 쓸 생각입니다."

"가마꾼?"

마효가 의아한 표정을 지었다. 그러다가 문득 무슨 생각이 들었는지 곽풍산 등을 돌아봤다.

"설마 저들을?"

"어려서부터 힘이 센 친구들이지요."

"부루!"

곽풍산의 입에서 노성이 터져 나왔다. 순간 원무극이 재빨리 곽풍산의 어깨를 잡았다. 그러자 부루가 곽풍산 앞으로 다가서며 나직하게 말했다.

"풍산, 싫다면 죽으면 된다. 또한 날 베고 싶다면 덤벼도 좋다. 그러나… 넌 이제 결코 날 벨 수 없다. 화산범해란 너희의 실력으론 결코 넘을 수 없는 벽이니까."

"이놈!"

곽풍산이 원무극의 손을 거칠게 뿌리치며 도끼를 빼 들었다. 그리고는 번개처럼 부루를 향해 도끼를 휘둘렀다.

웅!

신마봉의 차가운 바람이 곽풍산의 도끼에 반으로 갈렸다.

"그사이 많이 늘었구나!"

자신의 이마를 쪼개오는 곽풍산의 도끼를 보며 부루가 담담한 표정으로 말했다.

"죽여주마!"

곽풍산의 광기가 하늘로 솟구쳤다. 광기와 함께 일어난 붉은 기운이 혈무처럼 그의 몸을 감쌌다. 지난 삼 년 사이 변한 것은 부루만이 아니었던 것이다.

"풍산, 대단하다만 이미 너와 난 다른 세계에 있다."

부루가 담담한 목소리를 흘려내며 손을 내밀었다. 그러자 그의 왼손이 붉게 변하더니 마치 팔이 길게 늘어나는 것 같은 환영을 만들며 곽풍산의 도끼 자루를 잡았다.

턱!

부루의 손에 곽풍산의 도끼 자루가 잡혔다. 극강과 극쾌의 부법인 천뢰부법을 펼친 곽풍산의 도끼를 잡아챈 부루의 무공은 놀라운 것이었다.

"잇!"

곽풍산이 도끼에 전 공력을 실었다. 그러나 도끼는 더 이상 부루를 향해 전진하지 못했다. 과거 공력에 관해서는 언제나 대호산의 다섯 친구 중 선두를 다투던 곽풍산이다. 그런데 오늘 부루의 손에 막혀 곽풍산은 자신의 도끼에 대한 통제력을 잃고 있었다. 지난 삼 년 사이 부루의 공력이 얼마나 강해졌는지 여실히 드러나는 순간이었다.

"풍산, 이게 너와 나의 차이다."

곽풍산의 도끼를 막은 부루가 낮게 중얼거리며 이번에는 오른손 손등으로 곽풍산의 가슴을 가볍게 밀었다.

턱!

"욱!"

곽풍산의 입에서 신음성이 흘러나왔다. 동시에 그의 몸이 허공으로 붕 떠오르더니 사오 장을 날아가 땅 위에 나뒹굴었다.

"커컥!"

떨어진 충격에 호흡을 잃었는지 곽풍산이 목에 뭐가 걸린 사람처럼 컥컥댔다. 그의 입가에 가느다란 핏줄기가 보였다. 그러나 곽풍산은 이내 호흡을 가다듬고 자리에서 일어나 도끼를 꼬나 잡았다.

"그만!"

곽풍산이 다시 부루를 향해 달려들려는 순간 마효가 둘 사이에 끼어들어 싸움을 말렸다. 그리고는 곽풍산을 향해 차가운 눈초리를 쏘아내며 말했다.

"예전에 엉켜 놀던 친구가 아니다. 부루는 화마경주의 후계자다. 다시 한 번 불경하면 신마계의 법도를 위해 내 손으로 네 목숨을 거두겠다."

"흐흐흐, 늙은이, 나도 이렇게 살기는 싫어! 그러니 죽이든지!"

비록 부상을 당했지만 곽풍산의 마기는 여전히 그의 온몸을 휘감고 있었다.

"네가 정녕 죽고 싶은 모양이구나!"

마효가 노성을 발했다.

"글쎄, 죽여보라니까!"

곽풍산이 부루 대신 마효를 향해 달려들었다. 그의 도끼가 벼락 치듯 허공에서 마효를 향해 떨어져 내렸다.

"어리석은 놈!"

마효의 입에서 냉랭한 목소리가 흘러나왔다. 동시에 그의 손이 가볍게 움직였다. 그러자 그의 손에서 붉은 기운이 흘러 나오더니 한순간에 곽풍산의 도끼를 휘감았다.

"잇!"

곽풍산이 순식간에 자신의 도끼를 휘감는 강한 기운에 대항 하고자 밑바닥 진기까지 끌어올렸다. 그러나 그의 의도와 달 리 마효의 기운에 휘감긴 도끼는 순식간에 곽풍산의 손을 벗 어났다.

팡!

곽풍산의 도끼가 허공으로 날아가는 순간 그의 가슴에 마효 의 일장이 꽂혔다.

"악!"

곽풍산이 비명을 내지르며 오 장을 날아가 땅에 나뒹굴었 다.

"풍산!"

원무극과 대일이 다급히 외치며 번개처럼 달려가 얼른 곽풍 산을 부축했다.

"후욱! 후욱!"

곽풍산이 피를 흘리며 깊게 호흡을 했다. 그리고는 대일과 원무극의 손을 뿌리치고 몸을 일으키려다가 다시 풀썩 그 자 리에 주저앉았다. 마효의 일장에 입은 내상이 심각해서 몸을 가눌 수조차 없었던 것이다.

"죽기를 원한다면 언제든 죽여주마. 네놈들의 목숨 따위, 내가 꺼릴 것 없다. 신마계는 패배자들의 피로 이어온 세계다. 그런 세계에서 경쟁에서 패하고도 살아 있는 것은 천운이라고 할 수 있다. 그런데 그 운을 거부하겠다고? 그렇다면 죽어라."

마효가 차가운 눈으로 곽풍산을 바라보며 말했다. 그러나 곽풍산은 여전히 살기 어린 눈으로 마효를 노려보고 있었다.

"너희가 신경 후계자의 가마를 들 수 없다면 역시 죽어라. 신마계에서 나 마효와 신경의 후계자를 제외하고 누가 감히 가마 들 것을 거부하겠는가? 신마계의 법은 오직 하나. 경주에게 복종하는 것. 이곳에서 네놈들 살고 죽는 것은 한 올의 무게도 지니지 않는다. 반면 감히 경주와 그 후계자에게 범한 무례는 신마봉의 무게만큼이나 무겁다. 그에 대한 대가는 오직 죽음뿐이지."

마효의 두 눈에 차가운 살기가 흘렀다. 그 또한 화마경을 익혔을 것인데, 그의 눈빛은 화마경을 익힌 다른 사람들과 달랐다. 붉은빛이 느껴지지 않는 안광. 그건 곧 그가 극마의 지경에 이르러 있다는 것을 의미했다. 그런 마효의 살기에 원무극과 대일이 몸을 떨었다. 그러나 곽풍산은 달랐다.

"오냐, 늙은이! 아무리 네가 마인이라 해도 적어도 은원의 맺고 끊음은 확실한 인간인 줄 알았다! 그런데 은혜를 피로 갚아?"

곽풍산의 노성에 마효가 문득 걸음을 멈췄다. 그리곤 눈에 살기를 없애며 물었다.

"은혜? 내가 네놈들에게·은혜를 입었다고?"

"우리가 아니었던들 네가 대호산의 화동에서 부상을 치유할 수 있었을까? 그 덕에 오늘 이렇게 살아 있는 것 아니냐?"

"흐흐흐, 그 대가는 충분히 지불했을 텐데? 무공을 주지 않았느냐?"

"무공? 죽음의 무공? 그따위 무공이 아니었다 해도 우린 풍족하진 않지만 대호산에서, 아니면 강호에서 제법 잘살고 있었을 것이다. 무공이랍시고 가르쳐 준 것이 죽음의 저주가 걸린 무공, 그 저주를 풀어주겠다고 신마봉에 불러놓고 다시 이런 모욕을 주며 개처럼 살라니 이게 과연 은혜를 입은 자의 행동이랄 수 있느냐? 이따위로 살아가니 그 대단한 무공을 가지고도 마인 소리를 듣는 것이다, 이 망할 늙은이야!"

순간 마효의 눈에 다시 살기가 돋았다.

"네놈이 진정 죽기를 원하는구나. 그렇다면 죽여주마. 할 말 다 했느냐?"

"오냐! 다 했다! 아니, 아직 못한 말이 있군. 부루!"

곽풍산이 시선을 부루에게 돌렸다. 그러자 부루가 차가운 눈으로 곽풍산을 바라봤다.

"부루 이놈, 잘 들어라. 넌 처음부터 추월의 발끝도 따라가지 못했어. 너 같은 놈은 신경의 주인이 될 그릇이 아니다. 얄팍한 술수로 얻은 신경이 네놈에게 무슨 도움이 될까. 넌 결코 신경의 무공을 완성할 수 없을 것이다. 신경은 너에게 단순한

마경에 지나지 않을 거다. 흐흐흐, 이 망할 놈의 저주를 풀기 위해 온갖 수모를 겪었으니 나도 저주 한마디 해주지. 너희 두 노소의 말로는 나보다도 몇천 배 비참하리라. 나 풍산이 저승에서 네놈들의 말로를 똑똑히 지켜볼 것이다. 하하하!"

웃음과 함께 곽풍산의 입에서 피가 터져 나왔다.

"풍산!"

"풍산! 정신 차려!"

원무극과 대일이 곽풍산을 흔들어 깨웠다. 그러나 곽풍산은 더 이상 눈을 뜨지 않았다. 죽은 자처럼 곽풍산의 전신이 축 늘어졌다.

"어쩌랴?"

문득 마효가 부루를 보며 물었다.

"살 수 있습니까?"

"아마도."

"그럼 살려주십시오."

"그러지."

마효가 간단히 답을 하고는 품속에서 하나의 목함을 꺼내 곽풍산 앞으로 던졌다.

툭!

곽풍산 앞에 떨어진 목함이 반으로 갈라지면서 열렸다.

또르르!

열린 목함에서 검은색 단환이 굴러 나왔다.

"먹여라. 연후 제일 화동으로 데려가 눕혀라. 닷새면 일어서리라."

"이건 또 무슨 함정이오?"

원무극이 마효를 노려보며 소리쳤다.

"함정? 물론 함정일 수도 있지. 하지만 적어도 놈의 목숨은 건질 것이다. 물론 큰 고통이 따르겠지. 그러나 그 고통 역시 내 손이 닿으면 사라질 것이다. 녀석은 좀 더 말 잘 듣는 개가 되어야 할 거다."

"차라리 죽이시오."

"물론 죽일 수도 있다. 그러나 난 놈에게 한 번 더 기회를 주고 싶다. 쓸모가 많은 놈이니까. 놈이 깨어나거든 선택하라고 하거라. 죽든지 살든지. 스스로 목숨을 끊을 기회는 언제나 있다. 아니면 나에게 데려와라. 신마계의 일원으로 살아가는 법을 차분히 일러줄 테니. 더불어 고통을 없애는 방법까지."

"정말 악독하구려."

"후후후, 이제야 그걸 알았느냐? 어쨌든 서둘러야 할 게다. 이각이 흐르면 환약도 소용없다. 너희 손으로 죽이고 싶으면 죽여도 되고."

마효의 말에 원무극이 다시 한 번 마효를 노려보고는 재빨리 환약을 집어 들어 곽풍산의 입에 넣었다. 그러자 곁에 있던 대일이 얼른 곽풍산을 둘러업고 화동을 향해 달리기 시작했다.

"흠… 살려둘 이유는 없는데…….."

신전을 향해 달려가는 세 사람을 보며 마효가 중얼거렸다.

"제겐 살아줘야 할 사람들이지요."

부루가 대답했다.

"흐흐흐, 화마경의 후예가 정을 가지고 있다니, 신경의 성취에 결코 도움이 되지 않을 게다."

"정이 아주 없지는 않지요. 하지만 정 때문에 그들을 살리려는 게 아닙니다."

"그럼?"

"천하의 모든 사람, 다른 오경의 경주들로부터 복종을 받아낸다고 해도 녀석들이 날 인정해 주지 않으면 공허할 겁니다. 난 놈들로부터 인정을 받고 싶습니다."

"그래? 흠, 그렇단 거군. 그렇다면 인정을 받아야겠지. 신경의 경주는 무엇이든 원하는 것을 취할 수 있으니까."

"그만 들어가 쉬겠습니다."

"그렇게 하려무나."

마효가 고개를 끄덕이자 부루가 천천히 걸음을 옮겨 자신의 숙소로 향했다. 그러자 마효가 고개를 저으며 중얼거렸다.

"역시 여전히 추월 그 녀석에게서 벗어나지 못한 건가? 추월 놈에게 느끼는 경쟁심이 네 수련을 도와줄 수도 있겠지만 나중에는 결국 독이 될 게다. 왜냐하면 죽은 놈하고 경쟁해선 이길 방법이 없으니까. 놈에 대한 열등감이 사라지지 않으면 넌 내가 생각하는 것에조차도 미치지 못할 수 있어. 음… 과연 제대로 된 선택이었을까?"

마효가 고개를 갸웃하고는 묵 빛 건물을 향해 걸음을 옮겼다.

*　　　*　　　*

　붉은 기운이 석실을 가득 메우고 있었다. 적색의 운무가 용암처럼 일렁였다. 그 속에서 송추월은 정사각형의 돌덩이 위에 가부좌를 틀고 앉아 있었다. 그의 앞에는 낡은 검이 가지런히 놓여 있었는데, 송추월은 운기를 하듯 눈을 감고 고요 속에 몸을 맡기고 있었다.

　그러던 한순간 송추월의 눈이 가볍게 떠졌다. 그의 눈 속에서 투명할 만큼 영롱한 붉은빛이 잠시 흘러나왔다. 송추월의 손이 가볍게 움직였다.

　우웅!

　송추월의 손길에 그의 앞에 놓여 있던 검이 허공으로 떠올랐다. 그리고는 살아 있는 생명체처럼 송추월의 눈앞에서 멈춰 섰다. 송추월은 그런 검을 한동안 응시하다 다시 손을 휘저었다.

　우우웅!

　송추월의 손짓에 검이 말 잘 듣는 강아지처럼 허공을 유영하기 시작했다.

　슈우욱!

　잠시 뒤 날카로운 파공음이 석실을 메우기 시작했다.

　이기어검(以氣馭劍)!

　강호의 뭇 검객들이 꿈꾸는 꿈의 경지. 현 강호에서 이기어

검을 시전한 것으로 알려진 검객은 없었다. 물론 깨알처럼 많은 은거고수 중 이기어검의 경지에 다다른 고수가 있을 수도 있지만 드러난 자들 중에선 천하육패의 고수들조차도 이기어검의 경지에 올랐다고 알려진 자는 없었다.

그 전설의 경지가 송추월의 손에서 이뤄지고 있었다. 검은 간혹 묵 빛 검기를 흘려내기도 했으나 그 검기는 이내 석실을 가득 메운 적색의 기운에 함몰됐다.

그리고 어느 순간부터 검과 검을 따라 움직이던 적색 기운들이 송추월의 몸을 감싸기 시작했다.

우우웅!

시간이 가면서 부드러움을 버리고 강렬함으로 변한 검의 움직임이 적색 기운을 휘몰아 송추월의 몸을 완전히 휘감았다. 그 속에서 간혹 번쩍거리는 불꽃이 이는 듯도 보였다.

그러던 한순간!

번쩍!

눈부신 백색의 광채가 일어났다. 송추월이 익힌 검에서 백색의 광채가 일어나는 것은 극히 드문 일이었다. 음울한 묵 빛이나 타는 듯한 붉은 기운이 송추월에게는 어울리는 빛이었다.

그러나 이번에는 사람의 눈을 멀게 만들 만큼 강한 백색의 빛이 송추월의 검에서 일어났다.

쿠우웅!

백색의 빛이 기이한 소리를 만들어내며 석실의 북쪽 석벽을 향해 몰려갔다.

콰쾅!

연이어 백색의 빛이 석실 벽에 부딪치며 천둥치는 굉음이
일어났다.

쿠쿠쿵!

석실의 북쪽 벽이 부서지면서 한 무더기의 돌덩이가 바닥에
떨어져 내렸다.

그리고 마치 거짓말처럼 그 모든 소란과 소음이 한순간에
잦아들었다. 부서져 내린 석벽에서 일어난 먼지와 석실을 가
득 메우고 있던 붉은 기운조차도 한순간에 비에 씻기듯 사라
졌다. 검도 다시 송추월의 발치에 가지런히 놓여 있었다.

"알 수가 없군."

문득 송추월의 입이 열렸다. 그가 어깨를 한 번 으쓱거리자
장내를 장악하고 있던 무거운 공기가 한순간에 사라졌다.

"이런 무공을 가지고도 누군가의 노복을 자처했단 말이지?"

송추월은 천복 반행이 조화선인의 노복을 자처한 것이 믿기
지 않는 모양이었다.

"제길, 아니지. 지금은 그것보다도 이런 무공을 가지고도 이
계곡을 벗어나지 못했단 것이 더 문제군."

천복의 업을 이은 묘황의 무공이 어느 정도 경지였는지는
정확치 않지만 적어도 지금의 송추월 자신보다는 강했을 거란
것이 그의 생각이었다. 그런 무공으로도 계곡의 바람을 이겨
내지 못했다는 건 절망적인 사실이었다.

"휴, 시간이 얼마나 지난 걸까?"

송추월이 한숨을 쉬며 자리에서 일어났다. 지저의 깊은 세계에 갇혀 있다 보니 세월이 얼마나 흘렀는지 짐작할 길이 없었다. 신체의 본능도 시간을 잊은 지 오래여서 더 이상 시간의 흐름을 알려주지 않았다.

"어쨌든 또 배가 고프군."

송추월이 입맛을 다셨다. 그러다 문득 자신의 검에 무너져 내린 석벽의 돌 더미가 눈에 들어왔다.

"일단 요기를 하고 치우도록 해야겠어. 힘을 썼더니 돌덩이 하나 들 근력도 남아 있지 않은 것 같아."

송추월이 중얼거리며 석실을 벗어났다.

식사는 단출했다. 동굴에서 자란 버섯들과 이젠 제법 맛을 들인 이끼가 식사의 전부였다. 처음 얼마간은 지하 수로를 통해 들어온 약간의 물고기와 개구리 등을 먹기도 했지만 시간이 지나면서 송추월은 오직 버섯과 이끼로만 허기를 해결했다.

같은 음식을 오랫동안 먹는 것이 처음에는 고역이었으나 버섯과 이끼에 길들여지자 이제 두 가지 음식만으로도 송추월은 어떤 진수성찬에 못지않은 포만감을 느낄 수 있게 되었다. 두 음식에 약간의 소금을 곁들인 식사가 이젠 천하의 어떤 음식보다도 별미로 느껴지는 송추월이었다.

송추월은 아주 느리게 식사를 마쳤다. 시간이 정지된 공간에선 모든 것이 느리게 흘러갔다. 그가 머물고 있는 동굴은 그가 처음 이곳에 들어왔을 때와 달라진 것이 없었다. 단지 몇 개의 돌 접시가 늘어나 있을 뿐.

"이제 벌여놓은 일을 정리하러 가볼까."

송추월이 돌 접시에 담긴 버섯과 이끼를 깨끗이 비우고는 자리에서 일어났다. 그가 무공을 수련하는 세 번째 동굴의 돌덩이들을 그대로 둘 수는 없었다. 여전히 그의 수련은 이 패자들의 무덤에 머무는 동안은 계속될 것이기 때문이었다.

"후, 가관이군."

무너진 돌 더미를 앞에 놓고 송추월이 한숨을 내쉬었다. 산더미처럼 쌓인 돌무더기를 치우는 일이 만만치는 않아 보였다.

"묘황이란 사람이 살아 돌아오면 성질깨나 부리겠어."

송추월이 돌덩어리 하나를 집어 들며 중얼거렸다. 돌덩이에는 묘황이 새겨놓은 글들이 남아 있었는데, 송추월의 무공 수련 덕에 이미 묘황이 석실 벽에 남긴 글귀들은 상당 부분 사라지고 없었다.

송추월은 무너진 돌들을 석실 한곳에 가지런히 쌓기 시작했다. 부수기는 했지만 석실 밖으로 내다 버리기엔 묘황에 대한 미안함이 컸기 때문이다.

송추월이 무너진 돌덩이를 치우는 데 걸린 시간은 대략 이 각여. 공력을 쓰지 않으니 일은 생각보다 느렸다.

"다시 깎아내야 할까?"

애초에는 매끄럽기 이를 데 없는 석실의 벽면이었다. 그런 것을 자신이 부수어놓았으니 왠지 모르게 본래의 상태로 되돌려 놓아야 할 것 같은 책임감이 느껴지는 송추월이었다.

"어디."

송추월이 검을 들고 벽 쪽으로 다가갔다.

삭!

송추월이 검을 가볍게 휘두르자 튀어나온 벽면의 돌들이 매끄럽게 잘려 나갔다.

"별로 어렵지 않겠군."

송추월이 가볍게 고개를 끄덕이고는 본격적으로 울퉁불퉁해진 벽면을 손질하기 시작했다.

삭삭!

송추월의 검에 다듬어져 가는 벽면이 기분 좋은 소리를 만들어냈다. 송추월은 마치 오래된 때를 벗기듯 그렇게 투박한 벽면을 말끔하게 정리하는 데 열중했다. 그런데 송추월이 벽면을 정리하기 시작한 지 얼마나 되었을까.

텅!

갑자기 송추월의 검이 닿은 벽면에서 지금까지 들을 수 없었던 소리가 흘러나왔다.

"뭐지?"

송추월이 고개를 갸웃하며 검으로 눈앞의 벽면을 다시 건드렸다.

텅!

마치 안이 빈 것 같은 소리가 다시 일어났다.

"이 안쪽에 다른 동굴이 있는 건가?"

문득 호기심이 일었다. 송추월이 망설이지 않고 벽면을 향해 강하게 검을 내려쳤다.

쿵!

우르릉!

한순간 큰 파열음과 함께 검에 격중된 벽이 안쪽으로 함몰됐다. 그리고 그 안쪽에서 새로운 인연이 송추월을 기다리고 있었다.

第九章
제 오 결

화마경

"이건 뭔가?"

송추월이 경이의 눈으로 자신의 눈앞에 펼쳐진 불의 세계를 바라봤다. 사방 십여 장의 공간은 온통 적염으로 물들어 있었다. 사람의 손으로 깎아 만든 석실의 벽면은 붉은 진주처럼 영롱한 염기를 흘리고 있었고, 그 안쪽으로부터 보통 사람이라면 잠시도 견디기 힘든 뜨거운 열기가 끊임없이 흘러나오고 있었다.

"후욱!"

송추월이 급히 진기를 끌어올려 열기에 대항했다. 그럼에도 석실에서 흘러나오는 열기는 견디기 힘들었다.

"화정(火精)의 세계군."

석실의 벽면을 이루고 있는 붉은 돌들은 그 귀하다는 화정들의 집합체였다. 강호에선 하나만 있어도 만금의 부자가 될 수 있는 화정이 석실의 벽을 이루고 있었던 것이다.

"이런 곳이 왜 숨겨져 있었을까? 묘황 그도 이 석실에 대한 언급은 없었는데……. 이곳의 존재를 몰랐던 걸까?"

송추월이 수련하던 석실과 지금 들어선 화정의 석실은 사람의 손으로 구분되어져 있었던 것이 분명했다. 송추월이 검을 수련하며 부순 벽이 인공적으로 만들어진 것이란 건 한눈에 보아도 알 수 있었다. 그러니 묘황 이전에 이곳에 머물렀던 사람이 있었단 의미가 된다.

"그렇다면 오직 한 명밖에 없는데……."

묘황 이전 이 죽음의 세계에서 살아 있었던 사람은 적어도 송추월이 알기에는 오직 한 명, 조화선인이 유일했다. 그렇다면 이 불의 석실은 조화선인이 봉인한 것일 터였다. 송추월의 짐작은 금세 사실로 드러났다.

화기가 승하니 신마봉을 범할까 두렵다. 그런 연유로 화기의 정혈을 봉인하니 입동자는 내 뜻을 알라.

구슬처럼 영롱하게 붉은 화정의 기운을 내뿜고 있는 벽면에 새겨진 첫 번째 글귀였다.

"신마봉 위에서 화마경을 이어가는 후손을 걱정한 건가?"

송추월이 고개를 갸웃하며 천천히 화동을 살폈다. 그러자 다시 처음의 글귀가 있던 곳에서 제법 떨어진 곳에 거칠게 새겨진 글씨들이 눈에 들어왔다.

"보자. 또 무슨 말을 해놓으셨는가? 이건 마치 낙서하듯 쓴 글인 듯싶은데……."

송추월이 안에서 흘러나오는 염기를 이기지 못해 붉은 피처럼 보이는 글에 시선을 가져갔다. 그러다 잠시 후 송추월의 눈이 크게 떠지기 시작했다.

"이건… 화수유천이야!"

거칠게 쓰인 글귀의 첫 부분은 분명 그가 마효에게서 전수받은 화수유천의 비결이었다. 그리고 연이어 다시 네 개의 비결이 그의 눈에 들어왔는데, 그곳에는 각 비결의 이름이 새겨져 있었다.

"화산범해… 화기만주… 화정멸세……. 그런데 왜 마지막 비결은 이름이 없는 걸까?"

벽면에 휘날리듯 쓴 다섯 개의 구절 중 마지막 구절에는 아무런 이름이 새겨져 있지 않았다. 어쩌면 이 글을 남긴 조화선인이 미처 다섯 번째 비결의 이름을 정하지 못한 것일 수도 있었다. 그런데 글은 그것으로 끝이 아니었다. 다섯 번째 구절 뒤쪽으로도 거칠게 새겨진 글귀가 이어지고 있었다.

이것으로 화기의 요체를 얻었다. 모든 것을 태우는 것은 또 다른 세계를 열기 위한 과정. 그 자리에서 새 생명이 일어난다. 마(魔)도 삶의 일부이나 나에게 마의 시대는 지났다. 그러나 마를 넘어선 세계는 이곳에 존재하지 않는다. 이제 해동으로 가 선의 경지를 탐하리. 천부(天斧)를 잠재우고, 신인 도명의 이름을 강호에 묻겠다. 세속의 권세를 모두 버리고 진아(眞我)를 찾아 선정에 들리라.

"이것 봐라? 신인 도명?"

송추월의 눈이 커졌다. 신인 도명이라는 글귀가 보름달처럼 크고 밝게 송추월의 눈에 들어왔다.

"그러니까, 조화선인이 신인 도명이었단 말이네. 그가 이곳에서 화기의 요체를 얻은 이후 도명이란 이름을 버리고 조화선인으로 다시 태어난 것이란 말인가?"

오신경을 남긴 조화선인의 진실한 정체를 알게 된 송추월로서는 조화선인이 한층 더 가깝게 느껴졌다. 예전에는 이름없이 그저 조화선인으로만 불리던 그가 실존 인물이 아닌 전설 속의 인물처럼 느껴졌었다. 그런데 그가 신인 도명이었음을 아는 순간 조화선인은 송추월에게 한 사람의 인간으로 느껴졌던 것이다.

송추월이 묘한 미소를 지었다.

"흐흐흐, 그런데 이렇게 되면 결국 난 화마경을 얻은 것인가?"

송추월의 미소가 한순간 강렬한 웃음소리로 변해 화동을 가볍게 울렸다.

"핫하하! 늙은이! 그리고 부루! 다시 볼 날을 기대하겠다! 하하하!"

$*$　　　$*$　　　$*$

"우리 셋이 놈을 상대하지 못할까!"

곽풍산이 붉어진 눈으로 대일과 원무극을 보며 말했다.

"하지만 녀석은 화기만주를 수련하고 있어. 비록 완성하려 면 앞으로도 수년이 걸릴 테지만 그래도 화기만주는 화기만주 야. 반면 우린 화산범해도 완성하지 못했지. 노인네가 아직 화 산범해의 완전한 비결을 내놓지 않았으니까. 화산범해를 이루 지 못하면 우리 몸에 걸려 있는 제약은 벗어날 길이 없다. 우 리가 녀석을 제거하면 늙은이가 더 이상 화산범해의 비결을 가르쳐 주지 않을 거야."

대일이 침착한 목소리로 말했다.

"아니, 그건 그렇지가 않아. 놈을 죽이면 남는 것은 결국 우 리 셋이다. 늙은이가 우리 중에서 새로운 후계자를 고르지 않 을 수 없을 거야. 그러니 우릴 죽일 수 없지."

곽풍산이 살기를 드러냈다.

"넌 정말 우리가 녀석을 죽일 수 있다고 생각하는 거냐?"

원무극이 조심스럽게 물었다.

"우리 셋이면 가능하다고 본다. 화기만주가 어떤 경지인지 몰라도 우리 셋이면 부루 하나, 충분히 감당할 수 있어. 지난 세월 우리도 놀고 있지는 않았으니까."

곽풍산이 주먹을 쥐어 보였다.

"몸은 괜찮은 거냐?"

원무극이 물었다.

"흐흐, 괜찮아. 무슨 영문인지 노인네가 한 달에 한 번 주는 해약이 오히려 내공을 더 충실하게 만든다니까?"

"그래도 그 노인의 꿍꿍이는 알 수 없어. 조심해야 해."

"물론 그래야지. 어쨌든 노인네에게서 완전한 자유를 얻어 내려면 역시 부루 녀석이 사라져 줄 필요가 있어. 우리 중에서 새로운 화마경의 후예가 나와야 돼."

"물론 그렇겠지. 하지만 왠지 걱정이 되는 건 사실이야."

대일이 여전히 조심스럽게 말했다.

"해보자. 죽으면 그뿐이지, 뭐."

곽풍산이 고집을 피웠다.

"만약 부루 녀석과 승부를 보려면 다른 사람의 눈을 피해야 해. 그러자면 녀석이 수련 중인 화동에 들어가야 하는데……."

"그건 내가 이미 준비했다고 했잖아. 그걸 위해 지금껏 녀석의 똥오줌을 받아낸 거라고. 퉤!"

"네가 그 일을 한다고 할 때 놀라긴 했지."

대일이 고개를 끄덕였다.

"어쩔 거야? 할 거지?"

곽풍산이 강요하듯 두 사람을 다그쳤다. 그러자 원무극과 대일이 잠시 서로를 바라보다 고개를 끄덕였다.

"좋아! 하자!"

대일의 승낙에 곽풍산의 얼굴이 밝아졌다.

"좋아! 흐흐흐, 녀석에게 세상 무서운 걸 가르쳐 주자고!"

"우리가 죽을 수도 있지."

원무극은 여전히 걱정이 되는 모양이었다. 그러자 곽풍산이 음습한 웃음을 흘리며 말했다.

"죽으면 그뿐이야. 추월 녀석이나 만나면 되는 거지, 뭐."

"그럼 언제?"

"말 나온 김에 오늘 밤!"

"그렇게 일찍?"

"오늘이 좋아. 마침 오늘이 녀석의 오물을 치우러 들어가는 날이니까. 화동을 지키는 놈들만 소리없이 처리하면 녀석에게 접근하는 동안 의심받지 않을 거야."

"놈들은 내가 맡지."

원무극이 말했다.

"그 말을 기다렸다."

"술시에 화동 앞으로 와라."

원무극의 말에 대일과 곽풍산이 고개를 끄덕였다.

신마봉에는 열두 개의 화동이 있다. 신마봉 자체가 지저에 뜨거운 열기를 품고 있는 산이라 산 곳곳에 화동이 존재했다. 열두 개의 화동 중 신전이 있는 신마봉 봉우리에 일곱 개의 화동이 몰려 있었는데, 그중 네 개는 마효와 부루만이 사용할 수 있었고 나머지 세 개는 신마봉에 기거하는 자 누구나 이용할 수 있었다.

신마봉에 기거하는 자들은 한낱 노복일지라도 상승의 무공을 수련하고 있었다. 그리고 그 수련은 화동의 도움을 받을 때 더욱 진보가 빨랐다. 그래서 화동은 신마봉의 사람들에겐 생명과도 같은 장소였다.

그중 화마경주 마효와 그의 후계자 부루가 사용하는 네 개의 화동은 신마봉에서 가장 강한 화기를 지닌 곳이었다. 부루는 그 네 개의 화동 중 신마봉 동쪽에 위치한 화동에 들어 화마경의 무공, 그들이 화신밀공이라 부르는 무공의 세 번째 단계, 화기만주를 근 오 년째 수련하고 있었다.

부루가 수련하는 화동은 두 명의 신마계 고수가 지키고 있었는데, 신마계에서 마효와 부루는 신과 같은 존재였으므로 오히려 두 사람의 거처를 지키는 방비는 소홀한 편이었다. 그건 천하의 그 누구도 절대적 존재인 두 사람을 범접할 수 없다는 확신에서 나오는 행동들이었다.

휘이잉!

그 지저에 뜨거운 열기를 지니고 있지만 신마봉도 곤륜의 산이라 밤이 되면 봉우리의 바람은 시리도록 찼다. 밤이 되자 바람이 동쪽에서 서쪽으로 불었다. 찬바람이 불었지만 부루가 들어 있는 화동을 지키는 두 명의 신마계 고수는 미동도 하지 않았다.

그런데 한순간 바람에 섞인 낙엽 몇 개가 십여 장을 날아들어 두 사람의 시야를 어지럽혔다. 그러자 두 사람도 어쩔 수 없이 눈살을 찌푸리며 손을 들어 시야를 가리는 낙엽을 쳐냈

다. 그런데 바로 그 순간,

"컥!"

오른쪽에 있던 사내의 입에서 나직한 비명 소리가 흘러나오면서 순식간에 땅에 무너져 내렸다.

"왜… 컥!"

갑작스런 동료의 쓰러짐에 당혹한 표정을 짓던 곁의 사내 역시 짧은 신음성과 함께 땅 위에 쓰러졌다. 그리고 다음 순간, 두 사람 사이에 희미한 그림자가 만들어지더니 이내 원무극이 모습을 드러냈다.

원무극은 재빨리 쓰러진 두 사람을 들어 화동으로 들어가는 문주 뒤쪽으로 숨겼다.

"끝난 거냐?"

어느새 나타났는지 곽풍산이 두 사람의 시신을 숨기고 나오는 원무극에게 물었다.

"생각보다 쉬웠어."

"무극 네 살법이 극성에 이른 거지."

이번에는 대일이 원무극에게 말했다.

"가자!"

곽풍산이 대일과 원무극 두 사람의 어깨에 손을 올리고는 마치 마을이라도 나가는 사람처럼 부루가 들어 있는 화동을 향해 다가섰다. 곽풍산이 화동을 막고 있는 석문의 한쪽 부분을 누르자 석문이 매끄럽게 안쪽으로 열렸다. 세 사람은 잠시 주위를 살피고는 순식간에 화동 안으로 사라졌다.

"괜찮을는지요?"

마효의 뒤에 서 있던 세 명의 노인, 평생 마효를 수행한 세 명 중 일노라 불리는 한봉이 마효에게 물었다.

"상관없다."

마효가 차갑게 말했다.

"무슨 말씀이신지……?"

"녀석이 저놈들 손에 죽든 말든 상관없다는 말이다."

순간 한봉이 움찔한 표정을 지었다. 그러자 마효가 역시 차가운 목소리로 말을 이었다.

"놈들이 부루 녀석을 공격하는 것은 좋은 일이야. 부루 녀석이 녀석들을 이겨내려면 무척 힘들 게다. 하지만 일단 녀석들을 이겨낸다면 놈은 제대로 된 경주가 되겠지. 어쩌면 날 능가할 수도 있는."

"하지만 패할 경우에는……."

"패할 정도의 실력이라면 경주가 될 수 없다. 적어도 목숨은 부지해야지. 이미 녀석이 화기만주의 진결을 수련한 지 오 년여가 되어가고 있다. 그전에는 십수 년 동안 화수유천으로 기초를 닦았지. 그 정도 수련을 하고도 화산범해의 정수를 얻지 못한 세 녀석에게 패한다면 경주가 될 자격이 없다고 봐야 한다. 그런 놈이야 죽으면 그뿐인 거고."

"하지만 그리되면 다음번 회합에선……?"

"까짓, 내가 한 번 더 가면 되지. 아니면 세 놈 중 한 놈을 대신 세워도 되고."

"그러나 세 대인은 소경주에 미치지 못하지 않습니까?"

"그건 모르는 소리야. 머리는 몰라도 몸은 세 놈 역시 부루 녀석에 못지않은 재질이 있어. 특히 풍산 그놈은 제법 강골이란 말이지. 오히려 부루 녀석보다 화마경에 더 어울리는 놈일 수도 있어. 문제는 수련 시간인데… 그건 내가 녀석에게 먹이고 있는 신단으로 해결할 수도 있을 것 같고."

"그저 단순한 해약이 아니었습니까?"

"내 손에서 나가는 물건 중 단순한 것은 없다."

마효의 말에 한봉이 고개를 숙이고는 한 발 뒤로 물러났다. 그러자 마효가 다시 입을 열었다.

"부루, 날 실망시키지 말길 바란다. 적어도 아직은 내가 화마경주니까."

뚜벅뚜벅.

곽풍산이 뜨거운 열기가 흘러나오는 화동으로 망설이지 않고 걸음을 옮겼다. 본래 곽풍산은 항상 삼 일에 한 번 이 시간에 부루가 화동에서 생활하면서 만들어내는 오물들을 치웠기 때문에 그의 등장이 부루를 놀라게 할 수는 없었다.

곽풍산이 부루가 오물을 모아두는 곳으로 이동하며 흘깃 부루가 수련하는 석실을 살폈다. 부루는 석실 정중앙에 가부좌를 틀고 앉아 운기에 열중하고 있었다. 곽풍산의 등장 역시 수련 중인 부루에겐 아무런 방해가 되지 않는 것이 분명했다.

수련 중인 부루의 모습을 확인한 곽풍산이 이번엔 고개를 반대편으로 돌려 끄덕였다. 그러자 화동의 입구 쪽에서 거뭇한 그림자 두 개가 화동을 밝히는 야광주의 그늘을 찾아 석실 쪽으로 접근했다.

두 개의 그림자는 어느 순간 하나로 변했다. 그리고 남은 그림자가 조용히 곽풍산 곁에서 멈췄다. 대일이었다.

곽풍산과 대일이 숨을 죽이며 석실로 접근했다. 부루는 여전히 깊은 삼매에 빠져 있었다. 곽풍산과 대일이 석실로 들어서지 않고 문밖에서 제각기 병기를 꺼내 들었다. 미세한 공기의 흐름이 일어났으나 수련 중인 부루를 격동시키지는 않았다.

곽풍산과 대일이 크게 숨을 쉬었다. 그리고는 문의 양쪽 옆으로 나눠 서더니 거의 동시에 석실을 향해 뛰어들었다.

쿠우웅!

쒜애액!

곽풍산의 도끼와 대일의 청룡도가 석실 가득한 붉은 기운을 가르며 벼락처럼 선정에 들어 있는 부루를 향해 내리꽂혔다. 강호에서 그 적수를 찾을 수 없는 두 절대고수의 공격이었으므로 아무리 부루가 화마경의 신공을 수련했다고 해도 피해낼 수 있을 것 같지는 않았다.

도끼와 청룡도는 순식간에 부루의 머리에 당도했다. 이제 삶과 죽음이 갈리는 것은 일촌의 시간도 남지 않았다. 한순간 부루가 번쩍 눈을 떴다. 그의 눈에서 핏빛 염기가 번뜩였다. 그리고 앉은 자세 그대로 두 손을 머리 위로 들어 올렸다.

쿠, 쿠웅!

두 번의 격돌음이 석실을 뒤흔들었다. 그러자 부루를 공격했던 곽풍산과 대일이 강력한 반탄력에 뒤로 밀려나는 듯하다 재차 부루를 향해 달려들었다.

"네놈들이!"

부루의 눈이 적염에 물들며 노성이 터져 나왔다.

"부루, 죽어줘야겠다!"

곽풍산의 입에서 살기가 뚝뚝 떨어지는 음성이 흘러나왔다. 동시에 그의 도끼가 거대한 묵영을 그렸다. 몇 년 전에 비할 수 없는 공력. 부루가 곽풍산의 공격을 경시하지 못하고 앉은 자세 그대로 허공으로 떠오르더니 뒤쪽으로 죽 몸을 뺐다.

쾅!

연이어 부루가 앉아 있던 좌대에 곽풍산의 도끼가 떨어져 내리며 돌로 만든 좌대가 박살 났다. 순간 부루가 곽풍산을 향해 일수를 뻗어냈다. 그러자 붉은 수영이 곽풍산의 가슴을 쳐댔다.

"윽!"

곽풍산이 재빨리 몸을 틀자 부루의 수영이 아슬아슬하게 스치고 지났다. 그 충격만으로도 곽풍산의 신형이 이 장 정도 뒤로 밀렸다.

"여기도 있다!"

곽풍산에게 반격을 가하는 부루의 옆구리를 향해 이번엔 청룡도가 노도와 같은 기세로 달려들었다. 부루가 대일의 공격을 경시하지 못하고 허공에서 제비를 한 바퀴 돌아 대일의 청룡도를 몸 아래로 흘려보낸 후 대일의 머리를 향해 손을 내밀었다.

슈우욱!

마치 실타래처럼 풀려 나오는 부루의 손이 번개처럼 대일의 머리를 움켜쥐려 하였다. 대일이 위급함을 느끼고 재빨리 바닥을 굴렀다.

쿵!

간발의 차이로 대일을 놓친 부루의 손이 바닥에 강력한 일장을 때려댔다..

쿠르릉!

부루의 장력에 충격을 받은 석실이 진동하며 천둥치는 소리를 흘려냈다.

"감히 날 상대할 수 있을 것 같으냐?"

기습적인 공격을 모두 막아낸 부루가 곽풍산과 대일을 향해 다가서며 소리쳤다. 대일과 곽풍산의 얼굴에 두려운 빛이 서렸다. 그러나 부루를 향한 적의는 더욱 강해지는 두 사람이었다.

"반드시 오늘 널 죽이겠다."

곽풍산이 이를 갈았다.

"하하하, 풍산. 너희는 절대 날 죽이지 못해. 이제 너희의 무공이란 나에게 어린애들 장난에 지나지 않는다. 무릎을 꿇고 복종하라. 옛정을 생각해 일인지하 만인지상의 영광을 얻게 해주겠다."

"네놈의 개가 되고 싶은 생각은 추호도 없다. 차라리 죽고 말지."

"흥, 그동안 사부의 신단은 잘도 받아먹더니."

"그 또한 네놈을 죽이기 위해 굴욕을 참았던 것뿐이다."

"정녕 죽고 싶은 거냐?"

부루가 안색을 굳히며 차갑게 물었다.

"널 죽이려면 목숨을 걸어야 한다는 것 정도는 알지."

"그렇다면 어쩔 수 없구나. 나도 네 녀석들을 봐줄 만큼 봐줬어."

"흐흐, 네 오물을 치우고, 네놈이 타는 가마를 메고, 네 거처를 청소하는 것이 네놈이 베푼 아량이란 말이냐, 이 죽일 놈아!"

"내게 진심으로 복종하면 그 순간 너희는 황제와 같은 삶을 누리게 될 거다."

"진심?"

"그래, 진심. 너희는 어릴 때부터 날 진심으로 존중한 적이 없었다. 내가 언제나 너희보다 한발 앞에 있었음에도 불구하고."

부루의 말에 곽풍산이 묘한 미소를 지었다. 그리고는 조롱하듯 말했다.

"하하, 네놈은 여전히 추월이가 부러운 모양이구나. 추월이를 죽이고 그 자리를 훔치고도 그 열등감은 사라지지 않은 모양이지? 그래서 우리가 추월이에게 가졌던 마음을 네가 받고 싶은 거군."

"죽은 놈 이야기는 필요없다."

부루가 차게 말했다. 그러자 곽풍산의 입가에 한줄기 비웃음이 생겨났다.

"흐흐흐, 부루, 잘 들어둬. 넌 결코 추월이를 능가할 수 없어. 네놈은 추월이의 발끝도 따라갈 수 없단 말이다. 왠지 알아?"

"……?"

곽풍산의 질문에 부루가 침묵으로 답했다.

"이유는 간단해. 종자가 다르거든. 추월이가 호랑이의 자손이라면 네놈은 겨우 족제비의 씨에 지나지 않아. 그러니 아무리 애를 쓴들 족제비가 어찌 호랑이가 되겠느냐? 하하하!"

곽풍산의 웃음이 석실을 뒤흔들었다. 순간 부루의 눈에서 불꽃이 타올랐다. 태초의 뜨거움 같은 것이 부루의 눈에서 터져 나왔다.

"풍산… 네가 진정 죽기를 원하는구나."

"흐흐, 능력이 되겠느냐?"

"넌 아직 화마경의 진수를 몰라. 그리고 화마경의 후예가 된다는 것이 어떤 의미인지도."

"널 죽이고 화마경을 얻게 되면 자연히 알게 되겠지. 죽어라!"

곽풍산이 갑작스럽게 도끼를 휘둘렀다. 그러자 도끼날 모양의 진기 덩어리가 순식간에 부루의 가슴에 박혀들었다. 순간 부루가 붉게 달아오른 손으로 곽풍산이 만든 진기 덩어리를 받아쳤다.

쿵!

강력한 폭발음과 함께 곽풍산이 만들어낸 도끼 모양의 진기 덩어리가 폭죽처럼 터졌다.

"하늘이 있음을 알려주마!"

부루가 유령처럼 움직여 곽풍산의 일 장 안으로 파고들었다.

"흡!"

부루를 조롱하던 곽풍산이 부루의 신비로운 신법에 놀라 다급성을 토해내며 이삼 장 뒤로 재빨리 물러났다. 그러나 이미 부루의 손은 채찍처럼 늘어나 곽풍산의 옆구리를 후려치고 있었다.

팡!

"큭!"

곽풍산의 입에서 신음성이 터져 나왔다. 그의 허리가 거의 직각으로 꺾이며 허공에 떠오르더니 석벽과 강하게 충돌했다. 곽풍산이 일순 무너진 몸을 일으키지 못하고 버둥대는 사이 어느새 부루가 다시 독수리처럼 날아들었다.

"병신이 되어도 시중은 들 수 있을 거다."

부루의 입에서 차가운 음성이 흘러나왔다. 그러자 곽풍산이 쓰러진 채로 도끼를 휘둘렀다.

"네놈의 종으로 사느니 차라리 죽겠다."

웅!

곽풍산의 도끼에서 다시 검은 진기 덩어리가 만들어져 부루를 향해 날아갔다.

"흥! 네 마음대로 죽을 수도 없게 해주마!"

부루가 한 가닥 비웃음과 함께 손을 휘저었다. 그러자 곽풍산이 만들어낸 진기 덩어리가 방향을 틀어 석실의 천장과 충돌했다.

콰르릉!

석실 천장이 뒤흔들리며 가는 부스러기가 비처럼 떨어져 내렸다. 그 사이로 몸을 날린 부루가 곽풍산의 어깨를 향해 일수를 내려쳤다. 그런데 바로 그 순간 지금껏 기회를 엿보던 대일이 번개처럼 부루의 옆구리를 파고들며 청룡도를 휘둘렀다.

"부루, 나도 있다!"

대일의 청룡도가 노도처럼 부루의 옆구리를 베었다. 그러나 부루의 신법은 워낙 신묘해서 한순간 허공에서 방향을 틀어 대일의 청룡도를 피해내더니 곽풍산과 대일을 향해 동시에 양손을 뻗어냈다.

부루의 손에서 만들어진 붉은 수영이 곽풍산과 대일을 향해 기이한 곡선을 그리며 다가섰다. 느린 듯 보이지만 도저히 피할 방위가 보이지 않은 수공. 곽풍산과 대일이 도끼와 청룡도를 들어 부루의 수공에 대항했다.

쿠르릉!

부루가 만든 붉은 수영(手影)과 곽풍산과 대일 두 사람의 병기가 마주치는 순간 기이한 소음이 일어났다. 부루의 수영은 마치 쇠로 만든 것처럼 두 사람의 병기와 격돌하고도 흩어지지 않고 온전한 형태를 유지하고 있었다. 그뿐만 아니라 오히려 두 사람의 병기를, 그리고 두 사람을 서서히 뒤로 밀어내는 것이었다.

"너희가 아무리 기를 써도 결코 날 넘어뜨릴 수 없다! 난 이미 너희가 넘을 수 없는 하늘이다!"

부루의 입에서 지배자의 도도함이 묻어났다. 그의 수영은 곽풍산과 대일의 병기를 점점 밀어내고 있었다. 한순간 그가 힘을 쓰면 두 사람의 병기를 뚫고 들어가 상대의 사혈을 격중할 것 같은 상황. 그런데 그때 한껏 진기를 끌어올린 부루의 뒤쪽에 희미한 그림자가 생겨났다. 그것이 야광주의 빛이 만들어낸 부루의 그림자인지 아니면 다른 물체의 그림자인지 구분이 되지 않는 상태에서 불쑥 그림자가 검은빛을 흘려냈다.

팟!

검은빛이 일순 창처럼 부루를 찔렀다.

"무극! 너까지?"

순간 부루가 당황한 듯한 표정을 짓더니 풍차처럼 몸을 회전했다.

삭!

순간 미세한 절단음이 일어나며 부루의 옆구리 옷자락이 길게 베어졌다. 펄럭이는 옷자락 속에서 한줄기 선혈이 내비쳤다. 더불어 원무극의 암습을 피해내느라 약해진 그의 공격에서 벗어난 곽풍산과 대일이 여유를 두지 않고 부루를 덮쳐 왔다.

"넌 우릴 배신하는 게 아니었어!"

대일의 입에서 진득한 살기가 흘렀다. 동시에 세 개의 병기가 부루의 머리 위로 떨어져 내렸다. 부루가 할 수 있는 일은 더 이상 없어 보였다. 그저 조용히 세 친구의 공격에 목숨을 맡기는 것밖에는.

그런데 원무극의 등장으로 한순간 승기를 잡은 세 친구의 공격이 마지막 순간 미세하게 흔들렸다. 비록 온갖 수모를 준 부루이기는 하나 그들이 함께한 세월의 정은 그리 가볍지 않았다. 이미 삶을 포기한 듯한 부루의 표정에 전력을 다해 그의 신체를 삼분하려던 세 친구의 마음속에 약간의 망설임이 생겨났고, 그것이 그들의 공세를 한순간 엷게 만들었다.

순간 부루의 눈빛이 번쩍였다. 삶을 포기한 듯했던 그의 눈에 다시금 붉은 기운이 도는가 싶더니 그 누구보다도 강렬한 삶의 열망을 내뿜었다.

"화기만주!"

부루의 입에서 나직한 뇌까림이 흘러나왔다. 그의 손이 마치 세 사람의 병기를 한 번에 받아낼 것처럼 허공으로 올라왔다. 그러자 그의 전신에서 선홍빛 적염이 뿜어져 나왔다. 석실이 한순간에 핏빛 노을로 가득 찼다. 부루의 몸에서 흘러나오는 적염이 천하를 물들일 듯 일렁였다.

콰콰쾅!

천지가 폭멸하는 듯한 굉음이 석실을 뒤흔들었다.

"윽!"

"큭!"

"으음!"

세 마디의 신음 소리가 동시에 일어났다. 더불어 갓 떠오르는 햇덩이처럼 붉은 부루의 신형이 장승처럼 석실의 중앙에 우뚝 섰다. 곽풍산과 대일, 그리고 원무극은 부루로부터 삼사 장 가까이 멀어진 채 경악스런 시선으로 화인(火人)으로 변한 부루를 바라보고 있었다.

"이래서 너희는 내 상대가 되지 않는 거다. 한 치의 동정심은 결국 패배로 이어지게 마련이지. 미안하게도 나에겐 그런 동정심이 없어."

부루가 움직였다. 그의 신형이 가장 먼저 도달한 곳은 곽풍산의 앞이었다.

팡!

"악!"

부루의 일장에 곽풍산의 신형이 폭풍에 휘말린 낙엽처럼 날렸다.

"풍산!"

대일과 원무극이 동시에 외치며 부루와 곽풍산을 향해 달려들었다. 순간 부루가 다시 두 팔을 휘둘렀다.

쉬이익!

허공에서 원을 그린 부루의 두 손이 붉은 태양을 만들어냈다. 그리곤 다음 순간 그 태양을 양손으로 찢었다.

퍼펑!

두 개로 찢어진 붉은 태양이 번개처럼 달려드는 원무극과 대일을 강타했다.

"컥!"

"이익!"

대일이 억눌린 신음 소리를 흘려내며 허공을 날아가 석실 벽에 부딪쳤다. 원무극은 급히 부루의 공격을 피했으나, 오른쪽 옆구리에 부루의 장력을 스쳐 맞는 것을 피할 수는 없었다. 원무극이 이를 악물고 고통을 참으며 다섯 걸음 뒤로 물러났다. 대일의 사정은 더 좋지 않았다. 그는 바닥에 쓰러진 채 더 이상 몸을 일으키지도 못하고 있었다.

이제 싸움은 거의 끝난 것이나 마찬가지였다. 부루의 경악스런 무공은 이미 곽풍산과 대일을 사경에 헤매게 만들어놓은 상태였다. 원무극 역시 두 발로 서 있을 수는 있으나 부루를 상대로 승리를 취할 어떤 가능성도 남아 있지 않았다.

"어쩔까? 모두 죽여줄까?"

부루가 여전히 화기를 거두지 않은 채 세 친구를 돌아보며 물었다.

"죽여라!"

곽풍산이 도끼를 지팡이 삼아 겨우 몸을 일으켜 세우며 소리쳤다.

"까짓! 죽여! 어차피 네놈 시중이나 들며 살고 싶지는 않으니까!"

대일도 한 팔로 청룡도를 들어 올리며 소리쳤다. 그의 왼팔은 축 늘어져 있었는데 필경 힘줄이 끊어진 듯 보였다.

"무극 너도?"

"모두 죽는데 나만 살 수는 없지!"

그런데 그때 대일이 원무극을 향해 소리쳤다.

"무극 넌 살아라! 그래도 우리 중 네놈이 가장 나아!"

대일의 말을 곽풍산도 거들었다.

"맞다, 무극. 우리 중 누군가 저놈을 죽일 수 있다면 그건 아마 너일 거야. 넌 살수잖아. 오늘이 아니라도 네겐 기회가 있어."

"아니. 나만 살지는 않겠다. 추월과 너희까지 보내면 무슨 재미로 살겠어."

"젠장, 어느 놈이 재미로 세상을 살아! 저놈을 죽일 궁리하면서 살아!"

곽풍산이 다시 소리쳤다. 그러자 부루가 도도한 목소리로 입을 열었다.

"그 누구도 날 죽일 수 없다. 말했지만 이제 난 너희와 전혀 다른 세계에 살고 있으니까. 그러니… 살려면 내 종복이 되어야 할 것이다. 이 석실에서 살아 나가려면. 그렇지 않다면 모두 죽여줄 수밖에."

부루의 얼굴에 차가운 살기가 돌았다.

"무극! 가라! 놈은 우리가 막는다!"

다시 곽풍산이 소리쳤다. 그가 만신창이가 된 몸을 날려 원무극 앞을 가렸다. 그러자 대일 역시 비틀거리며 원무극 쪽으로 걸음을 옮겼다.

"함께 죽겠다!"

두 사람의 등 뒤에서 원무극이 소리쳤다. 그러자 대일이 원무극을 돌아보며 히죽 미소를 지었다. 그리고는 구리 동전 한 닢을 원무극에게 던졌다.

"청부다. 살아서 부루 놈을 죽여다오. 녀석의 목숨 값으로 이 정도도 과하지?"

"흐흐흐, 당연하지. 구리 동전 한 닢도 과하지."

옆에서 곽풍산이 실소를 흘렸다.

"죽음 앞에서도 그런 건방을 떠는지 보겠다."

자신을 두고 동전 한 닢의 청부를 하는 대일과 곽풍산을 보며 부루가 노기를 흘려냈다.

"아아, 화내지 마. 그나마 많이 쳐준 거라니까. 무극, 어서 가라! 어차피 우린 죽는다!"

대일이 소리쳤다. 그러자 원무극의 얼굴이 하얗게 변하더니 한순간 그 자리에서 안개처럼 사라졌다.

"반드시 청부를 완성하마!"

형체가 사라진 곳에 나직한 원무극의 목소리만이 남았다.

"자, 이제 우리 일을 끝내야지? 흐흐흐."

원무극이 사라지자 곽풍산이 부루를 보며 능글맞은 웃음을 흘렸다.

"녀석이 살 것 같나?"

부루가 차갑게 물었다.

"우리 목숨이면 살 수 있을 거야. 너도 알다시피 녀석은 강호 최고의 살수니까."

"녀석이 이 석실을 벗어나 설혹 신마계를 탈출할 수 있다 할지라도 녀석은 살지 못한다. 알다시피 녀석은 여전히 신경의 결계에서 자유롭지 못할 테니까. 오히려 네놈들보다 더 고통스런 죽음을 맞이하겠지."

부루의 말에 곽풍산과 대일의 표정이 어두워졌다. 그들 역시 마효가 심어놓은 결계가 얼마나 무서운 것인지 잘 알고 있었다. 그것이 아니었다면 그들은 이미 오래전에 신마봉을 떠났을 터다. 아니, 신마계에 오지도 않았을 것이다.

그러나 다음 순간 곽풍산이 생기를 되찾으며 입을 열었다.

"하하! 물론 무극이 그 결계의 저주 속에서 죽어갈 수도 있다. 하지만… 어쩌면 운이 좋아 살아남을 수도 있지. 더군다나 녀석은 살수야. 살아남는 데에는 천하에서 따를 자가 없다는 거지. 특히 우린 화마경의 두 번째 신결 화산범해를 대충은 알고 있다. 늙은이가 온전한 비결을 전해주지는 않았지만, 어쨌든 듣기로 화산범해를 완성하면 완전치는 않으나 결계에서 어느 정도 자유로울 수는 있다더군. 무극 녀석은 반드시 화산범해를 완성할 거야. 그리고 네 목을 벨 거다. 넌… 평생을 무극이의 칼을 걱정하며 살아야 할 거야."

곽풍산의 말에 부루가 다시 노기를 띠었다.

"내가 장담하지! 녀석은 절대 살아남지 못한다! 녀석이 살아서 이 신마계를 빠져나가지 못할 거란 데 이 부루의 목숨을 걸 수 있다!"

부루가 천천히 두 손을 들어 올리며 소리쳤다.

"후후, 네 말대로 되진 않을 거야. 이젠 네 말 따위는 믿지 않아. 그리고… 우린 네 손에 결국 죽겠지만 쉽게 가진 않을 거다."

우웅!

곽풍산의 도끼에 검은 진기가 어렸다. 대일 역시 청룡도를 비스듬히 들고는 진기를 끌어올렸다. 두 사람의 몸은 이미 만신창이었지만 그들은 화마경의 신공을 익힌 사람들. 죽음을 받아들이며 모든 힘을 끌어내는 두 사람의 무공은 부루가 결코 무시할 수 없는 것이었다.

화르륵!

부루의 손에서 다시금 불꽃이 생겨났다. 붉은 태양이 부루의 손에 들어갔다. 반면 그의 얼굴은 파랗게 변했다. 아마도 극도의 공력을 끌어 쓰느라 몸에 무리가 가고 있는 듯 보였다.

더군다나 원무극에 의해 생긴 상처가 힘을 쓰면 쓸수록 깊어지고 있었다.

"이제… 보내주마!"

"오냐! 저승 가서 기다리마! 머지않아 다시 보게 될 거다! 무극이 실패해도 인생은 짧은 거니까! 흐흐흐!"

"가거라!"

부루가 허공으로 솟구쳤다. 그러자 곽풍산과 대일 역시 도끼와 청룡도를 휘두르며 부루를 향해 뛰어올랐다.

콰콰쾅!

강력한 폭발음이 석실을 뒤흔들었다. 석실이 한순간에 붉은 광채로 물들었다. 그 광채 속에서 사람의 모습은 더 이상 보이지 않았다.

"살려두시는 겁니까?"

마효의 종복인 일노 한봉이 물었다.

부루가 들어 있는 화동이 지진이 난 듯 뒤흔들리고, 화동 주변의 바위들이 그 충격에 무너져 내리는 틈 사이로 검은 인영 하나가 눈에 보이지 않을 정도로 빠르게 화동을 벗어났다. 인영은 잠시 멈칫하며 흔들리는 화동을 응시하다가 이내 몸을 날려 어둠에 싸인 신전 쪽으로 달리기 시작했다.

마효와 그의 세 가신은 흔들리는 화동보다 화동을 빠져나가는 그림자에 시선을 주고 있었다.

"놈들을 상대하는 건 부루 녀석의 몫이다."

"하지만……."

"한봉, 이건 우리 세대의 일이 아니다. 놈들 세대의 일이지. 난 관여하지 않겠다."

"그러나 신마계의 율법이 무너질지도. 그리되면 신마계가 위험해질 수 있습니다."

"흐흐흐, 한봉, 아직도 모르는 거냐, 아니면 지난 육십 년 동안 너무 편해서 잊은 거냐?"

"무… 무슨 말씀이신지?"

"신마봉이 언제 율법으로 지켜져 오던 세계더냐? 신마봉의 법칙은 오직 하나다. 나 마효! 내가 곧 신마봉의 법이다. 놈을 살려준다고 신마계의 율법이 무너져 날 거부할 자가 나올 거라 생각하는 거냐? 설마… 너희가?"

마효가 징그러운 미소를 흘렸다. 그러자 한봉이 재빨리 그 자리에 부복했다.

"죽을죄를 지었습니다! 제가 그만 실언을 했습니다!"

"후후후, 다시 한 번 그따위 말을 지껄였다가는 날 시중한 육십 년 공덕도 네 목숨을 지키지 못할 것이다."

"은혜에 감사드립니다."

"일어나. 보기 싫다."

마효의 말에 한봉이 자리에서 일어났지만 여전히 머리를 들지 못했다. 그러자 마효가 원무극이 사라진 신전 쪽을 보며 말했다.

"놈이 살아날 확률은 반반이다. 신마봉은 삼로를 거치지 않고 내려가는 것은 거의 불가능하다. 하지만 놈은 살수니까 가능성이 없지는 않겠지. 그러나 살아서 신마봉을 벗어난다고 해도 과연 놈이 신경의 저주를 이겨낼 수 있을까? 만약 신경의 저주를 이겨낸다면… 부루 녀석이 평생 불편하겠지. 하지만 그 또한 녀석들의 일. 하늘이 녀석들의 운명을 결정할 것이다."

第十章
무상의 세월

화마경

세월이 물처럼 흘렀다. 그러나 낮과 밤이 없는 세계에서 시간이란 의미가 없었다. 송추월에게 시간의 흐름을 말해주는 것은 그의 얼굴에 생겨난 주름과 턱을 덮고 있는 수염뿐.

끝없는 수련의 시간이 송추월로 하여금 세월을 잊게 했고, 어느 순간부터는 이 패자들의 무덤으로부터 나가야 한다는 사실조차 그의 머릿속에서 사라지고 있었다. 패자들의 무덤만이 오직 이 세상의 전부인 것처럼 송추월의 몸과 마음은 지하 동굴에 익숙해져 있었다. 살아 있는 화석이 존재한다면 송추월이 바로 그 화석이 되어가고 있다고 할 수 있었다.

그 세월 동안 송추월의 무공은 그 스스로도 경지를 가늠할 수 없을 정도로 깊어졌다. 언제나 그의 몸을 휘감던 그 붉은 기운이 얼마 전부터는 온전히 사라지기 시작했고, 마효로부터 시작된 저주의 고통과 마기도 이젠 흔적도 없이 사라진 지 오래였다.

사사삭!
검이 홀로 움직이고 있었다. 무성한 버섯 군락 사이에서 검은 섬세한 움직임으로 버섯들을 잘라내고 있었다. 송추월은 그런 검을 뒷짐을 진 채 물끄러미 바라보고 있었다. 이제 그는 손을 쓰지 않고도 검을 움직일 수 있는 경지에 있었다.

이기어검의 최상승 단계에 접어든 그에게 전설이 말하는 검의 경지 중 남아 있는 것은 이제 심검(心劍)의 경지뿐이었다. 그러나 심검의 경지가 과연 실존하는가? 마음에 검을 만들면 상대를 베는 심검의 경지란 결국 삶의 경계 그 이상의 세계가 있다고 믿는 꿈꾸는 자들의 환상일 뿐이 아니던가.

슈욱!
갑자기 검이 버섯 베기를 멈추고 훌쩍 날아들어 송추월이 허리춤에 차고 있는 검집으로 들어갔다. 연후 송추월이 가볍게 손짓을 하자 검이 베어놓은 버섯들이 옆에 놓인 돌 접시에 스스로 날아들었다. 송추월이 다시 손짓하자 버섯이 가득 담긴 돌 접시가 송추월의 손에 들어왔다. 송추월이 돌 접시를 받아 들고는 천천히 습기 가득한 버섯 동굴을 벗어났다.

한 접시의 버섯과 염석을 갈아 만든 작은 소금, 그리고 푸른

빛을 띠는 약간의 이끼, 그것이 오늘도 송추월이 먹는 음식의 전부였다. 송추월은 아주 느리게 음식을 씹었다. 하나의 버섯이 그의 입에 들어가면 근 반 각 이상이 지나야 목을 넘어갔다. 덕분에 송추월의 식사는 거의 반 시진에 걸쳐 이어졌다.

어느 순간 송추월이 식사를 멈추고 한쪽에 놓인 물을 한 모금 마셨다. 그리고는 손을 털고 자리에서 일어났다.

"이상하군."

몸을 일으킨 송추월이 물끄러미 버섯이 담긴 접시를 바라봤다.

"그동안 이런 느낌이 없었는데… 왜 이제 와서 이 음식들이 질리는 거지?"

밖의 시간으로 송추월이 패자들의 무덤에서 살아온 시간은 십수 년이 훌쩍 넘었다. 그 세월 동안 처음 몇 달을 제외하곤 동굴에서 딴 버섯과 이끼들은 송추월에게 큰 불만이 없는 음식들이었다. 그런데 오늘 갑자기 송추월의 혀가 음식들에게서 싫증을 느끼고 있었다.

"제길, 갑자기 미방 그가 떠오르는군."

가장 원초적인 맛에 길들여져 있던 송추월의 혀가 문득 세상에서 가장 뛰어난 맛을 내는 숙수 미방을 떠올렸다. 극과 극은 통한다지만 이건 너무 큰 비약이었다.

"세월이 얼마나 흘렀던고. 혀도 미쳐 가는 건가? 음식이나 넘기면 족한 제 주제를 모르고… 쯔쯔!"

송추월이 혀를 차며 검을 집어 들고는 석실과 연결된 세 개의 동굴 중 마지막 동굴을 향해 걸음을 옮겼다.

휘류류!

석동의 깊은 곳에 들어서자 붉은 기운이 파도처럼 일렁이며
송추월을 휘감더니 일순 마치 물이 소용돌이에 빠져들 듯 송
추월의 몸속으로 빨려 들어갔다. 그러자 석동을 메우고 있던
붉은 기운이 씻은 듯 사라지고 평범한 석동의 모습이 송추월
의 눈에 들어왔다. 송추월이 염기가 사라진 석동의 벽면으로
다가가 조화선인, 그 옛날 신인 도명으로 불렸던 인물이 써놓
은 글들에 시선을 주었다.

송추월은 조화선인이 남긴 글들을 벗 삼아 지난 세월을 보
냈다. 눈으로 보고, 손으로 만지고, 또 마음으로 받아들였다.
그리하여 송추월은 마효가 남긴 화마경의 저주에서 벗어나 그
가 감히 꿈꾸지 못했던 세계에 올라 있었다.

화수유천, 화산범해, 화기만주, 화정멸세의 네 비결은 이제
송추월의 머리가 아닌 몸속에서 하나로 융화되어 있었다. 그
리고 다시 하나의 비결.

"이게 만약 완성된 비결이라면……."

송추월의 입에서 아쉬운 듯한 음성이 흘러나왔다. 벽면에
쓰인 네 개의 비결 옆에 오십여 자 길이로 쓰인 또 하나의 비결
은 완성된 비결이 아니었다. 어찌 보면 화신밀공의 연장인 듯
하면서도 또한 완전히 다른 형태의 신공 같기도 한 이 비결은
완성된 것이 아니었으므로 송추월 역시 익힐 수 없는 비결이

었다.

그러나 그 전반부에 들어 있는 내용만으로도 송추월은 이 신공이 앞서 그가 수련한 네 개의 신공과는 또 다른 차원의 경지를 나타내는 비결임을 짐작할 수 있었다.

"혹 이 구절이 완성되어 화마경에 담겨 있는 건 아닐까? 만약 그렇다면 난 절대 부루 녀석을 이길 수 없을 거야."

조화선인이 이 화동에서 완성한 네 개의 화신밀공이 화마경에 들어 있는 것은 확실했다. 문제는 마지막 제오결이라고 불러도 좋을 미완성의 비결이 과연 완성된 형태로 화마경에 담겨 있는가 하는 것이었다. 만약 이 오결이 완성되어 화마경에 담겨 있다면 송추월은 절대 마효나 부루를 이겨낼 수 없을 터였다.

"훗! 이 무덤을 나갈 방도도 찾지 못했는데 쓸데없는 생각을 하고 있군."

송추월이 홀로 비릿하게 웃음을 흘렸다. 그리고는 고개를 돌려 다른 글들을 살피기 시작했다. 동굴 벽면에 있는 글 중 오직 화신밀공의 비결만이 무공에 대한 것이었고 나머지 글은 조화선인이 이 비동에서 오랜 시간 무공을 익히며 스스로의 마음을 소회한 글이었다.

"만약 이곳을 나간다면 천부가 발견된 곳을 찾아봐야겠어."

송추월이 나직하게 중얼거렸다. 조화선인이자 신인 도명이었던 이 인물은 이곳에서 나간 후 선도에 들기 위해 천부를 버리겠다고 했다. 그런데 그 천부가 홍안령에서 발견되었다니 그 장소에 가면 분명 조화선인이 신마봉을 떠난 이후의 행적이 남아 있을 터였다. 어쩌면 그곳에서 완성된 오결을 얻을 수 있을지도 몰랐다. 만약 운이 좋아 완성된 오결을 얻는다면 화마경주가 된 부루나 혹은 아직 화마경주일 마효를 충분히 상대할 수 있었다.

"자, 이제 이 무덤을 나갈 방도를 찾아보자."

그가 수련할 수 있는 무공은 완성되었다. 그러니 이제 할 일은 이곳에서 벗어나는 방도를 찾는 것이었다. 오랜 시간 불가능한 일이라고 생각하고 있었지만 이젠 달리 할 일이 없었다. 불가능하더라도 시도해 봐야 할 시간이었다.

"더군다나 갑자기 버섯 맛이 입에 맞지 않으니 나가든지 아니면 죽을 때가 된 것이지."

송추월이 손을 들었다. 그리고는 마치 먼지를 털 듯 조화선인이 남긴 글들을 쓰다듬었다.

스스스!

선인의 글이 새겨진 석벽들에서 돌가루가 떨어져 내리기 시작했다. 송추월의 손이 지나간 곳은 글이 사라지고 매끄러운 벽만이 남았다.

*   *   *

마효는 쇠락할 대로 쇠락해져 있었다. 걸음을 걷기조차 어려운지 그는 바퀴가 달린 나무 의자에 앉아 있었다. 그를 시중

드는 세 명의 종복, 일노 한봉, 이노 흑치, 삼노 적해 역시 늙기
는 마찬가지였으나 그들은 구부정해진 몸으로도 여전히 마효
의 뒤에 공손히 시립해 있었다.

"얼마나 지난 거지?"

문득 마효가 입을 열었다.

"곧 십 년이 됩니다."

"십 년이라……. 길군."

"화기만주는 선대 경주들께서도 대략 십여 년은 수련하지
않으셨습니까? 그보다 더 걸리신 분들도 여럿이고."

"문제는 조화성의 회합이 얼마 남지 않았다는 거야. 이제 남
은 시간이 겨우 육칠 년이야. 그 안에 화정멸세를 이룰 수 있
을까? 화정멸세를 이루지 못한다면 조화성의 회합에서 승리하
기 어렵다."

"애초에 화정멸세를 완성할 거란 기대는 없지 않으셨는지
요?"

"그래, 화정멸세를 완성할 거란 기대는 하지 않았지. 하지만
녀석이 그 두 놈을 다루는 걸 보고는 언뜻 기대를 하게 되더
군. 독한 놈이니까. 재능을 능가하는 독심이 있으니 어쩌면 가
능하지 않을까 생각하고 있어."

"예전에 말씀하시길, 화정멸세는 수련의 시간보단 깨달음
의 문제라 하지 않으셨는지요?"

"내가 그런 소리도 했었나?"

"아주 오래전에 하신 말씀입니다."

"흐흐흐, 별걸 다 말했군. 맞아. 화정멸세는 깨달음의 문제야. 그래서 시간이 필요없는 듯 보이면서도 사실은 가장 많은 시간이 필요하기도 하지. 한순간의 깨달음을 위해 숱한 시간을 고민해야 하니까. 그 이치를 알지?"

"저희야 감히 그 경지를 거론하겠습니까?"

"후후후, 이거 왜들 이래? 너희가 너희만의 무공을 만들어가고 있다는 걸 나도 알아."

"경주님의 눈으로 보시기에는 어린애들 장난 같은 무공입니다."

"후후후, 신마봉은 영험한 곳이다. 삼류도 이곳에서 수련하면 일류가 되는 곳이야. 너희 재주도 제법 뛰어나고."

"감사합니다."

"흐흐, 그 나이에도 칭찬은 듣기 좋은가 보군. 어쨌든… 오늘 나온단 말이지?"

"시중드는 자들의 말이 그러했습니다."

"좋아, 어디 얼마나 변했나 보자구."

구르릉!

마효의 말이 끝나는 순간, 그의 눈앞에 있는 석동의 문이 열렸다. 그러자 봉두난발의 중년 사내가 모습을 드러냈다. 부루였다.

"사부!"

부루가 나서자마자 동굴 밖에서 기다리고 있던 마효에게 가볍게 고개를 숙였다. 이젠 그 기세에서 마효에 버금가고 있는 부루였다. 더군다나 마효는 점점 늙어가고 있었고 부루의 화신밀공의 경지는 점점 높아가고 있으니 이제 곧 두 사람은 서로의 위치를 바꿀 터였다.

"나왔구나. 그래, 화기만주는?"

"화기만주는 일 년 전에 완성했습니다."

"응?"

마효가 의아한 표정을 지었다.

"이미 일 년 전에 화기만주의 수련은 마쳤습니다."

"그런데 왜?"

"시간이 없다는 걸 알고 있기에 화정멸세의 수련에 곧바로 들어갔습니다."

순간 마효의 눈빛이 번쩍였다.

"그럼 설마 화정멸세를 이뤘느냐?"

"아닙니다."

부루의 대답에 마효의 눈에 실망의 빛이 서렸다.

"하긴 그렇게 쉽게 얻어질 수 있는 경지가 아니지."

"저 또한 폐관 수련으론 더 이상 얻을 것이 없다고 판단해 출동을 하게 되었습니다."

"음… 본래 화정멸세는 깨달음의 무공이다. 화정멸세를 이룬 사람이라도 서로 그 깊이와 특징이 다른 것은 그 때문이지. 심력을 너무 쓰지 마라. 인연이 닿으면 얻게 될 것이고, 인연이 없다면 앞서 완성한 세 개의 비결을 다시 살피는 것이 나을 수도 있느니."

"일단 몇 년은 참구해 볼 생각입니다."

"그도 좋지. 어쨌든 완성된 화기만주를 좀 볼까?"

"알겠습니다. 녀석들을 데려와야겠군요."

"흐흐, 괜찮겠느냐? 놈들은 이미 화산범해를 온전하게 이루어낸 지 오래다."

"그 정도는 되어야 상대가 되겠지요."

"하하하, 무공만 높아진 것이 아니라 배포도 늘었구나. 좋구나."

마효가 늙은 얼굴에 웃음꽃을 피웠다.

철렁철렁!

쇠사슬 부딪치는 소리가 어두운 동굴을 울렸다.

"술 좀 더 넣어!"

동굴 속에서 야차와 같은 목소리가 들렸다. 그러자 철창으로 막힌 동굴을 지키고 있던 세 명의 사내 중 한 명이 커다란 술통을 집어 들어 쇠창살 사이로 던져 넣었다.

철렁철렁!

다시 쇠사슬 부딪치는 소리가 들렸다. 그리고 잠시 후,

"어, 좋다!"

동굴 속에서 이번엔 시원한 목소리가 들려왔다.

"나도 좀 줘!"

"옛다."

"음… 좋은 술이군. 이렇게 평생 살아도 나쁘지 않을 것 같

은데?"

"흐흐, 그렇긴 해. 하지만 부루 그놈이 우릴 이대로 놓아두겠어?"

"아니면 죽지, 뭐. 어차피 죽을 목숨이었는데……."

"낄낄, 그렇긴 해. 그나저나 무극 녀석은 잘 있을까?"

"무소식이 희소식이야. 녀석이 죽었다면 부루 녀석이 말을 했겠지."

"부루 녀석은 화동에 틀어박혀 있잖아?"

"그래도 무극 놈의 소식을 들었다면 화동을 나와서라도 우릴 만나러 왔을 거야. 우릴 절망시키고 싶을 테니까."

"흐흐, 하긴 그렇군."

동굴 속에서 걸쭉한 목소리가 들려오는 와중에 문득 동굴 밖 어둠 속에서 한 사람이 모습을 드러냈다.

"어르신!"

동굴을 지키던 자들이 모습을 드러낸 자를 보자 일제히 고개를 숙였다. 모습을 드러낸 자는 마효의 노복 중 한 명인 삼노 적해였다.

"대인들께서는?"

"여전하십니다."

"그래? 좀 보겠다."

"옛, 어르신!"

동굴을 지키던 자들이 재빨리 길을 열어 동굴 앞으로 적해를 안내했다. 동굴 앞에 다가선 적해가 물끄러미 철창 안을 응시했다. 그러자 어둠 속에서 괴물 같은 형상을 하고 술을 마시고 있는 두 사람이 어슴푸레 보였다.

"대인들, 삼노 적해가 왔습니다."

적해가 부드럽게 철창 건너를 보며 말했다. 그러자 술을 마시던 괴인들이 멈칫하더니 이내 고개를 돌려 적해를 바라봤다.

"무슨 바람이 불어서 왔소? 한 몇 달 보이지 않더니."

술을 마시던 괴인 중 한 명이 물었다.

"경주께서 대인들을 뵙고자 하십니다."

"무슨 일이라도 있소?"

"가보면 아실 겁니다."

"흐흐흐, 그 노인네가 무슨 일일까? 설마 화기만주를 가르쳐 줄 것도 아닐 테고."

"심심한가 보지. 우리를 데리고 놀려는 심산일 거야."

"뭐, 놀고 싶다면 놀아줘야지. 혹시 알아, 운이 좋아 노인네 목을 따게 될지? 가자!"

괴인 둘 중 하나가 몸을 일으켰다. 그러자 그의 몸에 주렁주렁 달려 있는 쇠사슬이 요란하게 몸을 떨었다.

"에구, 이놈의 쇳덩어리들은 시간이 지나도 익숙해지지가 않는군."

다른 한 명도 불평을 쏟아내며 자리에서 일어났다. 그리곤 두 사람이 어깨를 나란히 하고 철창 앞으로 다가왔다.

"오랜만에 뵙습니다, 대인들!"

두 괴인이 철장으로 다가오자 반대쪽에서 삼노 석해가 새삼스레 정중하게 고개를 숙였다.

"호호, 적 노인 얼굴 잊어버리는 줄 알았소."

달빛에 비친 괴인 중 한 명이 적해의 말을 받았다. 곽풍산이었다.

"가시지요."

적해가 철창으로 된 문을 열었다. 그러자 쇠줄로 온몸을 묶인 곽풍산과 대일이 동굴을 벗어났다.

"어! 시원하다!"

동굴을 벗어난 대일이 반달이 뜬 밤하늘을 바라보며 크게 숨을 들이마셨다.

"이게 얼마 만이냐?"

곽풍산이 대일을 돌아보며 물었다.

"한 오 년 됐나? 그때 노인네가 심심하다고 불러내서 화산 범해의 나머지 구결을 알려줬잖아?"

"호호, 그렇군. 참 이상한 늙은이야. 죽일 듯 죽일 듯하면서도 죽이지 않고. 또 아주 안 볼 것 같더니 다시 불러내고."

"심심한가 보지."

"일단 가보자고! 적 노인, 앞장서시우!"

곽풍산의 말에 적해가 고개를 한 번 숙여 보이고는 앞서서 걸음을 옮기기 시작했다.

철렁철렁!

신마봉 중심. 남쪽으로는 백색의 신전이, 북쪽으로는 마효와 부루가 머무는 묵 빛의 전각이 들어선 그 중간의 거대한 공터에 문득 쇳덩어리 부딪치는 소리가 들렸다.

그러자 앞서 공터에 나와 있던 마효와 부루가 소리 나는 쪽으로 고개를 돌렸다.

"오나 보군."

"나쁘지 않군요."

"나쁘긴, 예전보다 배는 강해졌을걸."

"그런데 쇠사슬은 왜?"

"그냥 놈들이 자신들의 처지를 잊지 말라는 의미에서!"

마효의 대답이 끝날 즈음 곽풍산과 대일이 적해를 앞세우고 장내에 도착했다. 공터는 사방에 십여 개의 횃불이 밝혀져 있었고, 덕분에 곽풍산과 대일은 그곳에서 마효뿐 아니라 부루가 있다는 것을 알아본 후였다.

"흐흐, 부루, 오랜만이다?"

서로 친구였던 사이, 그리고 수년 전에는 서로 생사를 걸고 싸웠던 사이인 이 묘한 관계의 대호산 산적들이 오랜만에 재회하고 있었다.

"풍산, 좋아 보이는구나."

부루가 덤덤하게 말했다.

"좋아 보인다구? 그럼 네가 한번 이 쇳덩이들을 걸치고 있어보든지."

곽풍산이 온몸을 휘감은 쇠줄들을 들어 올리며 말했다. 대일은 아예 부루에게 시선조차 주지 않았다.

"자업자득이다."

부루가 차갑게 말했다.

"그 말은 맞아. 이건 모두 자업자득이야. 애초에 임황 벽산에서 네놈이 우리를 배신했을 때 인연을 끊었어야 했는데……."

곽풍산이 부루를 노려보며 이를 갈았다. 그러자 부루가 빙긋 미소를 지으며 말했다.

"그 기회, 한 번 더 주마."

"무슨 말이냐?"

"내 무공을 시험해 볼 상대가 필요해."

순간 곽풍산과 대일의 눈빛이 번쩍였다.

"다시 한 번 싸워보자는 거냐?"

침묵을 지키고 있던 대일이 입을 열었다.

"그래. 수년간 수련한 무공을 확인하려면 너희만 한 상대가 있어야지."

"흐흐흐, 후회할 텐데?"

"아니. 너희도 알다시피 난 후회할 일을 벌이진 않아."

"그래? 흐흐, 기회를 준다면야 우리야 좋지. 그런데 사부!"

대일이 마효를 불렀다.

"할 말이 있느냐?"

"이래서는 제대로 싸울 수가 없잖수?"

대일이 쇠줄을 들어 올렸다.

"걱정 말거라. 설마 신경의 주인이 묶인 자들을 상대로 싸움을 벌이겠느냐? 풀어줘라!"

마효의 명에 삼노 적해가 품속에서 두 개의 열쇠를 꺼내 곽풍산과 대일의 몸을 감싼 쇠줄 중간에 있는 자물쇠를 열었다.

촤르릉!

자물쇠가 열리자 두 사람을 휘감고 있던 쇠줄이 한번에 흘러내렸다.

우두둑!

"어, 시원하다!"

쇠줄을 벗어낸 곽풍산이 어깨를 들썩이자 그의 몸에서 굳었던 근육이 풀리는 소리가 쏟아져 나왔다. 대일 역시 몸을 휘휘 돌려 근육을 풀고는 성큼 벗어놓은 쇠줄들을 넘어서며 말했다.

"시작할까?"

"잠깐 기다려. 가져와라."

부루가 뒤를 돌아보며 말하자 어둠 속 저편에서 이젠 희끗한 백발이 보이는 태산오룡의 우두머리 종회와 둘째 등각이 예전 곽풍산과 대일이 쓰던 도끼와 청룡도를 가지고 달려왔다. 부루는 두 사람이 병기를 가져오자 그것을 들어 곽풍산과 대일에게 던져 냈다.

쩡그렁!

도끼와 청룡도가 맨땅 위에 나뒹굴며 요란한 소리를 냈다.

"맨손으론 날 상대할 수 없어."

부루가 도도한 말로 심기를 건드렸지만, 두 사람은 부루의 말에는 신경도 쓰지 않고 마치 오랫동안 헤어졌던 혈육을 만난 것처럼 각자의 병기를 소중하게 들어 올렸다.

"이놈아, 오랜만이다. 정말 보고 싶었다."

곽풍산이 도끼를 쓰다듬으며 말했다. 대일 역시 청룡도가 자식이나 되는 것처럼 잘 갈린 도신을 매만졌다.

"그동안 잘 보관해 두었다. 언젠가 너희가 쓸 일이 있을 거라 생각했지."

"흐흐, 그 첫 번째 대상이 네가 될 줄은 몰랐을 거다."

"아니, 애초부터 오늘을 예상하고 그 병기들을 보관해 둔 거다. 너희는 최선을 다해야 할 거야. 난 화기만주를 벗어나 화정멸세를 거닐고 있으니까."

순간 곽풍산과 대일의 눈에 이채가 서렸다.

"화정멸세?"

"완성했다는 거냐?"

두 사람의 입에서 동시에 질문이 흘러나왔다.

"아니, 완성했다는 것은 아냐. 단지 그 안을 걷기 시작했다는 거지. 끝은 언제 도달하지 나도 모르겠다. 사실 오늘 너희와의 비무는 그 끝에 도달하기 위한 과정 중 하나이기도 하다. 역시 실전만큼 중요한 수련은 없는 법이니까."

부루의 여유있는 말에 곽풍산이 살짝 노기를 드러냈다.

"우리도 그리 만만치는 않을 게다. 덕분에 화산범해를 완성했으니까."

"너희의 성장이야말로 내가 원한 것이지. 난 좋은 상대가 필요하니까."

"죽일 놈! 언제까지 여유를 부리는지 두고 보겠다!"

"기대하지."

툭!

부루가 가볍게 땅을 찼다. 그러자 그의 신형이 허깨비처럼 사라지더니 어느새 곽풍산 등과의 거리를 반으로 줄인 곳에 서 있었다. 애초에 그가 서 있던 자리에는 붉은 여운만이 어른거렸다.

"화인(火人)이 되었구나."

부루의 움직임에 대일이 감탄사를 흘려냈다. 비록 죽여야 하는 적이지만 그 이전에 부루는 친구이자 무인이었다. 부루가 이룩한 경지에 대일과 곽풍산이 무인으로서 탄복하지 않을 수 없었다.

"아직도 부족하다. 내가 올라갈 곳은 아직 높은 곳에 있다. 너희가 사다리가 되어다오."

부루가 두 팔을 좌우로 벌리며 말했다. 그러자 곽풍산과 대일이 서로 시선을 교환하더니 한순간에 허공으로 솟구쳤다.

"좋다, 부루! 네가 원하는 대로 해주겠다!"

쿠우웅!

곽풍산과 대일의 도끼와 청룡도가 허공에 붉은 기운을 흩뿌렸다. 천지를 진동시키는 굉음이 신마봉을 가득 채웠다.

"부럽군."

붉은 염기에 휩싸인 채 목숨을 위협하는 절초들을 뿌려대는 세 사람을 보며 마효가 중얼거렸다.

"무엇이 말인지요?"

일노 한봉이 조심스럽게 물었다.

"가까이에 저런 적수가 있다는 것 말이야. 그러고 보면 녀석이 나보다 현명한 것인지도 모르겠어."

"……?"

한봉은 마효의 말을 알아듣지 못한 것 같았지만 다시 질문을 던지지 않았다. 그는 그의 주인에게 감히 두 번 물을 용기가 없었다. 그러나 마효는 이미 그의 내심을 짐작하고 있었다.

"난 나와 경쟁했던 사형제들을 모두 죽였지. 그래서 정작 화마경을 얻어 수련에 들어갔을 때 손을 나눠볼 자들이 없었어. 사형제들을 제외하곤 신마계의 인간들은 너무 약했으니까."

"하지만 실혼령 천안객잔의 노 대인께서 계시지 않습니까?"

"노혼? 적합한 사람이 아니야. 노혼은 날 너무 잘 따랐어. 나의 경쟁자라기보단 수족 같은 사람이지. 그래서 자신이 가진 모든 걸 걸고 나에게 도전할 사람이 아니었던 거야. 노혼을 살려둔 건 그의 무공이 약했기 때문이 아니야. 사실 그 자신도 모르고 있지만 노혼의 무공은 절대 약한 게 아니지. 오히려 우리 사형제들 중 날 제외하고는 가장 강할 거야. 그래서 살아남은 거고. 하지만 노혼에겐 나에 대한 투쟁심이 없었지. 그게 그가 살아남은 이유기도 하지만 또한 내게 큰 도움이 되지 않은 이유기도 하지."

"비무가 그렇게 중요한 것입니까?"

"흐흐흐, 한봉 네 눈에는 저게 지금 비무로 보이나?"

마효가 실소를 흘렸다. 과연 그의 눈앞에서 펼쳐지고 있는
승부는 결코 비무가 아니었다. 생사결, 일 수 일 수에 상대의
요혈을 끊어내려는 흉험함이 깃든 생사결이었다.

"어리석어 말을 잘못했습니다."

한봉이 재빨리 고개를 숙였다.

"비무는 필요없어. 생사결이 필요하지. 지난번 조화성에 갔
을 때 그걸 절감했지. 무공의 경지를 높이는 것과 싸움은 또
다르더군. 그때 후회했어. 몇 놈 살려두어 두고두고 생사결을
나눌 자들로 키워볼 걸 하고 말이야. 그랬다면 조화성에서 싸
움이 좀 더 쉽지 않았을까?"

마효의 말에서 진심 어린 후회가 묻어났다.

"조화성엔 정말 다시 가지 않을 생각이신지요?"

"내가 가지 않는 게 아니다. 못 가는 거지."

"그게 무슨……?"

"다시 조화성의 회합이 열릴 때쯤이 되면 녀석은 날 능가할
거야. 그러니 내가 조화성에 갈 일은 없을 거야."

"설마……?"

한봉이 그럴 리 없다는 듯 자신도 모르게 고개를 저었다.

"아니. 분명 그럴 거야. 녀석이 저놈들을 살려둔 것이 그 차
이를 만들 거다. 녀석은 물론 저 두 놈도 이렇게 발전할 줄은

몰랐으니까. 음… 그것도 운이라면 운이겠지. 부루, 운이 좋은
놈이다."

　마효의 말처럼 부루의 운이 좋은 건지 그는 수년 전에 비해
배는 빠르고 강해진 곽풍산과 대일의 공격을 간발의 차이로
벗어나고 있었다. 곽풍산과 대일이 만드는 강력한 진기의 바
람은 부루의 옷자락을 휘날리게 만들었지만 그의 몸에 단 한
올의 상처도 내지 못했다.
　그렇다고 부루가 유리한 싸움을 벌이고 있는 것은 아니었
다. 그는 싸움을 시작한 이후 줄곧 강력한 두 사람의 공세에
밀려 제대로 반격도 못하는 신세였다.
　싸움은 그렇게 이백여 초가 흘렀다. 그러나 세 사람은 전혀
지친 기색이 없었다. 화마경의 신공으로 쌓아 올린 세 사람의
공력은 마르지 않는 샘처럼 끊임없이 그들의 몸에 새로운 기
운을 불어넣고 있었다.
　그러던 어느 순간 갑자기 부루의 움직임이 변했다. 문득 그
의 몸에서 투명한 붉은 기운이 일어나더니 마치 진기의 벽을
만든 것처럼 곽풍산과 대일의 공격을 그 진기의 막으로 막아
내기 시작했다.
　쿠쿠쿵!
　그가 만든 진기의 벽과 격돌한 곽풍산과 대일의 진기가 커
다란 소리를 내며 사방으로 튕겨져 나갔다. 몸을 움직여 공격
을 피하던 부루가 갑자기 강력한 진기의 벽을 들고 나오자 곽

풍산과 대일의 공격도 변화를 일으켰다. 그동안은 부루의 빈 틈을 노린 쾌속한 초식에 집중했던 두 사람이 이젠 힘과 힘의 대결로 공세를 전환한 것이다.

두 사람의 움직임이 눈에 띄게 느려졌다. 대신 그들의 병기 에 감도는 기운은 서너 배로 커졌다. 신마봉이 그들이 일으키 는 붉은 기운에 불타올랐다. 아마 멀리서 보았다면 화산이 폭 발한 것이라 생각할 수도 있었다.

강력한 진기의 벽에 둘러싸인 부루의 표정은 담담했다. 그 가 지금까지 곽풍산과 대일의 공격에 수세에 몰렸던 것은 모 두 그 스스로가 선택한 상황이었다는 듯, 그러나 이젠 더 이상 싸움의 기세를 그들에게 내주지 않겠다는 듯, 혹은 지금 이 신 마봉 위에서 가장 존귀한 자는 자신이라는 듯한 표정이 그의 얼굴에 드러났다.

곽풍산과 대일은 부루의 그 담담한 얼굴을 보며 가슴속 깊 은 곳에서 꿈틀거리는 파괴의 본능을 일으켰다. 그 원초적인 파괴의 본능이 화마경이 만들어내고자 하는 힘의 원천이라는 것을 그들은 마효에게 화산범해의 구절을 얻으며 전해 들었 다.

지저에 끓고 있는 화기가 산을 뚫고 폭발하듯이 사람의 내 면에 끓고 있는 파괴의 본능을 무공으로 드러내는 것, 그것이 바로 화마경, 아니, 화신밀공의 요체였다. 화신밀공이 화마경 으로 불리는 이유는 바로 이러한 파괴의 본능을 이용하는 원 리 때문이었을 터였다.

쿠르릉!

분노의 힘을 공력으로 변화시킨 곽풍산과 대일이 최후의 공격을 가하기 시작했다. 그들은 부루가 만들어낸 진기의 막이 깨지는 순간 그의 생명도 끝이 난다는 것을 알고 있었다. 온몸을 진기의 막으로 덮을 수 있는 고수가 천하에 몇이나 있을까. 어쩌면 부루와 마효만이 가능한 일일지도 몰랐다. 그러니 부루 역시 그 진기의 막을 형성하기 위해 그의 모든 공력을 쏟아내고 있을 것이 분명했다. 그 진기의 막을 부순다면 곧 부루도 부서질 것이다. 그러니 이 최후의 공격에 모든 힘을 쏟아부어도 아깝지 않은 곽풍산과 대일이었다.

"각오해라!"

곽풍산의 입에서 노성이 터져 나왔다. 동시에 그의 신형이 이 장 이상 허공을 치솟았다. 그 오른편에선 대일이 마치 땅을 기듯 부루를 향해 전진했다.

위와 아래, 상하를 동시에 공격하는 것 역시 무학의 이치를 따른 것이다. 사람의 힘이란 상하로 나눠질 때 가장 약해지므로.

쿠우웅!

곽풍산의 도끼와 대일의 청룡도가 부루의 머리와 다리를 노리고 닥쳐들었다. 그들의 병기에 진기의 붉은 꼬리가 만들어졌다. 순간 부루가 두 손을 상하로 벌렸다. 마치 다가오는 두 사람의 병기를 손으로 막아내려는 듯.

콰릉!

천번지복! 이 말 이외에는 다른 말로 표현할 수 없는 굉음이 신마봉을 뒤흔들었다. 남쪽의 신전과 북쪽의 전각이 동시에 뒤흔들렸다. 세 사람이 격돌한 곳에서 붉은 염기가 십여 장 위로 치솟았다. 그 속에서 세 사람은 마치 정지한 듯 서 있었다.

부루의 두 손으로부터 한 자 정도 거리를 두고 곽풍산의 도끼와 대일의 청룡도가 멈춰 서 있었다. 그들은 자신들의 병기를 힘껏 눌러 부루의 몸에 닿게 하려 했지만 병기는 더 이상 그들의 의지를 따르지 못했다.

"이게 너희의 한계다."

부루가 두 사람의 무지막지한 공격을 진기로 막고 있으면서도 입을 열었다. 곽풍산과 대일이 이를 갈았지만 여전히 부루에게 어떤 타격도 줄 수 없었다.

"다시 수련해라. 내가 조화성을 열기 위해선 너희가 좀 더 강해질 필요가 있어. 이 정도로는 내 수련에 도움이 되기 어렵다. 몇 년 뒤에 다시 보자."

콰앙!

다시 벼락 치는 소리가 장내를 뒤흔들었다. 그러자 곽풍산과 대일의 몸이 속절없이 허공을 날아가 십여 장 뒤로 나뒹굴었다. 땅에 나뒹군 두 사람은 꿈틀댈 뿐 쉽게 몸을 일으키지 못했다.

"데려가라!"

부루의 차가운 명령이 신마봉 위로 퍼져 나갔다.

　　　　　*　　　　　*　　　　　*

　차가운 바람이 온몸을 내리눌렀다. 만근의 무게가 덮쳐 오
는 듯한 바람의 위력에 송추월이 암벽을 타고 사오 장 밑으로
내려왔다. 눈을 들어보니 아득하지만 희미한 빛이 보였다. 인
수로의 정경을 이렇게나마 보게 된 것은 처음 있는 일이었다.
그러나 송추월의 입에서는 욕설이 흘러나왔다.

　"젠장, 이대로는 안 되겠어!"

　송추월이 쓴 침을 끝이 보이지 않는 계곡 아래로 뱉어내고
는 천천히 절벽을 타고 아래로 내려가기 시작했다.

　위로 올라올 때는 거의 반나절이 걸렸던 거리가 내려갈 때
는 채 반 시진도 걸리지 않았다.

　툭!

　계곡 아래 지면을 십여 장 남긴 상태에서 송추월이 새처럼
몸을 날려 가볍게 땅에 내려섰다. 그리고는 고개를 들어 묵 빛
의 계곡을 응시하며 중얼거렸다.

　"이렇게는 도저히 안 되겠어. 무슨 놈의 바람이 화마경의 공
력으로도 뚫을 수 없는 거지? 그렇다면 도대체 조화선인은 얼
마나 강했단 말인가? 하긴 묘황이란 사람도 이 계곡을 뚫지 못
해 다른 길을 선택했으니까. 휴, 나도 그래야 하나?"

　송추월이 고개를 저으며 걸음을 옮겼다.

　한동안 동굴 사이를 걷던 송추월의 걸음이 멈춘 곳은 그가

거처하는 석실과 이어진 세 개의 동굴 중 가장 먼저 들어갔던 무저갱이 있는 동굴이었다. 여전히 신선한 공기가 끝이 보이지 않는 무저갱을 타고 동굴 안쪽으로 밀려들고 있었다.

"이곳에 몸을 던져?"

송추월은 망설였다. 무저갱에 몸을 던졌을 때 살아날 가능성이 몇 할이나 될지 짐작조차 할 수 없었다. 천복의 업을 이은 묘황이란 자가 죽었다면 송추월 역시 살아남을 가능성은 그리 많지 않았다.

"하지만 이대로는 이 무덤을 벗어날 수 없어. 벌써 계곡을 오른 지 일 년은 지났을 텐데……."

정확한 시간은 알 수 없지만 짐작으로는 계곡을 거슬러 오른 시간은 적어도 일 년은 넘었을 것 같았다. 물론 조금씩 바람의 길을 찾아 올라가는 거리가 늘어나 오늘 드디어 인수로의 빛을 보기는 했지만, 남아 있는 거리와 올라갈수록 강력해지는 바람의 세기를 생각했을 때 계곡을 거슬러 오르는 방법으로 인수로를 벗어날 가능성은 거의 없어 보였다.

"수십 년이 걸리면 또 모를까."

송추월이 그 자리에 쪼그려 앉아 무저갱에 다시 시선을 주었다.

"얼마나 깊을까?"

송추월이 끝이 보이지 않는 무저갱을 내려다보다 문득 곁에 있는 사람 머리만 한 돌을 들어 무저갱 안으로 던져 넣었다. 그러자 돌덩어리가 빨려들 듯 무저갱 아래로 떨어져 내렸다.

순간 떨어지는 바위로 인해 무저갱에서 흘러나오는 바람의 방향이 흐트러졌다. 바위는 바람을 흐트러뜨리며 끝없는 추락을 시작했다. 송추월이 귀를 기울였지만 바위가 어딘가 부딪치는 소리는 전혀 들리지 않았다.

"제길, 어디 이번에도 소리가 나지 않나 보자!"

송추월이 갑자기 오기가 생겼는지 이번에는 사람 몸통만 한 바위에 손을 댔다. 그러자 그의 손이 닿은 바위가 가볍게 들렸다. 송추월이 망설이지 않고 바위를 무저갱으로 던졌다.

후웅!

순간 제법 큰 바람 소리가 일어나며 바위가 만들어내는 바람의 파도가 송추월의 얼굴로 덮쳐 왔다. 한순간 바람을 맞은 그의 눈이 시큰하게 시려왔다.

"젠장!"

송추월이 손으로 눈을 가리며 욕설을 흘렸다. 덕분에 바위가 떨어지는 모습을 놓친 송추월이 이번엔 바위가 만들어내는 소리를 들으려고 귀를 기울였다. 그러나 앞서와 마찬가지로 몸통만 한 바위 역시 어떤 소리도 만들어내지 않았다.

"제길, 마찬가지군. 괜히 눈만 시렸어. 이놈의 바람……?"

투덜대던 송추월이 문득 말을 멈췄다. 그리고는 번개처럼 다른 바위를 들어 다시 무저갱으로 던져 넣었다.

우웅!

바위는 다시 바람의 변화를 일으키며 무저갱으로 떨어져 내렸다. 순간 송추월의 눈빛이 반짝였다.

"그래, 그런 방법이 있었군! 바람이 길을 막는다면 바람의 방향을 바꾸면 되지!"

송추월이 번개처럼 신형을 움직여 동굴을 되짚어 나가기 시작했다.

『화마경(火魔經)』9권 끝

Book Publishing CHUNGEORAM

張春達

중원상왕

中原商王

을야람 新무협 판타지 소설

내 나이 서른.
할 줄 아는 것이라곤 주먹질과 발길질뿐이고
재주라고는 셈에 밝다는 것이 전부인데
사람들은 나를 중원상왕(中原商王)이라 부른다.

- 장춘달의 「회고록」 중에서

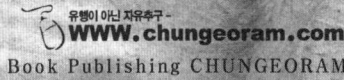

조종호 新무협 판타지 소설

십변화신

"너는 죽는다."

"……!"

뇌서중은 자신도 모르게 번쩍 고개를 치켜들어 뇌력군을 올려다봤다.

"다시 말해주랴? 난호가 망혼곡에 들어가면 네놈은 반드시 죽는다."

비밀에 싸인 중원 최고의 살수문파 망혼곡(忘魂谷).
그곳에서 십 년 만에 돌아온 화사평은 기억을 지우고
평화로운 삶을 꿈꾸지만,
주위엔 가문을 위협하는 자들이 존재하고 있었으니…….

그의 손엔 망혼곡 삼대기문병기
용편검(龍鞭劍), 명혼기수(冥魂起手), 엽섬비(葉閃匕).
얼굴엔 서로 다른 열 개의 괴이한 가면.

망혼곡주 십변화신!
그가 일으키는 폭풍의 무림행!

Book Publishing CHUNGEORAM

유행이 아닌 자유추구 -
www.chungeoram.com

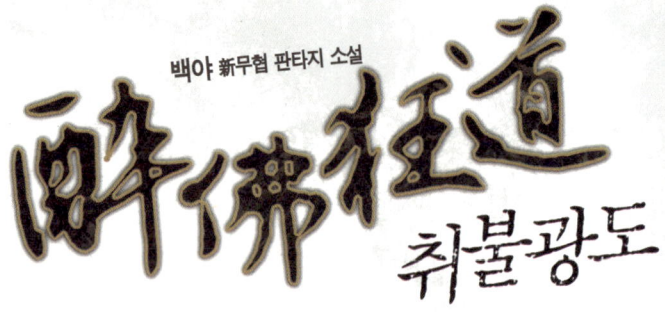

눈매 新무협 판타지 소설

**강호가 혼란할 때마다 나타났던 전설의 문파
강호인들은 그들을 무적문이라 부른다.**

마도천하의 시대. 명문정파 비검문은 유일한 계승자인 설화를 보호하기 위해
표운성이라는 청년을 찾는데……

"헤헤, 돈 좀 주셔야겠는데요?"

결핏하면 돈! 돈! 돈!
세상에서 가장 좋은 것도 돈이요, 가장 귀한 것도 돈이다.

그를 은밀히 따르는 어둠 속의 사군자(死軍者)들
서서히 드러나는 무적문의 실체

"은자의 은혜만 받는다면 나 표운성, 이루지 못할 것은 없다!"

돈에 환장한 문주가 나타났다!

Book Publishing CHUNGEORAM

유랑이 아닌 자유추구 ~
WWW. chungeoram.com